U0116800

张艳辉　著

Kecheng Yu Jiaoxue Shiyezhong De Daxue Jiaoshi Yanjiu

课程与教学视野中的大学教师研究

中国社会科学出版社

图书在版编目(CIP)数据

课程与教学视野中的大学教师研究/张艳辉著.—北京:中国社会科学出版社,2008.7

ISBN 978-7-5004-7247-6

Ⅰ.课… Ⅱ.张… Ⅲ.高等学校—教师—师资培养—研究—中国 Ⅳ.G645.12

中国版本图书馆 CIP 数据核字(2008)第 151846 号

责任编辑 郭 鹏
责任校对 韩天炜
封面设计 格子工作室
技术编辑 李 建

出版发行 中国社会科学出版社
社 址 北京鼓楼西大街甲 158 号 邮 编 100720
电 话 010—84029450(邮购)
网 址 http://www.csspw.cn
经 销 新华书店
印 刷 北京新魏印刷厂 装 订 丰华装订厂
版 次 2008 年 7 月第 1 版 印 次 2008 年 7 月第 1 次印刷
开 本 880×1230 1/32
印 张 9.375 插 页 2
字 数 226 千字
定 价 24.00 元

序

高等学校课程研究在我国是一个新兴的学术研究领域，研究成果不多，研究的难度因而不小。作为教育的核心，它是高等教育界的实际工作者期盼能早日成熟的领域，为的是在实践中少走弯路。课程研究领域之所以成为核心领域，除了因为课程是人才培养过程的主要途径外，还有另外两个方面因素是我们在高等教育实践中深切感受到的。一方面，它是把教育思想观念转化为具体实际的重要的中介环节，另一方面，它又是为高等教育其他领域的改革实践和研究提出问题从而形成问题系统的“问题源”。所谓“问题源”，一是说高等教育的很多问题都逻辑地与这个“源”有关联，二是说从这个问题源可以逻辑地派生出很多重要问题，成为我们解决改革配套问题的依据。而师资问题就是其中一个很重大也很关键的问题。

在中外课程改革的历史上，不难找到课程改革与师资问题之间密切关系的正反两方面的例子。美国20世纪50、60年代的课程改革没有达到预期目标的一个很重要的原因，就是忽视了教师的课程能力的培训。我国某大学数学系大量采用美国数学教材进行改革，也碰到原有教师无法适应这些以不同于我国教材编写的思维方式所编写出来的教材这样的困难。我国目前对大学的精品课程进行广泛的教师培训，也是为了解决这个困难。所以，课程研究领域的进一步扩展和课程实践与课程改革实践的进一步深化，都需要在课程研究的视角上将教师课程能力和教学学术水平的提高这一研究作为一个严肃的问题提出来并加以落实。张艳辉博士的这本专著就是提出并落实这个问题所进行的一个有益尝试。

本人在自己的教育研究和实践中也深切感到课程和教学改革中师资问题的关键性。我在担任厦门大学人事处长的时候，启动了课程和教学改革项目，这让很多人看起来似乎是很滑稽的，而情况恰恰相反，没有对师资问题和课程问题之间联系的深入了解，没有这方面的深入研究，没有在改革实践中很好地解决教师的水平问题、适应问题、管理问题以及其他一些重要的相关问题，任何课程和教学上的单独的改革几乎都无法达到预期目标。

从课程和教学的视角来探讨教师问题并不是一件简单的工作，与其他领域的研究相比，也会更困难一些。这是因为，这个领域可参考的研究成果非常有限，很多实践上的经验还来不及总结，国外可供借鉴的成果也不是很多。这需要研究者自身具备坚定的信念，也需要研究者自己具有一定的教师培训经验。本书作者在这方面具有一定的优势。这本专著所涉及的对大学教师职业变化的分析，对教师职业的变化趋势的诠释，对大学教师在课程领域中的能力的探讨，对教师和系主任与课程关系的阐述，对课程改革中教师作用的两面性和教师的课程能力的影响因素的归纳，对大学教师的教学学术水平的提高所应具备的条件以及这种水平的表现形式和提高它们的途径和措施等，在一定意义上涉及到了这个领域研究的主要研究范畴，并对这些范畴都进行了程度不同的研究。应该说，这些研究都具有一定的开创性，为丰富和拓展课程研究领域提供了宝贵的素材，也为后续的研究打下了一定的基础。

当然，这些研究也和其他研究一样，还有很多需要完善的地方，相信作者会以此为起点，把这项很有意义的工作继续进行下去。

王伟宏

2008年3月9日

目　录

导 论

本书的研究范畴聚集在课程与教学视野中的大学教师这一研究领域，试图从课程与教学的视角分析大学教师的课程能力和教学学术水平，并对我国大学教师在此方面的基本状况做一总结，据此提出提高我国大学教师课程能力与教学学术水平的途径与措施，以期望达到提高我国大学本科教学质量之目的。

研究背景

一所大学能否成为名校，是一个长期积累的过程，具有一流的教师是重要的前提，“所谓大学者，非谓有大楼之谓也，有大师之谓也”。①

“教师是年轻一代的培养者，是文化科学、意识形态的传递者，是未来社会人才的生产者。”② 培养高级专业人才是大学教师最本质的工作，这是由高等教育的基本规律和基本任务所决定的。大学生与其他受教育者相比较，他们的心理和生理成熟程度

① 刘述礼、黄延复：《梅贻琦教育论著选》，人民教育出版社 1993 年版，第 10 页。

② 潘懋元主编：《高等教育学》（上），人民教育出版社、福建教育出版社 1984 年版，第 113 页。

较高，自我教育的能力和自觉性有了很大的发展，但是他们毕竟是处于接受教育的非完全成熟阶段，大学生的全面发展和充分完善还不能完全靠自发的途径自然地完成与实现，教师无论现在和将来都是大学发展的基本因素。大学教师所面临的教育对象是具有强烈的主体意识、创新精神、求学欲望和成才意识的个体，他们能否达到社会及自我预期的目标，在很大程度上取决于教师的能力与水平。正因为大学教师在人才培养中负有如此重要的责任，教育理论与教育实践给予了大学教师极大的关注，从20世纪以来大学教师研究成为国内外非常热门的话题，西方学者主要从经济和科学发展战略、学校管理、教学、课程等不同角度打开了大学教师理论研究之先河。我国研究者从理论与实践的角度对大学教师素质与成才规律、工作内容、师资管理等问题进行了研究，其中对教师职业伦理、教师职业心理、教师职业技能、教师教学艺术、教师素质等问题的研究，对我国大学教师理论研究与教育实践产生了一定影响。

为了更好地发挥大学教师的作用，不断地提高大学的教学质量，应从更新的视角进行大学教师研究。大学教师的课程能力与教学学术水平问题一直是理论研究的薄弱环节，而课程和教学又是大学发展的关键环节，是提高大学教学质量的基础。因此，课程与教学视角的大学教师研究可为提高大学教师质量和大学教学质量提供理论指导。

研究意义

课程与教学视角的大学教师研究既有理论意义，又有实践意义。

20世纪50、60年代，美国中小学课程改革失败的主要原因之一就是忽视了教师的作用及教师不具备满足新课程改革要求的能力。这种情况在大学中也同样存在，大学中进行的许多课程改革和教学改革无法完成，与大学教师的能力（尤其是课程能力）有直接关系，难以找到沟通不同学科教师之间的共同语言，不同学科教师之间缺乏沟通的基层组织也是其中的主要原因（这在本书中第四章有所论述）。国外某些大学进行的课程综合化改革中，跨学科、跨专业的课程体系改革之所以能达到预期目的，与大学教师的课程能力有直接关系。所以课程改革中的动力和阻力都有可能是来自于教师方面（这将在本文的第二章详细论述）。忽视课程改革中教师的作用及教师缺乏应具备的能力，导致课程改革的失败，已经多次被教育实践所证实。因此从课程与教学的视角来审视大学教师的课程能力与教学学术水平，这不仅仅是提高大学教师的学历与提高大学教师的科研学术水平所能解决的问题。目前国外（尤其是欧美发达国家）针对大学教师一直都缺乏必要的教育理论知识和教育实践能力，无法适应大学发展的现状，开始意识到课程领域与教学领域中大学教师能力的重要性，对此进行理论研究，并开始对大学教师进行相关内容的系统培训，这种培训称之为“大学教师教育能力培训”（Faculty Development，简称 FD），这方面的理论研究与实践也应引起我国的重视，因为我们在此方面的情况同样不容乐观。

目前随着科学技术和社会的不断发展进步，大学教师必备的学历条件引起教育研究和教育实践的广泛重视，但在不同层次和类型的大学中进行“轰轰烈烈”的课程改革和教学改革中，似乎很少有人关注大学教师与当今及未来的课程和教学的密切联系，也很少有人关注教师的课程能力与教学学术水平，理论研究对此也似乎很冷漠，因此课程与教学视角的大学教师研究，具有一定的理论意义：

（一）课程与教学视角的大学教师研究，对构建我国大学教

师学理论体系在研究视角和研究范围上做了深层意义的转向与拓展，将对我国大学教师学发展具有一定的促进意义

从 1988 年开始我国许多学者对大学教师做了一系列的研究，其研究角度主要集中在大学教师的地位与作用、工作特点、基本素质、职业道德、政治思想教育以及大学教师的培养、聘任与管理等方面，这是发展我国大学教师学必不可少的内容，但如果这些研究仅仅停滞于此，则是远远不够的。随着科技与高等教育的发展和我国大学教师学研究的不断深入，大学教师学应从更新、更深的角度来进行新的研究。如果大学教师学忽视大学教师在课程领域与教学领域中的作用及大学教师的课程能力与教学学术水平等理论问题和实践问题的研究，就无法保证我国大学教师学理论体系的完整，无法为高等教育实践中所出现的亟须解决的实际问题提供科学、合理的理论指导。

（二）课程与教学视角的大学教师研究，也是我国大学教师学研究所面临的必然选择

大学教师在课程领域和教学领域中是否发挥作用和发挥何种作用是课程改革与教学改革成功与否的关键因素，也是提高大学教学质量的主要因素，而大学教师在课程改革与教学改革中是否发挥作用和发挥作用的效果则取决于教师自身的能力，这是被教育改革和教育发展所证实的命题，但却是高等教育研究，尤其是大学教师学研究的一个空白，需要我国的高等教育研究和大学教师学对此进行深入的研究，这是时代的发展和我国高等教育发展所赋予它的责任，也只有这样才能真正地避免由于教师的原因而导致大学课程改革和教学改革流于形式或者失败。

（三）大学教师研究既是高等教育理论研究的一个永恒课题，也是一个被实践忽视的问题

从教育发展历史来看，大学教师研究随着大学的产生而出

现，并一直被理论研究和实践所关注，吸引着不同时代、不同国家的学者对此不断地进行研究，产生了许多有益于大学发展和提高大学教师质量的理论与建议，但也存在着一些难以解决的问题，其中就包括大学教师的课程角色与课程能力问题。教师与课程是学校教育过程中具有根本性、决定性作用的两个因素。自从制度化的学校教育产生以来，人们对这两个基本要素的研究就一直没有间断过，如今分别作为两个独立的学术研究领域——教师研究和课程研究已经成为当代教育研究领域并行不悖的两大主题。但这两大领域中存在的共同领域——教师的课程角色与课程能力问题，却一直没有受到研究者的高度重视，理论研究也比较欠缺。本书将对这些问题进行初步探讨，为大学教师研究这一永恒的课题进入新的研究视野做一尝试。

（四）自现代意义上的课程诞生以来，教师在课程领域中的地位及其潜在贡献几乎为人们所忽视

虽然 20 世纪初的进步主义运动使一些学者看到了教师在课程领域中的重要作用，但是作为一种普遍性的认识却是在 20 世纪 70 年代以后才逐步形成。20 世纪 50 年代随着英美各国行动研究的兴起，人们对行政部门、课程专家所制定的课程方案提出批评，认为学校、教师在实践中仍按他们惯用的方法来进行，而没有履行课程开发者的意图。因此研究者对教师在课程领域中的地位进行重新审视与思考，指出教师不是作为“自上而下”课程设计的科学、忠实的执行者（工匠），而是一个有技能的实践者、有反思能力的教育者。此后（特别是 20 世纪 80 年代初）批判教育学、教师解放运动的兴起，人们进一步认识到教师不是纯粹意义上的课程实施者，而是课程开发与决策的重要一员。在实践课程范式的视野里，“教师即课程”（The teacher is the curriculum），教师不是孤立于课程之外的，而是课程的有机组成部

分，是课程的主体。

传统意义上的课程参与主要是指教师的课程实施，即教师在学习课程理论的基础上对课程计划的一种践行活动，这是一种局部的、被动的课程参与。本书中的课程参与，指教师全程地、主动地、批判地、合作地介入（Involvement）课程决策、课程编制、课程实施、课程管理和课程评价等过程的一种活动，它意味着教师带着自己对学生和课程的理解、经验来体验课程的生成和实施过程。

（五）大学的根本任务是培养社会所需要的具有一定职业知识与技能并可为社会服务的合格专门人才，因此教学职能是大学三大基本职能中存在时间最长久的职能

大学的教学质量由多种因素所决定，大学的学术水平（尤其是教师的教学学术水平）是决定大学教学质量的关键因素之一。大学教师的基本职责是教书育人，忽视了这一点就不会成为合格的教师。随着社会和大学自身的发展，大学逐渐意识到，为了自身和学生的发展必须要给予教学更多的关注，但由于各种原因导致了在大学中存在着严重的“重科研轻教学”的不正常倾向，也致使教师的教学学术水平不受重视，这是导致我国大学本科教学质量下降的主要原因之一。而我国目前对此方面的研究还比较薄弱，因此本书有助于大学教师教学学术水平相关理论研究的深入发展，也有助于提高我国大学本科教学质量。

此外，本书的研究内容还具有一定的实践意义。目前大学课程实践与教学实践中还存在着一些亟待解决的问题，需要教育理论研究给予科学指导。如对于课程改革和教学改革，无论是从学校层面和教师层面来分析，都还存在着盲目性、被动性、片面性和简单模仿等问题；虽然国家和学校积极地推进课程改革和教学改革，但却忽视了教师在课程改革和教学改革中的作用，教师的积极性没有得到充分发挥，从而降低了改革的效果；高校中存在的“重科研轻教

学”的不正常倾向一直没有得到合理的解决；目前尽管高等教育理论为大学的课程编制、课程实施、课程管理、课程评价等都提供理论指导，但是在教育实践中凭经验进行课程决策和课程运作的现象还很多，包括一些主管教学的系主任也主要是依赖经验来开展工作。这些问题如果得不到科学合理的解决，既不利于提高大学教师的课程能力和教学学术水平，也不利于提高本科教学质量。

作为一名大学教师，在工作中笔者已深深体会到教师在课程领域和教学领域中的重要性。在厦门大学学习期间亲眼目睹了导师所主持的教改项目（世界银行21世纪初高等教育教学改革项目《高等学校教学运行模式及配套管理改革研究》）为厦门大学本科教学所带来的新变化，使自己更深刻地体会到教师在教学改革中的重要性及提高大学教师的课程能力与教学学术水平的必要性。这项改革使参与改革的教师在教育理念、教学方法等方面都发生了深刻的变化，使教师真正明白了教学的真正目的是教会学生学会学习。这项改革同时也为厦门大学带来了良好的经济效益，在没有增加一名教师的情况下，新增设了200门课程（这些课程全部由参与教学改革项目的教师自己编制、实施、管理和评价），相当于节省了200万元的资金。我被这项改革深深吸引，决定从课程与教学视角对大学教师的课程能力与教学学术水平进行研究，为这一尚未深入研究的问题抛砖引玉。

国内外研究综述

一 国外研究状况

大学教师研究是20世纪以来国内外非常热门的话题。早在20世纪30年代，资本主义国家经历了由繁荣到全面经济危机的过程，因此教育与社会之间的内在关联成为学者所关注的重点，对教师的研究也由对其“个体的成长”的范畴拓展到了“社会发展”的范畴。第二次世界大战后，教师研究在世界范围内得到了充分发展，就其发展过程来看，20 世纪 50、60 年代主要是作为一种专门职业与社会角色的教师研究；60 年代末、70 年代主要是作为学生学习成败决定者的教师研究；70 年代后主要是作为社会服从者的教师研究；进入 21 世纪以后主要是教师专业化研究。

日本学者佐藤学的《课程与教师》一书对教师与课程的关系、教师与教学的关系提出了自己独特的见解，对本书具有很好的参考价值。

在教育发展过程中，教师与课程的关系始终是建立在法理化的文化政治学基础上。这种文化政治学一方面使课程完全受制于现存的“法定文化”的规范与旨意，视其为“真理”，机械地、盲目地、麻木地认同、接受及服务于这种“法定文化”；另一方面这种文化政治学决定了教师只能是课程的“代言人”和“复读机”，造成了课程与教师之间的指挥与服从、任务与执行的关系。佐藤学先生全面深刻地解构和批判了传统的“传递中心”的课程定位、“技术熟练者”的教师定位，明确提出了课程、教师、学校的后现代转换与发展途径，即由作为“传递中心”的课程转变为“对话中心”的课程；由作为“技术熟练者”的教师转变为“反思性实践者”的教师；由“教育工厂”的学校转变为“学习共同体”的学校。在此基础上佐藤学先生提出了后现代意义上的课程与教师的解释与定位，这对教育理论研究与教育实践都具有指导意义，也使我们深刻地领会了教师的课程权利与教师的课程义务的革命性转变。在《课程与教师》一书中，佐藤学先生提出了两个全新的后现代意义上的观念：

第一，教师是课程的主人。在传统教育实践中，课程是标准化、法理化的教育内容，教师没有权利做任何自主性的解释与建构，教师的权利只是机械地传递法定课程内容，佐藤学先生对此进行了批判。他认为，在传统高度中央集权制度下，教师缺乏以学校与课堂为本位的创造、评价、实践课程的经验；在传统教学中，教师单向地向学生传递“制度化知识”的课程，这仅仅是从“教”的侧面去思考课程与教学问题，缺乏从“学”的侧面来思考相应的问题，将学生当成了被动接受知识的容器，使学生的学习表现为艰难地挣扎在以掌握知识的数量为成败标准的记忆竞争与考试大战中，致使学生无法发现学习的意义，也无法获得学习的喜悦。基于这种现状，佐藤学先生主张，必须重新界定课程，使教师摆脱“公共框架”的束缚，根据自身的教育想像力与设计力，形成自己新的课程见解。佐藤学先生从“教师构想的课程”、“作为儿童学习经验之总体的课程”、“作为师生创造性经验之手段与产物的课程”这三方面对课程做了重新的定位，从根本上改变了传统教育中教师——课程研制“无关者”的地位，赋予了教师——课程研制者的权利，使课程由“国家课程”、“法定课程”、“专家课程”、“公共框架”转变为“教师的课程”，教师由此而成为课程的主人。教师所编制的课程是立足于教师日常实践的决策课程，是与教学实践互动的动态课程，这种课程可在教学实践中发挥重要作用，决定了教材的功能、教育价值的实现程度及教育的实践方式，并可将被视为绝对化的“公共框架”的课程加以相对化，使在教学中发挥实际作用的课程可以超越固定的教学计划的限制，可以根据学生实际状况不同而形成多元化的、个性化的教育空间与实践情境。

第二，课程是教师的实践经验。在传统教育实践中，作为“中间人”的教师，不仅没有独立、自主的职业标准与权利，而且也没有名正言顺的内在的角色定位与责任、义务范畴。他们只能依据外在的权威与权力，消极地，甚至麻木地传承社会、统治阶级、利益集团所规定的所谓“法理性的文化”。对此，佐藤学指出：“学校的荒废、儿童的颓废，难道不是由于应试和管理带来的非人性化的教师的责任吗？难道教师不是仗着权威和权力，借‘读书、读书’来压制、窒息儿童吗？”[①] 因而，教师的角色必须由“中间人”转为“介入者”，即作为“中间人”的教师必须作为“介入者”加以重建。而作为“介入者”的教师则须在学校和课堂里承担构建文化的义务与责任，也就是说，教师作为一个“反思性实践家”，必须承担建构“自己的课程”的义务，而不只是传承法定的课程。教师角色与义务的重新定位，意味着教学、学习等重要的教育概念的内涵的重建。也可以说，教师如果要完成由教书匠到“反思性实践家”的转变，必须承担构建自己课程的责任与义务，而不仅仅只传承法定课程。实践性教学、反思性教学、探究性教学成为教学改革与发展的根本方向。

1990年美国著名学者欧内斯特·波伊尔（Ernest Boyer）在其《学术水平的反思》一文中，提出教学学术水平的概念。他认为，一名大学教师的学术水平应包括四个各不相同又相互重叠的领域，即发现的学术水平、综合的学术水平、应用的学术水平和教学学术水平，波伊尔希望以此为解决大学中的“重科研轻教学”的不正常倾向提供一个新的思路。虽然他较早提出了大学教师教学学术水平的概念，但他没有对这一名词予以明确的界定，只提出这样一些观点：

教学作为一种事业，教师是从自己所懂的知识开始教学。教

① ［日］佐藤学著，钟启泉译：《课程与教师》，教育科学出版社2003年版，第210页。

师一定要掌握最新的学术动态，沉浸在自己专业领域的知识之中，教师只有广泛涉猎并在智力上不断深化，其教学才能得到好评。

教学是一个能动的过程，需要各种类推、比喻来建立起学生学习和教师培养之间的桥梁。

好的教学还意味着，教师既是学者又是学生。

波伊尔是从教师学术水平的内涵演变和拓宽教师学术水平的视野出发，对大学教师需要多种多样的才能及不同类型的大学（研究性大学、可授予博士学位的大学、文理学院、社区学院、综合性学院）对教师教学学术水平的态度和教师教学学术水平的决定因素、社会条件进行了分析和研究。他的研究拓宽了前人的研究范围，有助于扭转大学中存在的“重科研轻教学”的不正常倾向。但正如他自己所指出的那样，他的研究忽视了对教师整体的教学学术水平的研究。

此外，波伊尔还对学术水平评价做了理论探讨。他在描述学者品质的基础上，提出了评价学术工作的标准。在大量调查统计和征求意见的基础上，他归纳了优秀学术工作具有的六个标准：

知识：成功的学术工作必须首先全面反映该领域的知识。无论是从事教学工作，还是从事科研工作，大学教师都必须具有丰富的教育经验和渊博的学科知识。

明确的目标：学术工作必须具有明确的目标，明确的目标不仅在研究领域中具有重要作用，而且在知识的综合和应用及教学中也发挥着重要作用。

适当的方法和程序：无论是科研、综合和运用知识，还是教学工作都需要恰当的方法和程序，这是完成任何一项工作的前提和基础。

创造性地使用资源：这是现代大学学术工作中保证学术成果具有创造性的必要条件。创造性地使用资源，是指在教学中教师创造性地使用原始文献，邀请与本人见解具有很大差异的客座教授参与其中；教学中教师不仅要利用本学科的资源，而且还要利用相关学科或临近领域参与者的资源。

有效而良好的交流：良好的交流指有价值的思想在教学过程必须能够共享；良好的交流不仅意味着良好的教学，而且还意味着可促进各种优秀学术观点出现，产生新的思想。所有的学术都必须而且能够通过有效的交流成为“共同的财富”。

重要的成果：任何的学术行为最终都必须根据它们的成果及其重要性来判断其价值。

二　国内研究状况

我国大学教师的教育理论研究主要集中在：

尝试进行大学（高等学校）教师学体系的建构：1988 年刘云翔、王洪斌主编的《大学教师学》、1989 年李彦奎编著的《高等学校教师论》是建构我国大学教师学的初创。《大学教师学》从大学教师职业特点、工作特点、大学教师的素质和形象及大学教师管理等方面对大学教师进行了系统研究。《高等学校教师论》从高等学校教师的地位与作用、工作特点、心理特征、基本素质、职业道德、教师的合理结构、思想教育以及对高等学校教师的培养、聘任制度、科学管理等问题进行了广泛的论述。1990 年曾绍元编著的《高等学校师资管理概论》出版，此书对高等学校教师管理进行了系统研究。这些研究表明了大学教师在社会群体、社会发展中的重要性以及大学教师学作为一个专门学科已引起理论研究界的关注。

在不同的学科维度上深化对大学教师职业的认识：这些研究既有横向上的交叉，用其他学科进行应用研究的探讨，如文秉模、汪应峰的《大学教师伦理学》；又有从纵向上深入研究大学教师职业的某一领域，如黄永生的《教师形象的塑造》；既有从理论层面试图揭示出大学教师的社会性质和大学教师活动的规律与特点的研究，如刘少林的《新时期高等学校教师队伍建设论纲》；又有从应用层面试图对提高大学教师职业技能提供具有操作性的探索，如孔杰的《大学教师的教学技能》。

特别值得注意的是，近几年的大学教师研究中出现了两个转变：由注重教师学科知识的训练转向注重教师职业内涵的价值挖掘；由注重教师职业研究转向比较注重教师职业社会化、教师职业声望、教师品质、教师作用、教师素质等方面的研究。虽然大学教师学理论的研究范式有所转变，但仍然存在一些不足：

对大学教师最基本的职能——教学研究，没有引起理论研究方面的足够重视。笔者对中国 CNKI 高等教育数据库的论文进行了数量与分类统计，发现从 1994 年至 2003 年以大学教师为研究对象的论文只有 165 篇，其中以大学教师职业为研究对象的论文有 10 篇，占论文总数的 6%，以大学教师的基本职能——教学为研究对象的论文有 13 篇，占 7%。

大学教师与课程的关系应是我国大学教师学的研究重点，但却是我国高等教育研究和大学教师学研究领域的薄弱环节。课程是大学发展与进步的重要因素，课程是将宏观教育思想、教育观念、教育理论等与微观的教学实践联系起来的唯一途径，是将教育理论与教育实践联系起来的一座桥梁。但我国的教育理论受前苏联的理论体系影响较深，课程理论研究比较薄弱，研究大学教师与课程的关系更是寥寥无几。中国 CNKI 高等教育数据库 1994 年至 2003 年以教师与课程的关系为研究对象的论文只有 65 篇，其中大部分是以研究中小学教师与课程的关系为研究对象；与教师课程能力有关的论文只有 3 篇，其研究对象均为基础教育新课程改革中的教师，对大学教师与课程的关系及大学教师的课程能力的研究在高等教育研究领域中几乎是空白。

对大学教师的研究依然停留在传统教育学的视野中，即大学教师的作用、地位、知识结构、教师素质和师生关系的研究比较多，而且这些研究仍然存在单一社会本位的倾向，更多关注社会发展的需要，而对教师自身能力研究则过于薄弱。

以大学教师作为研究对象的博士论文对本研究也有一定的参考价值。如宋志文的《自我发展：高校学术人员管理的新视野》①，文中的高校学术人员，指在高校中专门从事教学和研究工作的知识工作者。该论文围绕构建和形成有利于高校学术人员自我发展的有效机制进行了系统研究，在分析高校学术人员管理理念的基础上探讨了高校学术人员管理体制和内在机制问题，进而提出了促进学术人员自我发展的高校管理实施策略（创新高校内部决策机制、建立公开招聘制度、重建高校学术人员激励机制、创立鼓励和支持高校学术人员进行自我管理的良好环境），并研究了高校学术人员管理政策的价值取向。这对营造有利于提高大学教师的课程能力与教学学术水平的研究氛围具有一定借鉴作用。

刘立志的《高校教师队伍建设政策发展的理论研究》②，从政策研究者角度运用政策系统分析的理论与方法，探究了高校教师政策主导价值目标的基本理论，包括政策主导价值目标确立的原则、标准以及关键要素等。在此基础上分析了高校教师队伍建设政策发展面临的问题，并从高校教师队伍建设政策主导价值目标实现的制度基础、有效载体和保障条件等方面提出了政策发展

---

① 参见宋志文《自我发展：高校学术人员管理的新视野》，（华东师范大学2003届博士学位论文）。

② 参见刘立志《高校教师队伍建设政策发展的理论研究》，（华东师范大学2003届博士学位论文）。

的建议。这对本书研究提高大学教师的课程能力与教学学术水平的国家政策具有帮助。

另外以中小学教师为研究对象的博士论文也给本书提供了一定的参考:

蒋士会的《课程变革导论——兼议教师参与》[①],该论文研究了中小学教师在课程变革中的作用。

兰英的《教师教育理念形成研究》[②],该论文在考察社会对教师职业及其角色不同要求的基础上,演绎出教师教育理念的含义、特征、结构、功能、形成机制及条件,揭示了教师教育理念的实现条件,提出了形成教师教育理念的可行性策略。

此外,由于我国基础教育正在进行新课程改革,教育理论研究界非常关注中小学教师与课程改革和教学改革的关系,产生了一些对教育实践具有很好借鉴意义的理论研究成果,这也为本书提供了很好的借鉴和帮助。

研究目的和主要的研究内容

因研究的篇幅与研究兴趣所在,本书中的大学限定为普通高等学校,课程与教学定位为四年制本科教育的课程与教学。

一 研究目的

本书的目的有两个,一是提高大学的本科教学质量。现代大学继承了大学发展过程中形成的所有传统,从而成为人才培养、

① 参见蒋士会《课程变革导论——兼议教师参与》,(华东师范大学1988届博士学位论文)。

② 参见兰英《教师教育理念形成研究》,(西南师范大学1995届博士学位论文)。

科学研究和服务社会的机构。毫无疑问，随着社会知识化程度的加深，大学对社会发展作用的广泛性、多样性、直接性和不可替代性的特征将更加明显，大学的职能将扩展和延伸。但大学最基本的职能仍然是培养人才，大学的使命依然是通过人才培养来改变许多个体的发展历史，从而最终改变人类的历史，放弃培养人才的基本职能，大学也许就不是本质意义上的大学，大学也许就失去了存在的意义，因而人才的培养质量是一所大学办学质量的体现。

大学依靠培养能主动适应社会发展需要的人才而产生和不断发展，而课程作为教育过程的关键，决定了人才培养的质量，从而对一个国家高等教育的发展构成了直接的影响，也决定了大学是否可以完成其教育目的，因此大学课程改革是许多国家高等教育改革的首要任务，因为课程本身"为实施教育之主要工具"，故"欲求教育之实效，自当首谋课程之改进"①。如果说课程是大学完成教育目的的决定力量，教学则是使课程具有实际操作意义的技术手段与路径，因为教学是承担着将课程的预期目标变成现实教学结果的中介，因此在一定程度上教学效果是课程发挥作用的一种表现形式。

教育实践证明，课程与教学在大学发展中发挥重要作用的决定因素是教师的课程能力与教学学术水平，但目前大学教师的课程能力与教学学术水平的实际状况却不容乐观。提高大学教师的课程能力与教学学术水平，是本书的第二个研究目的，这是完成本书的第一个研究目的之基础，这两个研究目的相辅相成，共同构成了本书的总研究目的。

---

① 眭依凡：《习而学的工程教育——茅以升教育观》，《现代大教育观》，江西教育出版社1990年版，第398页。

二 研究的主要内容

本书主要从课程与教学视角对大学教师课程能力与教学学术水平进行理论探讨与实证研究。

导言主要阐述本书的研究背景和研究意义，并对本书的主要概念加以界定。在阐述大学教师在大学发展中重要性的基础上，论述从课程与教学视角对大学教师进行理论探讨与实证研究的原因：大学教师学理论发展的需要、课程与教学是提高培养人才质量的核心环节、我国大学发展（尤其是课程改革和教学改革）中存在一些亟须解决的实际问题。

第一章从大学基本职能历史变迁的视角分析大学教师职业的变化，并根据时代的发展趋势诠释了教师职业的变化趋势；另外本章在论述大学基本职能的历史变迁中描述了大学课程与教学的历史演变。

第二章从课程视角探讨大学教师的课程能力。本章详细地分析和探讨课程运作中大学教师的作用及应具备的能力，在此基础上分析和研究（主管教学的）系主任在课程领域中的作用、应具备的能力和所面临的压力。

本章首先从解释学、技术理性、教学文化、微观政治、自我履历等层面分析教师与课程的关系，其次分析了课程改革中教师作用的两面性，之后探讨了教师的各种课程能力（课程研究能力、课程编制能力、课程管理能力与课程评价能力）及其影响因素。

在探讨教师在课程改革中的作用及课程能力的基础上，本书分析系主任在课程领域中应具备的能力与作用。认为系主任在课程领域中除应具有普通教师的课程能力之外，还应具有领导能力、规划能力、协调能力、合作能力、在各种不同意见之间建立对话的能力，并分析与探讨了系主任在课程领域中面临的压力。

第三章从教学视角分析和探讨大学教师的教学学术水平。本章首先在论证大学教学学术性的基础上，阐述了大学教师教学学术水平的定义与内涵；其次分析了学术性教学的必备条件及大学教师教学学术水平的表现形式；最后采用定量与定性相互结合的评价方法分析和探讨大学教师教学学术水平的评价理论。

第四章采用实证分析方法对大学教师的课程能力与教学学术水平的调查情况做全面分析，针对教育实践中存在的不足，分析提高大学教师的课程能力与教学学术水平的途径和措施。

结语部分对本书进行简单总结，并对本书未尽的并有一定研究价值的研究内容加以梳理。

三 创新之处

课程与教学视角的大学教师研究，在国内外都属于一个比较新的研究角度，作者想在此方面做一尝试，这是本书的最大创新之处。另外本研究的创新之处还在于：

（一）课程与教学视角的大学教师研究，对我国构建大学教师学理论体系在研究视角和研究范围上做了深层意义的转向与拓展，对我国大学教师学理论的发展有一定的促进意义

我国大学教师学主要是从教师的职业及自身素质（大学教师职业的特点、地位与作用、职业道德、基本素质等）和师资管理（如教师的培养制度、聘任制度、管理制度等）角度进行研究，忽视了大学教师的课程能力与教学学术水平的理论研究，为了保证我国大学教师学理论体系的完整，也为我国大学教育实践中存在的亟待解决的实际问题寻找理论指导，应在研究视角和研究范围上做深层意义的转向与拓展，本研究在此方面做了初步的尝试。

（二）本书详细地探讨了大学教师的课程能力及影响因素，为

提高大学课程运作和课程改革质量提供理论指导

教育实践证明，课程改革和课程运作的质量与教师的关系极为密切，而且教师的课程能力是决定课程改革和课程运作的关键因素，但教师（尤其是大学教师）的课程能力一直被教育理论和教育实践所忽视，教师的课程能力因此无法满足课程改革和课程运作的要求，致使教师无法发挥自身在课程改革和课程运作中的作用。本书不但详细探讨了大学教师的课程能力及其影响因素，而且探讨了提高大学教师课程能力的途径与措施，为提高大学课程改革和课程运作的质量提供了一定的理论指导，从而为提高大学本科的教学质量提供帮助。

（三）本书丰富了大学系主任的研究内容，也拓展了系主任的理论研究角度

大学系主任研究是我国高等教育研究中的薄弱环节之一，在为数不多的系主任研究中几乎都是从系主任职责的角度展开。本书探讨了系主任在课程运作中的作用与应具备的能力及面临的压力，这丰富了系主任理论研究的内容，也拓宽了系主任研究的角度。

（四）为大学教师教学学术水平的后续研究提供帮助，也为正确解决大学中存在的“重科研轻教学”的不正常倾向提出了相应的解决措施

本书从理论层面探讨了大学教师教学学术水平的内涵、表现形式，并采用定性评价与定量评价相结合的方法探讨大学教师教学学术水平评价的问题，为后续研究提供帮助。而且本书全面分析了我国大学教师教学学术水平的实际状况，并探讨了提高大学教师教学学术水平的具体措施，为提高本科教学质量提供了帮助。

（五）为后续研究提供资料上的帮助

本书采用实证分析的方法对我国大学教师的课程能力与教学

学术水平做了详细调查和全面分析，为相关理论研究提供了资料。

研究方法

为了达到预期研究目的，本书遵循历史与现实、国际与本土、理论与实际、专题研究和综合研究相结合的方法论，主要采用了以下的研究方法：

（一）文献法

对大量的近现代的课程、教学与教师的史料、有关的高等教育专家的著作及有关课程、教学和教师的文献（报告、统计数据、会议文件等），进行收集、整理、分析（历史分析、比较分析、统计资料分析等），这是本书得以完成的基础。这不仅使笔者掌握前人已有的成果和资料，也为笔者建立本书的框架提供思路，并做相应的理论准备。

（二）比较法

主要用于对不同国家大学职能的历史变迁和课程与教学的历史演变进行描述，期望由此来分析和研究不同国家大学教师这一职业在不同历史时期的变化，这是本书不可缺少的一部分。

（三）调查法、访谈法

本书采用了问卷法与访谈法两种方法进行调查研究。笔者在厦门大学、福州大学、南京理工大学、重庆工商大学、吉林大学、黑龙江科技学院、大连大学、大连理工大学、大连海事大学、东北财经大学等20所大学发放了4500份与本书内容相关的调查问卷，并在上述高校就与本书相关的、不适合采用调查问卷法的若干问题采用了访谈法进行调查，初步掌握了我国大学教师的课程能力与教学学术水平的实际情况。

（四）质的研究法①

本书从理论角度探讨了教师的课程能力和教学学术水平之后，笔者深入到部分大学的教学环境中，实地考察了大学教师的课程能力和教学学术水平，对其进行多角度的考察，目的是对大学教师的课程能力和教学学术水平的实际状况产生比较整体的解释性分析。

主要概念辨析

本研究涉及“课程——大学课程”、“教学——大学教学”、“教师——大学教师”等几个主要概念，这里将这几个主要概念加以辨析，这是进行研究的前提和基础。

一 课程——大学课程

课程作为实现学校教育目的的手段在学校教育中始终处于核心地位，“课程是教育事业的核心，是教育运行的手段，没有课程，教育就没有了用以传达信息、表达意义、说明价值的媒介。”② 在教育研究和教育实践中人们都承认课程的重要性，但遗憾的是，至今为止理论界对课程概念的界定还没有达成共识，对于课程的含义是仁者见仁，智者见智。我国学者提出从动态观和静态观两个角度来对课程概念进行归纳（见表 0－1）。

---

① 质的研究方法是研究者在自然环境中，亲自采取专访、观察和实物分析等方法，通过与被研究者互动，将动态的研究资料进行归纳、解释，提升出新的认识的一种研究方法。

② Philip H. Taylor and Colin Richards: An Introduction to Curriculum Studies, NFER Publishing Company, 1979, p. 29. 转引自郝德永著《课程研制方法论》，教育科学出版社 2000 年版，第 5 页。

国内学者对大学课程的概念作了深入的探讨，其中潘懋元教授、王伟廉教授所做的大学课程界定，突出强调了大学课程与中小学课程的不同，他们认为，“根据教育是一种有目的的活动，并结合我国高等教育当前的研究状况，‘课程’这一概念采用这样的定义是比较恰当的：课程是指学校按照一定的教育目的所建构的各学科和各种教育、教学活动的系统”。[①] 这个概念包括几个基本要素：

课程是有目的的，不是自然发生的；

课程是一个有组织的体系，而不是杂乱无章的；

课程既包括学科体系，也包括其他有目的的教育教学活动体系。

表 0－1　　　　课程概念分析表[②]

主要维度	主要观点
课程动态观	Zais（1976）：课程分为文件课程和实施课程。
	Goodllad（1979）：提出了五种不同的课程，即理想课程、文件课程、理解课程、实施课程、经验课程。认为可以在不同水平上理解和分析课程。 Mcneil（1990）：认为存在着不同水平上的课程。 第二次国际数学教育研究（SIMS）：根据国际教育成就评价协会（IEC）的课程研究架构，将课程分为三个水平，即预期课程、实施课程和达成课程，亦即由课程指导、教学大纲和教材组成的教育系统水平，学校和教师的实施水平以及学生所达到的实际水平。
	黄甫全：课程是一切有目的、有计划、有程序的实践状态的人的学习生命存在及其活动，是一段教育进程。
	潘懋元、王伟廉：课程指学校按照一定的教育目的所建构的各学科和各种教育、教学活动的系统。
	小威廉·E. 多尔（1991）：课程是通过参与者的行为和相互作用而形成的。作为一种模体（Matrix），它是一种建构性、非线性和非序列性的过程，具有丰富性、回归性、关联性和严密性等特点。

① 潘懋元、王伟廉：《高等教育学》，福建教育出版社 1995 年版，第 127 页。

② 此表参见谢翌、马云鹏《关于课程实施几个问题的思考》，《全球教育展望》2004 年第 4 期。

续表

主要维度	主　要　观　点
课程静态观	Taba，H. & Oliver 等：课程是一种计划。
	Lawton：课程是一种文化的选择。
	Caswell，H. & Campell，D. Fosfay，Smith，B. O：课程的实质是儿童学习的经验。
	Johnson，Jr：课程是一种预期学习结果的结构化序列。
	陈侠（1989）：课程是教学科目及其目的、内容、范围、分量和进程的总和。
	廖哲勋（1991）：课程是用以指导学校育人的规划和引导学生认识世界、了解自己、提高自己的媒体。

大学课程最为显著和突出的特点是专业性。从大学诞生之日起，大学课程就具有专业性的特点。中国奴隶社会的大学课程就已开始分科，具体分为修身科、知识科和运动科，古希腊大学课程包括语法、修辞、逻辑、算术、几何、天文学和音乐，合称“七艺”[①]。初看来无论是古代中国还是古代西方的大学课程似乎只具有广博性而无专业性特点可言。但是当时的教育目的是培养统治人才：中国教育目的是培养可以统治奴隶的君子、圣人和贤士；古希腊教育目的是培养残酷善战的军人、能言善辩的政治家和最高统治者。因培养目标由课程来体现，所以古代课程的专业性特点具有隐蔽性，而无明显性。

封建社会大学课程专业性的特点就相对明显。中国唐代不仅出现了分科课程，而且还出现了一些专门化学校。大学课程按专业分为经学、书学、算学、律学、医学和玄学等，出现了专门化的国子学、太学、四门学、弘文馆、崇文馆等学校，这些学校承担着培养上层社会所需要的各种专门人才。西方封建社会的大学

① 钟启泉：《现代课程论》，上海教育出版社 2003 年版，第 24—30 页。

完全由教会控制，因此当时的教育完全是为培养僧侣和世俗封建主服务，课程充满了浓厚的宗教色彩，课程内容多为教义和早期教父著作。

现代社会大学课程专业性特点更为明显。大学分为农林、财经、法律、医学、文科、理工等各种专门院校，综合大学系科专业分类更为细致，甚至在一定时期内出现了直接按社会生产的部门、行业乃至按岗位培养人才的情况。但大学课程过分专业化导致了大学社会功能的弱化，无法充分适应和促进社会的进步与发展，引发了最近十几年大学课程的多次改革。今天我们在强调大学课程专业性的同时，更应强调学生能力（尤其是潜在能力）的培养，因此目前大学课程中综合化课程比重逐渐增加，但这样的课程改革并不能否定大学课程专业性的特点，因为这些课程设置的目的仍是培养和提高学生的专业技能。

大学课程的第二个特点是教学与科研相结合。高等教育的主要目的是引导学生掌握系统的高深专业知识，指导学生参与科研活动，从而培养学生发现新知识和从事科研的能力。大学课程的这一特点是科学技术发展对其提出的要求，这必然要求大学课程既要为未来的人才提供系统高深的专业知识，又要为他们提供参与科研的机会，使科研成为课程的重要组成部分。因为科研可以激发学生学习的主动性，提高学生的发现、分析和解决问题的能力，可以培养学生的创造欲望和创造潜力。大学生自身发展也要求大学课程具有学习与科研相结合的特点，大学生与中学生相比知识面比较宽广，基础更为扎实，智力水平和知识结构已达到可进行科学研究的程度，而且大学生的好奇心强、思想活跃，对新鲜事物的接受能力极强，并富有创造的热情，常常敏锐地发现一些新问题，从而提出自己独特的解决方法，取得了一些既有理论意义又有实践意义的成果。

大学课程内容具有前沿性。因为大学所培养的是未来社会所需要的高级专门人才，他们既应在人类已知的领域里遨游，更应探索人类未知的世界。为了实现这样的培养目标，大学课程不仅要包含人类已有的成熟知识，更要包含尚有争议的知识，吸收科学技术发展的最新成果，使课程内容始终处于科学发展的前沿，这样才能不断地培养学生征服未来世界的欲望与能力。

二 教学——大学教学

教学一词源于希腊文 Deiknyal，英语为 Instruction，俄语为 обучение，均有传授与学习之意。西方从古到今人们都是强调“教授”，后来又走向反面，格外强调“学习”，再后来又发展到对两方面都格外强调，于是提出“教与学”（Teaching and Learning）一词。到了20世纪人们格外地重视教学过程中教师的指导作用，强调教与学的有机统一，于是更多地使用“Instruction”来称“教学活动”。中国古代甲骨文中已经出现了教、学两字，《书·商书·说命》中有“教学半”的说法，说明这一词的词意是一种教者先学后教、教中又学的单向活动。另外，在我国古代，“教”有“教授、教诲、教化、告诫，令使等含义”。[①] 许慎在《说文解字》中写道：“教，上所施，下所效也。”一直到《礼记·学记》中的“建国君民，教学为先”，才具有教者和学者双方活动的含义。随着社会的发展，出现了有计划、有组织传递社会经验的客观需要，产生了专门化的教育活动，教学一词才具有教师教授、学生学习的专门含义。

在我国由于人们对教学理解的角度不同，对教学的定义也存

---

① 黄甫全：《教学论的任务、对象和内容结构初探》，《华南师范大学学报》（社会科学版）1997年第6期。

在着较大的差异，目前具有代表性的定义主要有：

所谓教学，乃是教师教、学生学的统一活动；在这个活动中，学生掌握一定的知识和技能，同时身心获得一定的发展，形成一定的思想品德。①

教学就是指教的人指导学的人进行学习的活动。进一步说，指的是教与学相结合相统一的活动。②

教学是教师的教与学生的学的共同活动。在教师有目的、有计划的指导下，学生积极主动地掌握系统的文化科学基础知识和基本技能，发展能力，增强体质，并形成一定的思想品德。③

国外学者对教学也有其不同的见解和看法。约翰逊（Johnson）把教学定义为，教育者与一个或更多的欲学习的个体之间的相互作用。④ 奥利瓦认为，课程是方案、计划、内容和学习经验，教学是方法、教授活动、实施和描述。⑤ 麦克唐纳认为，教学是（课程）计划的运用。⑥

笔者认为，教学是以课程内容为中介的师生双方的教与学的共同活动，是学校实现教育目的的基本途径。其特点是通过传授系统的知识、培养技能来促进学生的身心发展。在教学过程中教师根据一定的社会要求有目的、有计划、有组织地引导学生积极地、主动地掌握知识与提高技能。

由于课程内容与教学对象的不同，大学的教学具有与基础教

---

① 王策三：《教学论稿》，人民教育出版社 1985 年版，第 88—89 页。

② 李秉德：《教学论》，人民教育出版社 1991 年版，第 2 页。

③ 中国大百科全书编辑委员会：《中国大百科全书·教育》，中国大百科全书出版社 1985 年版，第 150 页。

④ 温彭年：《建构主义理论与教学改革——建构主义学习理论综述》，《教育理论与实践》2002 年第 5 期。

⑤ 崔允漷：《课程与教学》，参见网站 http：//phys. cersp. com。

⑥ 同上。

育所不同的特点：

第一，能够给予学生以广博深厚的文化浸染。大学教育有别于职业培训的最大不同，就在于它的教育影响具有全面性——全面地关照人的成长与发展。大学教学能够给予学生以广博深厚的文化浸染，是全面地关照人的成长与发展的实现途径。大学的教学之所以要善于营造一种追求真理、崇尚科学的精神氛围，让学生在其中接受文化的熏陶，是因为真正的教育是关注人的成长和发展的教育，其本身就是一个“文化—心理过程”。所谓“文化—心理过程”，是指文化作为社会历史遗存，它有先于个体存在、超个体的一面；作为社会历史遗存的文化不是一种静态的凝聚物，而是一个动态的过程，是一个活的有机体；个体现实的心理活动不仅浸染着文化，而且受着生存于其间的文化指导；作为人类世代交替的个体心理活动的机能都是人类文化进化的产物。因此，重视给予学生以广博深厚的文化浸染，应是所有教学（包括中小学教学）的重要特征。

第二，教学能够真切地关照学生的生活世界。“生活世界”是当代西方哲学的一个基本概念，生活世界是创造性活动的可能场所。学生的生活世界是指学生现在生活得以展开的背景和种种可能性。过去我们多强调“社会”与“社会关系”，而现在我们多强调“生活”与“生活世界”，这一种话语转换意味着对个体主体地位的确认和个人独特性的珍视。

如果说，生活是生命的存在状态，那么，生活世界便是生活实有与应有的领域。人生活在世界中，世界是人的根基。人与世界的关系是生活关系，人在世界中展开自己的思想与言行，展开自己的生命与人生历程，与个人实际生活发生真实“牵涉”的世界的总和构成人的“生活世界”。由此观之，教育都是在人的“生活世界”之中行进的，都超不出“生活世界”的领域，教育活动和人在教育中的生活都属于“生活世界”，“生活世界”是教育的根基，是教育之所以能够促进学生个体多种品质生成的奥妙蕴藏的处所。

只有关注学生的“生活世界”，社会生活中的价值冲突和学生内心的价值冲突在其成长发展中的作用才能进入教育者的视野，才可能去发掘其教育价值。学生主体性人格的生成和确立的现实基础只能是其“生活世界”，否则任何教育都只是外在化的装饰。中国古训中有所谓“纸上得来终觉浅，绝知此事要躬行”、“纸上得来终觉浅，心中悟出始知深”，前者强调的是实践、躬行对于知识的领会与掌握的意义；后者强调的是“悟”，即理解在吸收与掌握知识过程中的意义，而缺乏深刻的体验和积淀所形成的经验背景，“悟”就不易甚至不能产生。因为理解活动并非某种纯粹的智力活动，而是人的整个生存活动中的一部分。目前将教学过程视为单纯传授知识的过程或把教学过程视为知识传授和能力培养的过程，这样的教师大有人在。比较全面和科学的观念应把教学过程视为，知识传授+思想情感交流+智慧能力的培养+个性塑造的过程。换言之，教学是教师展示自己丰富、独特、完美个性的过程（这是自然的展示，而不是炫耀或卖弄）；是教师以此来充分调动学生个体的内在力量来促进、深化、拓展教与学的过程（优秀教学是学生成长的强大动力，是学生学习的中心，学生的整个学习以至生活都有可能成为教学的持续与拓展）；是师生之间独特的社会生活体验的过程；是师生（尤其是学生）全面成长，特别是精神世界丰富化、纯洁化、深邃化的过程，是学生在教师引导下同有教养的人进行对话的过程。

第三，重视教学过程，特别是重视其探索性。重视教学过程有两层含义：一是教学过程应该具有探索性；二是重视教学中师生的交往。大学课程内容的前沿性决定了大学教学过程的探索性，因为大学的教学对象已具有了相当丰富的知识积累，这就要求大学教学不仅仅是传播知识的过程，同时也是发现知识和创造知识的过程；因此即使是基础知识教学，也应站在学科发展的前沿反观基础、改造基础、重建基础。西方有一句耐人寻味的话“什么是教育呢？把所学的东西都忘了，剩下的就是教育”[①]。这就是说，只有能够赋予学生良好智慧与品质的教育才是有效的教育。

交往既可以是一种比较高级的独立活动，也可以是其他活动的构成要素，存在于两个或两个以上个体共同完成的活动中。教学过程中的交往，指师生之间或是学生之间联合力量去完成某一个目标而产生的相互联系。

教育活动是一种体现师生关系的社会活动。师生关系本身既是人与人关系在教育领域中的体现，更是教师和学生作为人而存在和发展的独特方式，具有无可比拟的教育力量。从某种意义上说，教育的全部意义都包含在师生关系中。教育过程甚至可以看作是师生关系形成和建立的动态过程。师生关系的核心，是师生之间具有平等地位，而没有高低、强弱和尊卑之分。对话是教学中师生交往的重要途径和形式。对话指师生基于相互尊重、信任和平等的立场，通过言谈和倾听而进行双向沟通。师生对话的核心，是师生作为平等主体之间的坦诚相见；[②] 对话展示了精神追求的可能性，因为对话是探索真理与认识自我的途径，对话的过程亦即是个体从狭隘走向广阔的过程，它带来视野的敞亮。

理想教育之所以特别青睐以对话为交往的主要形式，是因为我们有必要用交往的内在精神来改造、重建师生关系。威廉姆·

---

① Arthur K. Ellis、John J. Cogan、Kenneth R. Howey：The Foundations of Education，1981 by Prentice-Hall，Inc. p. 57.

② 参见李瑾瑜《布贝尔的师生关系观及其启示》，《西北师范大学学报》（哲学社会科学版）1997 年第 1 期。

多尔（W. Doll）对教师角色的界定是“平等中的首席”（First among equals），这种界定并没有削弱教师的作用，反而使教师的作用得以重新建构，即教师是内在于情景的领导者，而不是外在的专制者。[①] 在这种关系中，学生作为独立的主体积极地参与教学活动，在与教师的相互尊重、合作、信任中全面发展自己，获得成就感与体验生命的价值，并感受到人格的尊严。

第四，教师的讲授具有鲜明的方法论意识。大学教学的有效性不仅体现在应凸显整个学科赖以确立和研究所具有的方法论，还必须努力发掘在基本概念和命题之中所包含的方法论意义。例如，“文化生态”这一概念之中包含的系统论的方法论思想，“社会存在决定意识”、“审美对象决定审美主体”这些命题中所包含的历史唯物主义的方法论。概念中包含着方法论思想的原因在于任何学术领域中概念的确立、问题的解决和方法论的生成都具有内在的关联性和高度的一致性。概念不仅是思维的工具——有了概念才能做出判断、形成命题、进行论证，也是学术探索的成果——对概念的界定和使用中包含着人们的学术主张，概念的演变往往标志着学术思想的演变，一切研究成果不但在概念和范畴中积累，而且理论也借概念和范畴而发展。

经验告诉我们：意思的严肃与措辞的精当是统一的，只有概念的明晰和概念系统的逻辑自恰，才能保证思维的严谨。中国现代哲学家冯友兰认为：把常识和科学中的某些基本概念和命题，进行逻辑概念分析，帮助人们把已有的概念弄得更加清楚，使人们清除理智上的困惑，在学术研究中有其重要意义。[②] 在教学中

---

① ［美］小威廉姆·E. 多尔著，王红宇译：《后现代课程观》，教育科学出版社2000年版，第238页。

② 参见程伟礼《信念的旋程·冯友兰传》，上海文艺出版社1994年版，第33页。

教师自觉地进行概念和概念体系的建构，同时也是澄清思想与梳理理论。而在教学中重视方法论意识的凸显，就是我们常说的“授人以鱼只供一饭之需，授人以渔则终身受益无穷”。

在界定“课程——大学”与“教学——大学教学”这两个本书所涉及的重要概念之后，应厘清二者的关系，以便更好地完成本书的研究目的。多少年来学术界对此一直争论不休，以至于出现课程与教学之间的区别与彼此之间的联系具有不确定性的观点。

奥利瓦将课程与教学之间关系的理论研究成果，总结为四种模式：

二元独立模式：这种模式认为，课程与教学之间是彼此独立的、互不依赖的。二元论认为，课程是学习内容或教材，教学是内容的传递过程与方法。内容与过程、教材与方法是分离的、独立的。课程与教学这两个实体之间存在着一条不可逾越的鸿沟。教师在课堂教学中所发生的一切似乎与课程计划中所阐述的课堂教学应该进行什么没有任何的联系，课程设计者与课程实施者（教学实践工作者）互相不沟通，甚至互不理睬，对课程的研究和探讨与课堂教学中所实际传授的内容相互脱节。这种模式认为，课程的变化与教学的变化之间不会产生任何的影响。

相互交叉模式：这种模式认为课程包含了教学的一部分，教学也包含了课程的一部分，说明课程与教学两个实体相互结合的关系，把二者的任何一个同另一个分离出来，都会对二者构成严重的损害。

包含模式：这种模式认为，课程与教学并非两个独立的系统，课程与教学中的一个是另外一个的亚系统。因此这种模式包含了两种形式，一是课程中包含了教学，这种形式中课程占优势，教学不是一个独立的实体，是从属于课程实体；二是教学中包含了课程，这种形式中教学占优势，课程从属于教学，是从教学中派生；这种模式反映了一种清晰的等级关系。

二元循环联系模式：这种模式认为，课程与教学之间既相互独立，又相互作用，它们密切联系在一起，课程对教学产生一种连续的影响，同样教学也影响着课程；教学决策的制定在课程编制之后，同样课程编制在实施教学决策和教学评价之后也应做适当的修改与补充。这个过程是连续的、重复的、无终止的，对教学过程的评价影响着下一轮课程编制，继而又影响着教学实施。课程与教学之间不断循环往复，促进课程与教学的不断适应与改进。

由于长期受前苏联教育模式的影响，我国的教育理论认为，课程是教学的组成部分。有学者认为“没有教学内容的教学论是空洞的，课程事实上接受着、也应该接受教学过程规律的支配”[①]。因而在制度层面上课程与教学也成为两个分离的领域，二者的关系也被视为一种线性关系。课程是学校教育的实体或内容，它规定学校“教什么”，教学是学校教育的过程或者手段，它规定着学校“怎样教”；课程是教学的方向和目标，在教学过程之前和教学情境之外预先规定好，教学过程就是要传递法定课程内容。这样课程与教学就被割裂开，课程与教学之间机械地发生联系。近年来，由于课程研究的深化，传统的课程从属于教学的观点因其明显的缺陷而越来越受到质疑。陈侠先生认为，课程论是教育学之下的一门独立分支学科，是与教学论平行的分支学科。[②] 到了20世纪90年代这种观点被越来越多的人接受，有人明确提出了“相互独立和相互分离”的新观点，主张“课程与

---

① 王策三：《教学论稿》，人民教育出版社1985年版，第168页。

② 陈侠：《课程论》，人民教育出版社1990年版，第1—11页。

教学是教育实践的两个领域”，甚至有人提出了“大课程观”，认为“课程论包含教学论”。实际上，这些把课程与教学分开的观点可能会产生一种误导，致使课程与教学的研究走向极端，出现课程研究与教学研究相互独立与分离、教学实践与课程实践相互独立与分离，最后导致课程理论与教学理论、课程实践与教学实践走上一条非健康的发展之路。实践已证明，二元独立模式已经导致了严重的弊端——课程编制者忽视教师，同时教师也忽视课程编制，课程编制的理论与教师在课堂教学实际应用相分离。

实际上，课程与教学作为教育学领域中的亚领域，二者具有不可分割、缺一不可的密切关系。课程不仅仅为教学指定了活动内容，而且还规定了教学的总方向和目标，而教学也不仅仅是课程内容的机械传承，而是根据教学过程中的具体情况及教学对象的个体差异对课程进行技术上的加工和处理，并对课程进行评价和反馈。另外课程目标的实现取决于教学过程中教学本身的逻辑性，课程方案通过教学活动得以实现，也就是说教学过程是对课程的再加工和再演绎。

三 教师——大学教师

在英语辞典中，多将教师（Teacher）定义为从事教学（Teach）的职业人员。追究教学（Teach）的词源、它源于德文，由古英语的 T’aecan 一词演变而来，原意是展示、表现、向人演示（Show，Present to view），现在的含义是“让某人学习或者获得某种知识（Knowledge）与技能（Skill），教学（Instruct）或者培训（Train）”。教师（Teacher）是学校中传递人类科学文化知识和技能，进行思想品德教育，把受教育者培养成一定社会所需要人才的专业人员。大学教师是高等学校里承担培养专门人才的专业人员，其任务是把人类社会所积累的专业知识、先进的生产经验及思想观点和行为规范传授给年轻的一代，并培养和提高他们的才能，使其成为各行各业、各个学科领域的德智体全面发展的专门人才。大学教师的工作往往是同文化发达、科学昌盛、政治民主、人类进步紧密地联系在一起，大学教师的社会地位反映了一个社会重视科学文化知识的程度。其特殊的社会地位和社会作用，要求大学教师必须具有高尚的道德品质和崇高的精神境界；要求他们具有扎实的学科理论基础和渊博的知识，能独立地进行科学研究，要求他们掌握教育科学和懂得教育规律。

《中华人民共和国教师法》中规定，“教师是履行教育教学职责的专业人员，承担教书育人，培养社会主义事业建设者和接班人，提高民族素质的使命。”这样的界定简单而明了，但是我们对大学教师的理解并非如此简单。由于大学教师是社会生活中的一个特殊的文化群体，因此人们对其赋予了更多的象征性的含义，从而使其成为一种文化符号。

德国著名文化人类学家恩斯特·卡西尔认为：“人不再生活在一个单纯的物理宇宙之中，而是生活在一个符号宇宙之中。语言、神话、艺术和宗教则是这个符号宇宙的组成部分。”① 语言是最为典型的文化符号。任何文化符号都是形式与内容的统一，并且具有一定的结构与逻辑，正如巴特所说的：“符号是一种表示成分（能指）和一种被表示成分（所指）的混合物。表示成分（能指）方面组成了表达方面，而被表示成分（所指）方面则组成了内容方面。”②“能指”具有形态性，“所指”具有表意

---

① ［德］恩斯特·卡西尔著，甘阳译：《人论》，上海译文出版社 1985 年版，第 33 页。

② ［法］R. 巴特著，董学文、王葵译：《符号学美学》，辽宁人民出版社 1987 年版，第 35 页。

性，后者是文化学所着力研究的内容。“所指”的表意性指符号所包含的意义。“符号的含义源于并取决于使用符号的生物有机体；人类机体赋予物体或事件的意义，从而使它们成为符号。用约翰·洛克的话来说，‘符号的意义是人们任意给定的’。”① 根据这一理论，大学教师是一个具有丰富象征意义的文化符号，而这些象征意义基本上规定了大学教师的天职与本性。“师者，所以传道，授业、解惑也”，是对教师天职的经典概括。

① ［美］怀特著，曹锦涛等译：《文化科学》，浙江人民出版社 1988 年版，第 24 页。

第一章

大学教师职业发展

大学是社会发展的产物，是人类文明的里程碑，大学的诞生推动了人类文明的进程。大学教师是与大学相伴而产生和发展的专业人员，大学因大学教师的较高学术水平而成为大学，大学的不断发展促使大学教师职业发生相应的变化。

第一节 大学与大学教师职业的发展

大学是社会发展到一定阶段的产物，是为了实现人类一定的目的而产生的教育机构，所以大学一经产生就被赋予了特定的职能——培养人才。“随着科学技术的发展和科学研究在现代社会作用日益重要，使得大学的重要意义也提高了，作用也增强了。”① 因此，社会的变化与发展使大学的职能也随之发生变化，而大学教师作为大学这一教育机构中的主要成员，其任务与职责也随着大学职能的发展与变化而发生变化。

---

① ［美］菲利普·G. 阿尔特巴赫著，符明鹏、陈树清译：《比较高等教育》，文化教育出版社 1985 年版，第 17 页。

一 国外大学的发展与大学教师职业的发展

公元前5世纪左右，由于古希腊经济文化的空前繁荣，产生了具有大学特征的机构——学园。在中世纪的社会环境中大学各个方面都带有浓厚的宗教色彩，并受经院哲学的影响很深。教育目标主要是培养牧师、医生、律师和教师等职业人员；课程设置和教学内容都是围绕着宗教神学来进行，神学是最高层次的学问；教学的心理学基础是以神学官能心理学为主；教学方法是充满经院气息的辩论法，但这种以培养学生的逻辑推理能力和抽象理性思维方法为特征的辩论教学方法，直到18世纪仍然是大学中主要的教学方法之一。中世纪的大学教育主要以传播社会科学为主，大学教育的指向主要是泛人类以及人类以外的东西。当时的大学教师也是单一的个体，实施的是贵族对贵族的教育。因此，准确地说古希腊时代的“学园”只具备了大学的某些特征，还不完全属于真正意义上的大学，“学园”的教师属于大学教师的萌芽。

近代意义的大学起源于中世纪的教师与学生行会，最早的近代大学出现于12世纪的意大利、法国和英国。中世纪以行会起家的大学多半是以培养牧师、僧侣、医生、律师等为目的，其作用仅仅是保存和传授人类已有的知识与文化。此时的大学与古希腊的“学园”相比，仍然具有明显的宗教和经院神学色彩，仍然是教会活动的地方，大学的课程、教学方法充满了浓厚的宗教色彩，因此传播一种思想、知识与学问，尤其是传播宗教思想、知识与学问，是当时大学教师的唯一职责。这种以教学为中心的传统一直保留到19世纪末期。当时教师职业被认为是与牧师一样神圣的职业，历史学家本迪特曾对此做过评述，“雇佣教师并非根据其学术能力或成就，而是根据其对宗教的承诺”。[①] 而且中世纪的大学教师没有严格的任职要求。一般来说，学生学习6年以后参加考试，合格之后就具备教师资格。当时在波隆那大学甚至只要能招收到学生，任何学者都可以进行教学。因此中世纪的大学教师从事着单纯的教学活动，而且由于中世纪大学具有明显的宗教性和等级性，大学充满着宗教气息，所以当时大学教师主要是由僧侣来担任。在中世纪由于教育对象比较狭窄，教学内容也比较有限，教学方法比较机械呆板，因此大学教师培养学生的教学活动多凭个人经验与才智，缺乏科学理论依据，因而教学具有随意性大、经验化、随意化的色彩。教师培训主要采用艺徒制的方法，使学生获得一些有关教学的感性认识和教学经验，教育理论知识尚未进入正式的课堂，教师培训也仅被视为一种职业训练而非专业训练。

中世纪的大学坚持大学自治、以教学为主、教授与校长治校、传授知识专业化与职业化的特征，使大学教师开始成为一个独特的职业群体，即大学教师不仅要传授普通知识，也要传授专业性知识，从此逐渐产生了不同学科和专业的大学教师。而且从整体而言，大学教学是教师与学生之间根据协议而组织的相对独立的教学组织形式，具有明显的世俗色彩，课程内容也逐渐具有明显的专业性特点，如萨莱诺大学的医学、波隆大学的法学等。

中世纪欧洲大学的发展，为欧洲的工业革命和资产阶级革命奠定了基础，也为现代大学的产生创造了条件。欧洲从15世纪以后先后经历了多次的社会改革和社会革命运动，如马丁·路德的宗教改革运动、文艺复兴运动、英法的资产阶级革命等。18

---

① 国家教育发展中心编：《发达国家教育改革的动向与趋势》（第五集），人民教育出版社1994年版，第23页。

世纪发生在英国的工业革命，极大地冲击了封建主义的基础，促进了人文思想的发展，打破了宗教的垄断地位。特别是1609年伽利略发明望远镜，并通过望远镜观察到月球之后，科学研究方法发生了质的变化，真正意义上的科学随之出现，科学研究和科学成果产生了前所未有的发展和进步。这一切极大地推动了大学的现代化，大学的现代化又推动了现代大学的产生。

1694年被称为欧洲第一所具有现代意义的大学——德国哈勒大学产生，最大的创举是第一次在大学中全面推行人文主义思想，倡导学术自由，设立了以新兴自然科学为基础的现代哲学课程和讲座，使以亚里士多德为代表的古典哲学第一次在大学中失去了至高无上的统治地位，此后大学开始接近现实生活，大学科学研究的职能开始萌芽。但从总体上来看，直到18世纪末期，德国的大学还是远离时代要求，科学研究还只是大学的副业，并非是大学的基本职能，也不是大学教师职业的基本要求。近代科学技术在17世纪已经达到高峰时期，而且产生了科学学会和社团，西方学者称之为“有组织的科学殿堂”。从中世纪开始欧洲所有的智力和学术活动几乎都是在大学内进行的，但是这种智力与学术活动却没有孕育出近代的科学技术，虽然在16世纪大学的一些学者（如意大利帕多瓦大学的数学教授伽利略、英国剑桥大学的数学教授牛顿）都对近代物理学的发展起到至关重要的作用，但“17世纪的大学并不是科学活动的中心，牛顿、伽利略的特例并不与这一结论相悖……在整个17世纪和18世纪，不仅欧洲大学不是科学活动的中心……而且大学还是反对近代科学所构建的自然新观念的主要中心”①。虽然17

① ［美］理查德·S. 韦斯特福尔著，鼓万华译：《近代科学的建构：结构论和力学》，复旦大学出版社2000年版，第113—115页。

世纪几乎每一位重要的科学家都由大学培养，但科学却无法进入大学的普通教室，更无法进入大学的课程中。1869年埃利奥特（Chares. W. Eliot）任哈佛大学校长时，就一再呼吁学者的形象应该是教师，“美国大学教师的主要任务应当是定时的、勤奋的课堂教学”。[①] 人类社会的第一次科技革命、第二次科技革命促使欧洲社会的政治、经济和文化都发生了巨大的变化，在这种情况下社会对大学教育提出了迫切的要求，期待着大学能够为社会的政治、经济、文化的发展培养大批人才，但是欧洲传统大学仍然固守着古典经院哲学和人文主义的教学传统，大学的教育观念、教学理论、课程设置、教学内容和教学方法都没有发生实质性的变化。

在社会的政治、经济、文化和科技发展的促进与推动下，各个国家的大学不得不进行相应的改革。在18世纪20年代法国创办了军事和民用两大类高等专科学校，在法国大革命时期根据“达鲁法案”还创办了“综合理工学院”（Ecole polytechique）。这两类新型的大学在培养目标、课程设置和教学方法方面都与法国传统大学具有本质的区别：高等专科学校完全是按不同学科而设置，如数学、物理专门学院，伦理、政治学院等，这些专门学院完全打破了传统大学的文、法、理、医四科的设置体系，而且课程设置也多为近代新兴学科和实用性学科；综合理工学院首次系统地引进了近代科学技术课程，以实际应用为主要目标的画法几何学占到总科目的一半，同时牛顿力学理论正式出现在大学课程之中，成为学院正式的教学内容；在教学方法上综合理工学院改变了传统大学中以课堂讲授和传授理论知识为主的教学方法，

---

① 国家教育发展中心编：《发达国家教育改革的动向与趋势》（第五集），人民教育出版社1994年版，第29页。

采用了理论知识的讲授与学生实际技能培训紧密结合在一起的方法，既重视学生理论知识的培训，也重视学生实际操作能力的培养。在三年的学习中，前两年中每一年都安排一定的时间用于学生的实习，到了第三年则每一个学年都要进行实习，以便使学生学会运用前两年所学习的理论知识，这是大学实习教学法的开端。这种教学方法强调理论与实践相结合，与中世纪以发展学生理性思维和思辨能力为主的讲座式和导师制的教学方法相比，是一个极为重要的发展与进步。

虽然新型大学在很多方面与传统大学发生了很大变化，但这些新型大学仍然只具有单一的教学职能，还没有承担科学研究的职能。大学的主要任务是传递静态的知识，而不是发现新知识。1810 年在以费希特和威廉·冯·洪堡为代表的新人文主义者的倡导下，德国成立了柏林大学。洪堡提出了教学与研究相统一的新人文主义的大学办学理念，他认为，增进人的知识为科学服务，是整个人类发展的最高阶段。因此洪堡强调，大学教学不应该只重视静态知识的传授和学生掌握知识的多少，更应该重视追求知识的态度，师生都应该把科学作为一种没有完全解决的问题来对待，从而使大学产生了新的职能——科学研究。洪堡所强调的科学研究实际上也是一种“纯科学研究”，是一种“纯粹的认识”，这种认识与研究不具有其他任何目的，而是以自身发展为目的。洪堡把教学与科研紧密地联系在一起，把培养人才与发展科学合为一体，使二者相辅相成，并且他将“把科学研究引入大学教学”作为柏林大学的一条重要教学原则确定下来，科学研究在大学中的地位也由此确立起来，大学教师的职业要求也随之发生变化，“大学教师的任务不再是原来意义上的‘教’，教师的‘教’是对学生从事研究的一种引导；反之，学生的‘学’也不再是原来意义上的‘学’，而是一种独立的研究与钻研”。[①] 大学教师的工作则是诱导学生的研究兴趣，在此基础上进一步指导并帮助学生做研究工作。教师要从纯科学的角度推进研究工作，在研究中发现学生的潜力和培养学生的创造力。加之19世纪末期实验教学法的产生，使这种科研化的教学方式标志着现代大学教师职业的成熟，之后大学教师作为一种特殊的职业在社会发展中发挥着其应有的作用，从而日益受到社会的重视。经过洪堡的新人文主义的大学理念改革之后，19世纪德国大学的教师、学生和教学研究等观念都发生了很大的变化，从而使德国大学以一种崭新的形象出现在世界大学之林。

当时洪堡从教学和科研应该相互统一的角度，提出大学教师要从事科学研究的设想。他认为大学“立身的基本原则是在最深入、最广泛的意义上培植科学，并使之服务于全民族的精神和道德教育——科学的目的虽然并非如此，但是它的确是天然合适的教育材料”，“如果对科学没有持续不断、独立的认识，也根本不可能真正地把科学作为科学来讲授”。此外他还认为，德国大学教师“在各自专业中的成就正是通过教学活动而取得”。[②] 这得到了很多人的认可，但也有很多学者对此持强烈的反对态度，英国著名教育学家约翰·纽曼就是其中之一。他认为，虽然认为大学进行科学研究的做法会牺牲科学的看法有失公正，但是发现与教育是两种截然不同的职能，而且也是截然不同的两种才能。在同一个人身上具有这两种才能的情况并不多见，把整天的时间花在向学生传授自己所掌握的知识的人不可能有时间和精力

---

① 李其龙、孙祖复：《战后德国教育研究》，江西教育出版社1995年版，第171页。

② ［德］洪堡著，陈洪捷译：《论柏林高等学术机构的内部和外部组织》，《高等教育论坛》1987年第1期，第25页。

去获取新知识。此后学术自由、研究与教学相互统一、以先进自然科学和现代哲学为主要课程内容的现代大学的教育观念被逐渐巩固下来，形成现代大学的教育理念；文理、理工综合的现代大学成为大学的主流，它取代了传统的经院式大学，大学进入了崭新时代。

现代大学教师的地位逐渐显现出来，其工作方式和工作原则比以往任何时代都更为明确。因此从某种程度上来说，现代大学的建立也相应地建立了现代大学教师的工作原则、工作方针、工作目标，使大学教师这个职业群体随着现代大学的建立，而逐渐成为一个新兴的社会阶层。但此时的大学教育，仍然主要针对贵族群体，停留在贵族化教育和象征性教育之上，大学是社会其他阶层可望而不可即的“象牙塔”。

第一次世界大战之前，美国通过土地赠予法案，建立农工大学（或州立大学），为国家经济和社会发展服务。1862 年生效的《莫里尔法案》（Morrill Act）和 1890 年通过的《第二莫里尔法案》都规定了联邦政府每年要向赠地学院拨款。这样做大大地刺激了公立和实科高等教育的发展。《莫里尔法案》推动的“赠地学院运动”适应了美国工农业迅速发展和人口激增对大学教育的新需求，使得美国现代公立大学体系开始形成。在这一过程中产生了大学的新职能——为社会服务，这不但要求大学要坚持教学与科研相结合，而且还要为社会发展提供直接的服务。大学新职能的产生与发展，使美国高等教育出现了多元化和多样化的特点，也对 20 世纪以后整个世界的高等教育产生了巨大而深远的影响，对推动大学逐渐从社会边缘走向社会的中心具有重要意义。

首先，改变了大学的服务方向。大学从此走出了传统的贵族模式，坚定不移地为社会经济发展服务，在精英教育存在的同时，大学把培养社会最需要的实用人才作为首要任务，除开设经典课程之外，还开设大量实用课程。

其次，拓宽了大学的发展道路。随着美国工业化速度的加快，美国大学在培养一般性实用人才的同时，也培养经济发展所需要的高级专门人才，促使美国产生以培养高层次人才为主要目的的大学。它走出了一条与经济发展水平相适应的、相互作用的大学发展道路。

最后，推动了大学民主化的进程，形成了以普及高等教育为目标，兼容精英教育的新的高等教育体系，之后大学实现了由古典精英教育模式向以科技教育为主、面向社会上一切人员需要的大众型教育模式的转变。

美国大学模式的建立，标志着大学教育从“象牙塔”中走出来，走到了社会的中心，从精英教育转向了大众化教育。这些转变对大学教师也提出了严格的要求，教师要从纯理论研究走向实用技术研究，要从书房中走出来，走向社会，甚至要到生产第一线，要从面对少数人转向为多数人服务。教师的职业身份也发生了深刻的变化，从知识的传授者、研究者、创造者转为生产实践者。

随着欧洲大学的改革，大学教育思想和教育理论也发生了相应的变化。赫尔巴特（Johann Feiedrch Herbart，1776—1841 年）的教学理论对这一时期欧洲大学教学产生了重要的影响，他提出的建立在统觉心理学[1]基础上的教学理论被许多研究者认为是教

---

① 赫尔巴特批判地接受莱布尼兹的统觉学说，并提出统觉团的概念。统觉过程就是把一些分散的感觉刺激纳入意识，形成一个统一的整体，这个整体，便是赫尔巴特的“统觉团”，即对已知事物的完整理解。统觉团的概念在教育学上发挥过很大的作用。学生通过以往的学习，具有一定的统觉团，才能吸收相关的新观念。教师在备课时，必须考虑在学生的过去经验中有没有相应的统觉团，否则教学效果就不佳。赫尔巴特的统觉心理学是从哲学心理学走向科学心理学过渡时期的心理学，他为科学心理学的建立做出了先驱性的贡献。他的统觉团学说对世界各国的教育学和教学方法都产生过巨大的影响。

学理论学科化的开端，虽然从现代心理学的角度来看，赫尔巴特的统觉心理学还不是完全意义上的科学理论，但是他的尝试打破了长期以来大学教学建立在官能心理学基础上的格局，这对大学教学来说是一个进步，20 世纪中期以后认知心理学的许多重要理论都是建立在赫尔巴特的统觉心理学基础之上的。他提出的“明了、联想、系统、方法”的“四补式”教学过程论（后来被其学生发展为五段教学法），第一次以心理学为依据明确地提出了教学组织和实施的理论与方法，成为 19 世纪末至 20 世纪初最重要的教学思想和理论，直到今天在许多国家的大学教学中仍然还明显地保留着这种教学法的痕迹。

人类进入 20 世纪以后，特别是在 20 世纪 50 年代以后，科学技术的迅猛发展，尤其是以电子计算机、通讯和网络为核心的现代通讯技术的出现，使人类社会从工业时代进入了数字化的信息时代，这些都对大学的课程和教学产生了深刻的影响：

首先，由于科技的快速发展，对人才的知识结构和能力、技能要求的更新频率不断地加快，使传统的一次性学校教育已经无法满足职业流动、职业变化对个人知识与能力的更新要求，终身教育思想由此而产生。终身教育思想要求大学教学进行改革，要求大学教学不仅要教会学生走向社会所需要的知识与技能，而且要以终身教育思想为指导，提高学生自我学习和自我更新的能力。

其次，由于知识和信息量的急剧增加，出现了很多的新问题。如，在有限的教学时间内如何解决传统课程设置与知识量无限增加之间形成的尖锐矛盾，知识的滞后性与新知识、新技术更新速度加快之间的矛盾；新技术、新科学不断融合和延伸，交叉学科大量出现……大学课程如何解决这些矛盾。

最后，大学传统教学形式、教学方法与手段已经滞后于社会对人才需求的发展速度。信息化时代的社会要求大学培养的人才不仅要掌握深厚的专业基础知识，更要具备创新能力。为了实现这个目标，在教学中要充分地发挥学生学习的主动性，培养学生的各种能力，因此个别化教学、电子化教学开始逐渐走进大学课堂。

这些对大学教师的教育教学理念、教学方式等都产生了深刻的影响。

大学的三大基本职能——教学、科研和服务是现代大学发展的基础与动力，随着大学职能的不断发展变化，大学教师的任务与职责也发生了相应的变化——由最初单一的传授知识（教学）发展到教学与科研相结合，再到教学、科研与直接为社会服务三者相结合。

二 中国大学的发展与大学教师职业的发展

从大学产生的历史来看，中国近代大学的产生要比欧洲近代大学晚 700 多年，但中国大学职能的历史变迁以及大学教师职业的发展，与欧洲大学的发展并未有较多差异，存在着很多相似之处。

1894 年成立的京师大学堂，仅设立了仕学馆，以培养进士与举人为目的，后来增设了师范馆、医学实业馆等；直到 1904 年才招收了第一批大学预科生；到 1910 年京师大学堂才发展成为分科大学。当时京师大学堂的主要目的是培养清政府所需要的政治、教育、外交、经济等方面的人才，因此当时教习（教师）的唯一职责就是教书。

1911 年辛亥革命之后，中国的高等教育迅速走向现代化、近代化，京师大学堂更名为北京大学，1917 年蔡元培任北京大学校长。蔡元培将德国大学开展教学与科研相结合的办学经验引入了北京大学，提出了“大学者，研究高深学问也”，之后中国大学产生了教学与科研两种职能。

20 世纪 40 年代以后，以西南联合大学为代表的战时大学应抗日战争之需，开展了为抗战和当地经济发展服务的研究与开发工作。1943 年在西南联合大学常务委员会主席梅贻绮的主持下建立了“清华服务社”，这是中国大学自办公司，直接为当地经济服务的先例。[①] 至此，中国大学已经具有了教学、科研、服务社会三项基本职能，发展成为真正意义上的现代大学。

新中国建立以后，受各种因素的影响，中国的高等教育发展经历了曲折的发展过程。按大学职能的变化，大致可以分为三个阶段。

（一）1949 年至 1966 年——以培养专业人才为主要目的阶段

从新中国成立到 1966 年“文化大革命”开始这 17 年，中国高等教育经历了改造、调整、大发展和整顿等几个阶段，大学的任务基本是为中国政治、经济和文化发展培养所需要的专业人才，发展和创新知识虽然在不同阶段都得到了不同程度的重视，但仍然是围绕着教学开展或以教学服务为主要目的。1961 年教育部颁布《教育部直属高等学校暂行工作条例（草案)》，其中第五章规定，“高等学校应该积极地开展科学研究工作，以促进教学质量和学术水平的提高”，“学校可以适当地承担国家的科学研究任务”，“高等学校的科学研究工作，应该根据国家当前和长远的需要，以及学校的具体情况来确定”。《条例》还规定，“高等学校应该把教科书和参考书的编著，当作一项重要的科学研究工作”。[②]《条例》中有关规定是针对 20 世纪 50 年代末期大

---

① 陈永明主编：《现代教师论》，上海教育出版社 1999 年版，第 91 页。

② 陈汝惠编：《建国三十年高等教育大事记》，厦门大学高等教育科学研究所印 1982 年版，第 93 页。

学盲目地搞“科学研究”，冲击了学校正常教学活动的状况而提出的。从条例的基本内容与基本精神中可以发现，它所规定的大学基本职能是为社会发展培养专门人才，科学研究的目的是为了提高教学质量，与此相适应大学教师的基本职责与基本任务是培养专门人才，教师参与研究的目的是为提高教学质量服务。也就是说，发展知识在当时并不是大学的一项基本职能。

（二）1977 年至 1988 年——教学、科研双重发展阶段

1977 年中国高等教育事业在遭受了“十年浩劫”破坏之后，开始进入了全面振兴与发展时期。随着国家政治、经济、科技与文化等各项事业的全面振兴与发展，高等学校除了自身的恢复与发展外，还承担着适应社会变革，满足社会全面发展需要的使命，大学的职能随之发生了重大的变化。这一变化的突出标志是“教学与科研双中心”的提出与实践。《全国重点高等学校暂行工作条例（试行草案）》（1979 年）提出，要把大学建设成为“既是教学中心，又是科研中心”的要求。我国大学的科研工作于 20 世纪 50 年代起步，到了 60 年代取得了一定的成绩，但当时大学的科研工作还不普遍，仅在少数学校中进行。“文化大革命”后，邓小平高屋建瓴地指出，“要抓一批重点大学，重点大学既是办教育的中心，又是办科研的中心”。[①] 1985 年至 1997 年高校教师从事科研的比重从 34.9% 上升到 43.3%，科研的领域从基础理论到应用开发、从传统技术改造到高新技术发展，几乎涵盖了所有的学科领域，并且有选择地将科研成果进行物化，产生了如北大方正、清华紫光等高科技企业，这表明发展知识、创造知识成为了中国高等学校的一项基本任务，具有与培养人才同样重要的地位，大学教师的职责与任务也因此发生了相应的变化。

---

① 本书未加以标注的数字均引自相应年度的《教育统计年鉴》。

在1979年之前对教学管理与大学教师管理的相关研究也没有受到重视，涉及这方面的研究也是寥寥无几，20世纪80年代以后这方面才有所发展，这是与邓小平提出“要尊重知识，尊重人才”的观点有直接关系的（具体统计见表1－1、1－2、1－3）。

表1－1　高等教育管理研究50年论文数量统计　（单位：篇）

	1949—1954	1955—1959	1960—1964	1965—1969	1970—1974	1975—1979	1980—1984	1985—1989	1990—1994	1995—1997
教学管理	0	3	2	1	30	3	20	16	37	43
师资管理	1	0	1	0	1	0	37	54	144	73

表1－2　高等教育管理研究50年论著数量统计　（单位：篇）

	1949—1954	1955—1959	1960—1964	1965—1969	1970—1974	1975—1979	1980—1984	1985—1989	1990—1994	1995—1997
教学管理	0	0	0	0	0	0	2	16	14	4
师资管理	0	0	0	0	0	0	0	1	14	8

表1－3　高等教育管理研究50年法规、文献数量统计　（单位：篇）

	1949—1954	1955—1959	1960—1964	1965—1969	1970—1974	1975—1979	1980—1984	1985—1989	1990—1994	1995—1997
教学管理	15	24	25	5	4	5	20	14	18	15
师资管理	5	11	9	1	1	4	10	24	4	7

（三）1988年至今——培养人才、科学研究与服务社会三项职能共同发展阶段

大学服务社会的职能作为培养人才职能和科学研究职能的延伸，在中国高等学校中形成和发展并非偶然，而是有其原因的。其中主要是中国社会发展与高等教育事业发展相互作用的结果。事实上新中国成立之前中国大学就已具有直接为社会服务的职能，之后这一职能发生了新的变化，内容不断地被充实，形式也越来越多样化。20世纪80年代末期直接为社会服务成为中国大学的基本职能后，中国大学进入了培养人才、科学研究与直接为社会服务三项基本职能共同发展时期。

这一时期，我国大学为国家培养了大批高级人才。1978年全国在校本专科生86万人，研究生1万人，到1993年在校大学生增加到254万人，研究生增加到10.68万人，与1978年相比，大学生的数量是当时的3倍，研究生是当时的10倍，而教师的数量增加不到1倍。改革开放16年来（1978—1993年）共为国家培养了本专科生640万人，研究生29万人。大学在科研方面取得了丰硕的成果，16年来共获得国家三项大奖（国家自然科学奖、国家发明奖、国家科技进步奖）2023项，占国家颁奖总数的54%，在哲学、社会科学方面以高校为主的“八五规划”项目有506项，占总数的58.6%。大学在直接为社会服务方面也取得了巨大的成绩，创办了一批高新技术产业，据不完全统计，到1993年，全国500所高校创办高新技术产业1400家，年产值47亿元，年利税9亿元，其中北大方正集团年营业额9.14亿元，利润1.3亿元。

新世纪我国大学如何正确发挥这三大职能，是关系到提高我国高等教育质量的大问题，《中华人民共和国高等教育法》第三十一条对此作出相应规定，大学应以培养人才为中心，开展教

学、科学研究和社会服务，即我国大学要紧密围绕培养人才这个中心，开展教学、科研和社会服务工作。知识经济时代，大学作为以传授、转化、创造知识为中心的教育机构，其社会服务的职能将得到扩展并赋予新的内涵。在知识经济社会中知识是经济发展的第一生产要素，创造性应用知识和创新知识受到前所未有的重视，这对大学的要求更高。江泽民同志在《庆祝北京大学建校一百周年大会上的讲话》中指出："为了实现现代化，我国要有若干所具有世界先进水平的一流大学。这样的大学，应该是培养和造就高素质的创造性人才的摇篮，应该是认识未知世界、探求客观真理、为人类解决面临的重大课题提供科学依据的前沿，应该是知识创新、推动科学技术成果向现实生产力转化的重要力量，应该是民族优秀文化与世界先进文明成果交流借鉴的桥梁。"[①] 这段话不仅对国内若干所一流大学提出了要求，而且其精神实质也同样适用于全国各级各类的大学，是对我国大学在经济发展和社会进步中所应发挥作用的整体定位，即全国的大学都应在自己所处的行业或地区起到"摇篮"、"前沿"和"桥梁"的作用。在知识经济时代，大学要依照自身的实际处理好教学、科研和社会服务三者的关系，不能只停留在传统的教学、科研和社会服务层面上。任何一所大学都要依照知识经济的要求，按照市场经济的规律，在培养创造性人才、开展知识创新的基础上，充分实现高等学校的三大职能。因为在知识经济时代大学服务社会职能将得到进一步扩展，不仅表现在三大职能被赋予了新的内涵和要求，而且更表现在三大职能紧密联系、相辅相成，表现为对知识的传播、加工、创造起到整合作用。

新中国成立后虽然中国大学发展历经风雨，几经坎坷，但中

---

① 参见 http://www.moe.gov.cn/edoas/website18/info3311.htm。

国大学的基本职能一直有序地向前发展，大学教师队伍质量也在不断提高，使我国大学教师具有了承担自己职责与完成自己任务的必要条件。1978年中国政府颁布《中华人民共和国高等教育法》，依法确立了中国大学教师的职责与任务，即大学教师的基本职责是教书育人、科学研究和为社会服务。

唯物辩证法承认世界充满矛盾。我们不能也无法回避教学与科研、社会服务之间可能产生的矛盾。科技突飞猛进，知识经济方兴未艾，国力竞争日趋激烈，科技发展、经济形态、政治意识与国力发展紧密结合在一起，这改变着我们的生活，也改变着我们的经济、政治和文化，因此高等教育对科学技术创新、科学研究、高新技术产业化、文化繁荣，应给予更多关注和重视，为之做出更大的贡献。从一定意义上说，高等教育是国家基础研究与应用研究的重要力量，是高新技术的产业化和社会服务的主要力量，在知识经济时代大学将发挥更大的作用，并将从社会的边缘走向社会的中心。

第二节 大学教师职业的变化

从大学产生与发展的历史中可以看出，大学的产生和发展与科学技术、社会经济、文化发展息息相关，大学是人类文明的积淀，是科学技术发展的标志，是经济文化发展的需求。大学教师是与大学相伴而生的一个社会群体，从一定意义上来说，大学缔造了大学教师这个群体，同样大学教师这个群体也推动着大学的质量、品位、声誉的提高。随着大学的发展，大学的职能也不断地发生着变化，大学教师的职责也随之不断地发生着变化。

一　时代发展趋势对大学的影响

在近代科学产生以前，由于人们认识的局限，哲学被视为是包罗万象的科学体系，认为所有的科学和知识都归属于哲学，因此教学是大学的唯一职能，其任务是通过精炼的文法和智慧训练，采用思辨方式，培养学生健全的人格，教师在教育过程中扮演一种完完全全的教化者的角色。伴随着工业化与科技的发展，大学逐渐从社会的边缘走向了社会的中心，它的职能也在不断地发生着变化，从单一的教学演变为集教学、科研、服务社会为一体的综合职能，大学也随之承担四项基本任务，即传授专业知识、培养学生的品德、促进学生的精神交往、发展学术，通过完成这四项基本任务，理想的大学应该是传授和研究科学的殿堂，是教育青年人成长的世界，是学术勃发的世界；大学的基本特性也随之明确，即学术性、综合性和人文性。随着大学职能和承担任务的不断变化，教师的职责也不断地发生变化，纯粹的教学工作已经不是大学教师的主要职责，除传授知识外，大学教师还承担着学术研究和社会实践的任务。因此大学教师一方面要培养学生掌握丰富的知识，另一方面要训练学生掌握一定的职业技能。学生在教师的教诲下学习研究事物的态度，养成影响自己一生的科学思维方式。

人类社会已进入21世纪，这是与以往任何时代都存在着巨大差别的时代，这个时代的最大特征是社会生产力高度发达，曾经在人类社会中起主导作用的机械技术将逐步被新兴的数字技术所代替。因此21世纪将出现与以往时代所不同的社会特征：

智能的人工化：计算机技术进入了人类生活的方方面面，具有可逼真地模拟人脑的记忆、处理各种信息的功能，它使人类从繁重劳动中解放出来。

人类联系方式发生改变：网络是继交通、通讯等人类传统的联系方式之后产生的当今人类世界中最新、最有效、最快捷的联系方式。

全球化的运作方式：信息技术扩大了人类活动空间，使人类的政治、经济、文化等活动具有跨国界、跨区域运作的可能性。因此，人类的所有活动都或多或少地具有全球化的特征，地方保护和地域保守在这个时代存在的空间已经越来越小。

产业格局发生变化：信息技术出现以后，以机械技术为主导的产业格局逐渐被打破，社会产业的中心逐渐转向以信息技术为主的产业群。

知识经济社会和知识阶层逐步形成：在信息社会中知识的作用越来越大，知识经济社会逐步形成；劳动价值论逐步被知识价值论所代替；掌握高新技术的专业人群越来越多，逐步形成新的社会阶层。

人类社会发生的这些变化，对高等教育提出了更高的要求：

人才培养模式：传统的、单一的人才培养模式已经不适应当今社会的发展。现代社会需要的人才，一方面要具有从事某种职业的专业知识与职业技能，另一方面要具有适应社会飞速发展的应变能力。因此，社会要求大学所培养的学生既是所学专业的优秀者，也是宽口径、厚基础的创业者。

大学的运作与管理：在全球化时代合作是大学发展的一项重要的动力。因此大学不但要加强与其他学校之间的合作，也应积极与其他行业进行合作，更要积极参与国际合作。

改革教学内容与教学方法：大学教学应将最新的科学研究成果和社会科学前沿知识与成果引入大学课程中，同时要改进教学方法，使课程内容和课程实施的方法有利于培养大学生的学习兴趣和提高他们的能力。而且大学要摒弃教育的功利性和工具性，要根据受教育者个体的需要，将课程内容有机整合，形成科学的结构，通过教学过程，化为对学生的终极关怀。

重视和尊重知识和人才：将知识的探索与创造作为大学的首要任务，给予教师充分的自主和权利，以提高教学质量，从而提高学校的声誉。

在这样的时代中，大学教师所面临的机遇和挑战比以往任何时代都强烈。为了适应时代，大学教师要主动更新自己的知识，提高自己的教育教学水平；要学会与人合作和交往，在合作中提高自己，以群体的力量探索、发现和创造新的知识。

二　大学教师职业的变化趋势

提到大学教师，人们首先想到的是，大学教师是将人类社会发展过程中所积累起来的经验、方法、高深知识传授给年轻一代的职业工作者。

无论大学教师职业如何变化，教师在教学方面的基本职能的完整性无法改变和削弱，如同我们无论怎样来说明医生所具有的作用时，我们不能不肯定地说，医生的职责就是救死扶伤，为病人提供增进健康的建议等。同样的道理，大学教师应永远是促进学生进步、教会学生学习的专业人员，大学教师的这项基本职能不应被曲解，也不应被削弱，任何有碍教师以各种有效手段来实现这种职能的做法都是不正确的，也是不允许的。由于各种社会因素的影响，由于教育的阶级性，大学教师的特殊职能深受他所生活的社会与国家的影响，尤其深受他所处国家教育方针的影响。每当教育方针发生变化时，对于“学生应该学习哪些课程”、“学生为什么要学习这些课程”等问题的答案也必须要随之发生变化，这也会对教师产生新的影响。而且社会中并非只有大学才关心高等教育，不只大学才对教育产生影响，大学也并非是对高等教育产生影响的唯一因素。大学作为为达到某些特殊目的的教育机构，由于这些特殊目的会因时间、地点的变化而发生变化，教师的职业在很大程度上就被其所处的特定社会所界定，被其所处的特定社会的教育目标所界定。教育目标的实现又依靠课程编制与课程实施（教学）来实现，因此大学教师职业的变化是与课程和教学的变化紧密联系在一起的。

影响大学教师职业变化的重要因素是大学本身。大学是公共机构，与其他的公共机构一样，大学也具有自我发展的需要。但是由于自身的内在特性，大学有时很难满足社会各方面人士对它的期望；与此同时，大学又可能常常以人们意想不到的方式有效地自我运行，也可能会产生不利于它发展的种种后果。因而大学教师职业形象不可能不受到该机构的影响，甚至在某些时候这种影响超乎人们的想像。因此在一定程度上，大学教师职业的变化会受到大学性质的影响。所以高等教育目标、大学职能与大学组织形式的变化，都将在相当程度上影响大学课程与教学的变化，作为大学课程与教学领域中的重要力量——教师，其职业必然要随之发生变化。而且经济、政治、社会的变更，都会对高等教育的总目标、大学的职能和组织形式产生影响，进而对大学教师职业产生影响。

时代进步要求大学教师不应该再是已经定型知识的传声筒、既定思想与材料的供应商、照章（教材）行事而毫无创建（教学研究）的盲从者，而应实现从分科教授到跨学科教师、知识权威者到知识组织者、知识传授者到学习促进者、课程执行者到课程编制者、独立工作者到协作者、为人师表者到价值导向者的转变。

（一）从分科教授发展到跨学科教师

古代教师是具有丰富知识的知识分子，一个人从事着多方面的研究和教学；当代教师则只具有某一学科的知识，从属于某一学科领域，只进行这一学科的教学工作和研究工作，产生这种情况的主要原因是人类知识的激增。

人类知识进化到现代的一个重要表现就是知识数量的激增，而且产生了分门别类的知识体系，一些学科纷纷从哲学中独立出来，同时产生很多新学科。学科之间的界限越来越明显，每一学科都有自己的研究对象、研究领域和独特的研究方法，都在自己的学科视野里进行研究和发展，不同学科拥有不同的学科专家，不同学科专家之间彼此陌生，正是这种不同学科体系的形成，进一步地分化了“希腊七艺”，奠定了近现代分科课程和分科教学的知识基础，也是产生分科教师的根本原因。随着现代教育的发展，教师只在一个学科范围内得到一定程度的学习和训练，对于其他学科的知识知道得甚少，甚至不知道、不了解。正是由于大学教师缺乏其他学科的知识背景，致使大学中综合课程改革难以进行，也间接导致教师由于知识背景的原因无法正确评价其他学科教师的工作价值，贬低甚至否认其他学科价值的现象不断出现，不同学科之间的教师之间缺乏学术交往，缺乏学术上的对话与合作。马克思、恩格斯早在19世纪中叶就对科学发展过程中的知识综合化问题做出过科学的预言，这一预言在20世纪后期成为了现实。当代知识的发现和创新不再是封闭式和单兵独进式的发展模式，而是综合化发展的模式。尽管近代以来的知识仍然在不断地分化和深化，但是当代知识的分化与深化是在新的综合化基础上进行的，离开了各种形式的综合，就谈不上知识的创新。无论是宏观领域还是微观领域，无论是自然领域还是社会科学和人文科学领域都可以看到这种趋势。跨学科研究方法已经成为了任何一门学科的研究方法之一，与之相适应的是科学研究也从个体行为转变为共同体的组织行为。

为了适应当代知识综合化的趋势，教育也必须使学生从传统的学科知识视野中走出来，以一种综合化的眼光看待应用知识、增长知识和发现知识，并要具备与之相适应的能力，这就要求对传统一人一科的分科教学进行改革，提倡综合化课程和跨学科教学。跨学科教学有助于克服传统教育中教师缺乏本学科之外知识、不同学科教师之间缺乏交往，甚至产生相互冲突的情况，为每一学科的课程与教学的发展提供更广阔的知识背景，为大学课程改革和教学改革提供更好的人文环境。为了实现综合化课程和跨学科教学，教师应努力拓展自己的知识结构，提高自己的能力。这需要进一步改革目前现有的高等教育模式，在新教师培养中要拓宽原有的“专才教育模式”，发展为“通才教育模式”；在教师继续教育中要对原有教师进行这方面的培训。另外跨学科教学还应得到基层教学组织形式和教学制度的保障，如改革原有的按专业设置的教研室这种基层教学组织形式，实现按学科群来设置新的教学基层组织形式，跨学科的教学合作应该成为教师工作的基本形式，因为学科和知识的发展越来越需要合作精神、合作意识及合作的工作方式。

(二) 从知识的权威者发展到知识的组织者

教师因为掌握着本学科的知识，掌握着通向知识和智慧大门的钥匙，扮演着人类知识财富的合法代言人，自觉不自觉地以知识权威者形象出现在学生面前。其原因是知识是由少数具有杰出才能的精英在自己的书房或实验室独自发现或发明的，他们因此而得到巨大的社会声望，大家可以分享他们创造性的劳动成果；他们在各自所在的学术共同体中被大家所崇拜，他们的结论具有重要价值。从事阐释知识、组织知识和传递知识的教师也因此具有了较高的社会声望。而且工业时代知识增长速度非常缓慢，知识增长方式呈线性、累积性，通过不断地重复观察和实验而实现，知识的传递途径是单向的，革命性的变化往往需要上百年的时间。在这种背景下一个人一生中需要学习新的知识很少、掌握新知识的压力很小；对人类已有知识的记忆、理解是学校课程与教学的重要内容，学生掌握了这些知识就可以应付现实社会和未来社会的发展要求；学校教育不需要也不会鼓励创造性和探索性。在这种知识背景下，教师自然而然成为知识的权威者。

近代以来知识被认为是理性活动的产物，只有经过理性证明或证实的知识才是真正的知识。知识的合理性与真理性都不容置疑，具有普遍有效性。凡是不能用理性加以解释和说明的知识大多都被剥夺了传播的权利，被称之为“伪知识”，科学知识成为标准的知识范型。专家知识的价值要远远高于人们生活中习俗知识的价值。高度理性化的知识被作为课程内容写入教科书中，作为最有价值的知识展现在学生的面前。大学教育的目的就是帮助学生掌握这些最有价值的知识，由于学生的个人经验与生活知识的不可靠性、不完善性、不系统性，因而不具有教育价值，至多是掌握理性知识的基础与条件。

“知识就是力量”是千百年来我们所信奉的真理，人们普遍地相信，知识是改造社会各项事业的基础，知识具有绝对的价值，因而传授知识和获得知识是一种“善”的事业，无知是最大的“恶”，这种信仰是近代思想家主张普及教育的思想基础之一。因此在这种知识观指导下，教育目的是毫无偏差和毫无遗漏地传递某一学科知识，知识在教学中占据了核心位置。与此相适应，教师也被赋予了相当大的权利，灌输作为一种教学方法也取得了自己的价值论基础。

当代的知识不再呈算术级数增加，而是呈几何级数增加，呈现一种加速发展的激增态势。与此同时，知识（特别是科技知识）老化的速度在加快，为了适应时代的发展，人们就必须要改变接受一次性学校教育就可以一劳永逸地获取知识和储备知识的观念，要改变传统的“学习——就业——退休”的人类学习和生活模式，在自己的一生中要不断地根据工作和生活的需要，通过不同的教育形式来获得新的知识与技能，“学会学习”、“学会求知”、“终身教育”和“终身学习”是知识经济时代向每一个人提出的基本生存和发展要求。

当理性主义的知识观被解构以后，人们开始重新认识直接经验和间接经验之间的关系，改变了长期以来的间接经验与直接经验的“主仆关系”，大大地提高了直接经验在生活、学习和工作中的地位。在认识活动中，直接经验不仅提供了认识和掌握间接经验的基础，更重要的是培养了理性认识的原初素质（如好奇心、求知欲、创造精神、批判精神等）；已有知识的掌握不再具有终极或本体的价值，它们只具有工具性的价值，是为丰富、深化和扩展直接经验的能力和范围服务的。

因此教师在知识方面的权威地位在不断下降。古代教师靠自己的研究获得个人权威；近代教师靠严格的教学制度获得职业权威，知识的精英主义在其中发挥着重要作用；到了现当代社会，随着知识合理性的修正和扩展、知识的大众化，教师充当知识权威者的地位被动摇。教师在知识问题上捉襟见肘的现象经常出现，尤其是网络技术出现之后，学生获得知识的渠道和方法要远远多于教师，在这种情况下教师不可能，也不应该再充当知识的权威者。如果教师还一味地在教学活动中“维护”自己知识权威者的形象，不但不会获得自己的威信，还可能遭到学生的嘲笑与排斥，威信下降的速度反而会更快。因此当代教师的威信不是凭借对某一学科或某一类知识的占有而获得，而是依靠科学组织知识，也就是根据一定的教育目的、学生身心发展规律和社会对人才的需要组织各种知识，完成促进学生发展和帮助学生获得适应社会发展能力的任务。

（三）从知识的传递者发展到学习的促进者

由于人类知识总量的不断增长和快速更新给人类带来巨大压力，学校教育的时间与空间对于未成熟个体学习的有限性，我们不可能再像19世纪的斯宾塞那样简单地宣称科学知识最有价值，学校教育应尽可能多地设置有助于培养和提高学生适应社会发展所需要的各种能力的课程，要求学生牢固地掌握这些知识，并可在实践中科学合理地运用这些知识。因此我们需要思考，“何种知识最有价值”、“学生如何获取最有价值的知识”，为此教育家提出“发现学习”的概念，其目的就是把学生从掌握知识的数量中解脱出来，形成和发展探究的学习兴趣和学习习惯，以适应终身学习的时代要求。在这种时代背景下，教师不再是单纯的知识传递者，教师的教学任务也不再是单纯地传授知识，而是帮助学生形成正确的学习态度、学习方法以及形成灵活的学习迁移能力，担当起学习促进者的角色，这样教师对学生获取知识过程的关心甚于对他们掌握知识结果的关心，对学生掌握知识方法的关心甚于他们掌握知识数量的关心，当代教学过程在一定意义上可以阐释为培养具有自我学习能力的学习者的过程。

教育的唯一目的在于促进学生的发展，教学目的在于促进学生学会学习，学习是学习者心理倾向和能力相对持久的变化，是学习者自身的变化，从这一意义上讲，所有的学习都是“自学”。现代教育要求学生从被动的知识接受者转向主动的知识建构者、参与者，因此教师的职责不仅仅是完成自己的教学任务，更重要的是要创造性地促使学生发生有效学习。教师的工作不再以完成“教”为核心而展开，而主要是围绕学生的“学”来进行，如用科学合理的方法来促进学生知识的组织化、系统化；科学地判断学生已经达到教学目标的程度；反思未达到目标的症结；等等。教师在教学过程中要创造性地促使学生能力的持久变化，而不是教以具体的、不变的信息。

教师由知识的传递者到学习的促进者的转变还意味着教师作为信息源地位的变化。在传统教育中教师几乎是知识的唯一来源，是真理的化身，教师的职业赋予教师在知识方面的至高权威。在知识经济时代传媒高度发达，广播电视、报纸杂志、电子读物、互联网及各类开放学校、远程学校、网络学校各显其能，信息传播速度如此之快，人们接受新信息的渠道如此广泛，使人们获取信息、学习知识的渠道呈现多元化，教师不再是唯一的，甚至不是主要的信息源，而仅仅是众多信息源中的一个。因此，在信息社会中教师的主要任务是教会学生具有正确选择有效信息源和判断信息可靠性的能力，而不是使学生获得具体信息。

（四）从课程执行者发展到课程编制者

在传统理性课程模式中控制代替了学习，技术性问题（如“什么是学习规定知识的最佳途径”）取代了“为什么这是知识”等需要质疑、分析和协商的问题，教师是工程师而非哲学家，知道“怎么做”比知道“为什么这样做”更重要。尤其是计划经济时代的教育体制具有严密的控制结构，课程作为系统的学科知识，由国家统一组织课程专家和学科专家编制，教师虽然是教学的中心，但是他们只承担课程执行者和使用者的任务。这种课程是以线性结构来组织学科知识（即按着学科的逻辑体系来组织课程内容），割裂了各学科之间的联系，具有很强的封闭性，因此很难由教师来更新、重组和改造，也难以适应学生发展的需要。

当今时代是学科高度分化又高度综合的时代，更是一个知识迅速更新、变化频繁的时代，传统的、封闭的、固定的课程将无法适应当今社会发展的要求，也无法适应学生自主学习的需要。

因此应围绕当代和未来社会问题及技术问题来编制课程；应围绕其他无数可以想象的、可供选择的事物来编制课程；应围绕学生适应社会发展需要来编制课程。信息化时代要求大学不能使学生变成只会学习现成知识的机器人，而应培养他们成为名副其实的"人"——社会财富的创造者和社会发展的推动者，因此传统大学教育的统一课程与固定的教学方法将会受到冲击。大学教师要承担起课程编制的责任，使课程能够适应大学的教育目标和培养学生适应社会所必须具备的能力。

新时代的高等教育倡导建构一种对话、合作和探究的课程文化，强调改变教师的课堂生活方式，鼓励教师提高课程意识，参与课程编制、课程实施、课程管理和课程评价。面对教育对象不确定性因素的增加和创造空间的扩大，要重新定位大学教师的职业形象——文化工作者，大学教师应将教学视为乐在其中的任务和严格的智力活动，要实现课程执行者到课程编制者的转变。

建构新的大学教师职业形象，不能局限于教师个人专业能力的提高，而是要改变教师群体的处境，只有通过教师参与、交流与合作，塑造属于大学教师良好的群体文化，才能有助于教师更好地发挥课程编制者的作用。

（五）从独立工作者发展到协作者

丹尼尔·贝尔指出，前工业文明社会的主要矛盾是人与自然之间的矛盾，工业文明社会主要是人与机器之间的矛盾，而后工业文明社会由于服务业与知识占主导地位，必然使人与人、主体与主体之间的矛盾上升为主要矛盾，因此良好的协作与沟通将建立在主体之间的相互理解、共同发展基础上。①

① ［美］丹尼尔·贝尔著，高铦、王宏周等译：《后工业社会的来临》，新华出版社1997年版，第35页。

教师作为协作者，首先体现在与学生的交流中。在传统的大学教学中教师一般是自己在讲台上从头讲到尾，很少出现甚至根本不出现教师与学生之间的交流，教师对学生的了解极少，这对学生的发展百害而无一利。师生之间的协作，强调学生在教师的组织和引导下师生之间、学生之间一起讨论和交流，共同考查和批判各种理论观点和假说，对各种问题提出自己的论点、论据，并对别人的观点作出分析和评论。通过这种协作学习，学习者共同体（包括教师和每一位学生）的思维和智能就可以被整个共同体所共享，整个学习共同体共同完成对所学知识的意义建构。网络技术的发展为实现这种协作学习所需要的环境提供了技术支持，在这种新型的协作学习环境中，教师作为学生学习协作者的作用体现在组织协作学习和对协作学习过程进行指导。

其次，教师作为协作者也体现在同行之间。在传统教育实践中，独立性被视为大学教师职业的重要特点之一。教室是教师个人的领地，不允许别人插手，教学质量的高低主要取决于教师的个人水平。而在当今时代协作精神与合作能力对于教师职业的发展和教育发展具有重要意义。知识的分化与综合，使大学中出现大量的综合性课程、跨学科课程，这也是大学课程发展的重要趋势之一。这种课程的编制与实施都需要不同学科教师之间的协作与沟通；教学中使用的软件，需要不同学科教师之间的合作；网络教学中控制整个教学过程需要专业技术人员的支持和教师与技术人员的合作。

（六）从为人师表者发展到价值导向者

在价值观相对稳定统一的时代，社会赋予教师人生楷模的期望，教师作为为人师表者，既是学生道德规范的传授者，也是学生道德行为的榜样。网络技术的出现，扩大了大学教学过程的自由度与开放度，使学生时时处在各种文化信息之中，时时处在知识价值内化过程的各种矛盾之中，教师不但有责任、有义务帮助学生学会鉴别知识资源、梳理文化脉络，还应及时对各种不同文化进行诠释，帮助学生学会理解各种文化和判断各种文化的价值，促使学生形成正确地判断不同文化价值的能力。

从大学诞生之日起，各种各样的思想观念、科技思潮、文化热点、行为方式都快捷地或理性或直观地在大学中重现、展示、兴起和交换。现在，互联网比人类历史上任何一种通讯工具或手段都更快速地、更清晰地将世界各个地区与各个民族的文化、思想、观念、风俗和行为方式等实时地呈现在人们面前，形成一个由多元文化所组成的“虚拟世界”，在这里不同的文化相互作用并发生反应，学生置身于在这样的多元文化世界中，可以摆脱他们所处的某种单一文化的保守性和惰性力量等消极因素的束缚，使自我的内涵更加丰富，学生也因接触到不同的文化传统、价值观和行为规范，扩大和提高了个体的社会认同感，使自我更具有包容性。因此，教师有责任、有义务对学生在物理空间和虚拟空间中所面临的文化差异和文化冲突做出合理的诠释，帮助学生正确理解和处理这种冲突，使学生既学会维护自己民族优秀文化的价值，又学会正确对待文化多样性与多样性文化的价值，使他们的社会化过程更加健康，促进他们用宽容和理解的态度来对待不同的文化。

第二章

课程视野中的大学教师

如果说教育是培养人才的系统工程，那么课程就是这个系统工程的关键，因而课程在各国教育实践中都发挥着重要的作用。课程改革实践已经证明，教师的能力是决定课程改革成败的关键因素，本章拟从课程的视角对大学教师的能力——课程能力进行探讨。

第一节　大学教师与课程

大学教师与课程是教育过程中具有根本性、决定性的两个因素。对大学教师和课程的定位，实质上是对教育过程的定位，大学教师与课程的关系决定了整个教育实践范式的品质，也决定着人才培养的质量。

一　大学教师与课程的关系

20世纪60年代美国曾经编制了大量的新课程，希望以此来解决教育中存在的问题，这些课程在教育理论界普遍被看好，但非常遗憾的是，由于在实施过程中大多数教师并未采用新课程，或者新课程在实施过程中完全变样，致使教师与课程之间没有形成融洽的关系，造成改革以失败告终，这也使教师与课程的关系成为课程理论、课程改革中不得不重视的问题。因此本书拟对教师与课程的关系进行多角度的分析与梳理，这是本章研究内容的基础。

目前很多学者对教师与课程的关系进行了较为深入的探讨，这些探讨多从解释学、技术理性、教学文化、微观政治、自我履历等层面对教师与课程的关系进行了剖析。

（一）解释学层面的分析

近年来有关研究教师与课程关系的文献，大多侧重于两种思路，一是依据对“课程发展”的不同理解，即依据不同的课程取向、不同的课程编制模式等来考察各种取向对教师发展的影响；二是依据教师发展的不同取向来考察教师对课程发展的影响。这两种研究思路都将教师作为客体来考察，考察教师与课程的“匹配”或“适宜”，而不是将教师作为主体，从其对课程理解的角度去研究教师与课程的关系，这在课程研究中应引起关注。因为无论是由课程专家和学科专家编制的“自上而下”的课程，还是由学校开发的“自下而上”的校本课程，都涉及教师如何理解课程的问题，而教师对课程的理解是课程实施的重要因素。

解释学是关于理解的学说，是关于“理解”的理解。对于理解的问题，解释学中有两种不同的观点，一种是一般解释学的“复原说”，指通过理解、重建作者的原意，达到理解与作者原意的一致。由于解释者与作者存在着时间和空间的距离，所以产生失误在所难免；另一种是哲学解释学的“意义创造说”，哲学解释学认为，理解的目的不是要把握作品的原意，而是要达到作品的视界与读者的视界的融合，产生新的意义。正如海德格尔所说的：“此在的意义——亦即整个世界的意义——不是说被理解后才呈现在理解者面前，而是随着理解被展开，不是说理解发现了这些早已存在于某处的意义，而是随着理解的展开‘生成’了意义。”①

传统教育学中教师对课程的理解，是指教师对课程编制者意图的理解程度和对课程编制者主旨的把握程度，并能在课程实施中加以应用，因此好的课程实施就是教师准确无误地领会课程编制者的意图，并忠实地履行既定的课程方案。这与一般解释学的观点基本相同，这种理解使国家课程和专家课程一直是处于学校教育中的主导地位，也是导致课程改革失败的重要原因之一。因为这种课程要求教师服从于课程编制者的意图，按照课程编制者的要求来实施课程，忽视了教师在课程开发中的主观能动性。

按哲学解释学的观点，教师对课程的理解是一种意义的创造与不断生成的过程，教师对课程的理解是通过与设计者的分享、合作、交流、沟通而获得，在理解的过程中教师形成自己对课程新的意义和新的理解，因而教师在课程发展中可以充分发挥自己的主观能动性。

（二）技术理性（Technological rationality）层面的分析

运用技术的观点来分析和引发课程改革发生于20世纪60年代。最初技术分析作为“无计划的趋势”（Unplanned drift）而让位于更为理性和更为系统的策略。这些策略假定学校作为理性的组织，能够被操作和容易改革。教师则被认为是理性的采纳者，教师认同给他们提供的建议所具有的价值，愿意去实现这种价值。

---

① 转引自潘德荣《基于“此在”的诠释学》，《外国哲学与哲学史》（人大复印资料）1996年第8期。

这种观点认为，课程改革是工具行动的表现形式，通过这种行为可以发现最有效果和最有效率的实现预定课程的方式；这种观点的核心是技术理性，哲学基础是实证哲学，因此实践者首先和首要的是工具性（Instrumental）问题的解决者，于是在教育情境中教师是最好的通过使用理论和经验技术来解决组织好的工具性问题的实践者。

在教育实践中课程编制的决策不断地远离教师，与使用技术统治的理性限制教师的工作有关。这种理性不断地发生在社会分工里，导致教师在课程实施中无法发挥自身的主体性，而成为技术工人。技术理性的优势在于易于操作和管理，但其逻辑基础存在很大的缺陷：

技术理性假定改革决策者和教师以同样的方式来分析和解释实践，没有认识和考虑到原来改革的概念或政策发动与实施的现场不可避免地产生“滑移”（Slippage）的现象；

改革者或政策制定者被认为天生比课程实践者优越，教师在课程中的作用被降低为“生产线上的技术管理员”（Production the technocrat）；

技术理性暗含着一个有限的、扭曲的课程观。这种理论认为，课程是一个可以计划和确定的产品，能够独立于执行背景而构建。因此，它假设的有效变革只不过是改变一种产品而已，课程计划的核心功能被看作是新材料的生产，因此这种理论忽视了教师在课程改革中的作用，而且教师在课程改革中受到严格的控制。

（三）教学文化（Culture of teaching）层面的分析

教学文化与技术理性相对，教学文化将学校教育组织作为文化实体（Cultural entity）来分析，认为：“学校教育组织就像复杂的社会组织一样，符合网络构成，而不是一个由目标、官方角色、命令和规则推动的正式系统。"[①] 技术理性强调对课程改革的管理，文化分析则更关注课程改革的意义，它关注教育改革所处的社会文化环境。教学文化不是一般意义的文化，也不是特定的学校文化，它承认学校教育本质上是由教师所完成，在很大意义上是一种普通的职业文化，然而构成教学文化的规范、信念和价值观都并不具有平等的意义。科柏特等人将构成教学文化的因素分为"神圣的"（Sacred）和"世俗的"（Profane）两种。前者被认为，在本质上是不可改革的教师底线（The teacher's bottom line），如果课程改革挑战这些神圣的规范，其结果是课程改革将遭到教师的教育实践和文化的立即抵抗（Forthright resistance）。[②] 在现实中传授知识（尤其是经典的、永恒的知识），是教师神圣不可更改的信条。如果在课程改革中提出将知识的传授处于次要的地位，而将发展能力作为教育的关键，课程实施中应重视能力的培养和智力的开发，这将受到教师们的极力反对。虽然世俗规范在教育实践中也占据着战略地位，但它们与神圣的规范相比更容易变革。这种区分为解释教师与课程的关系，尤其是解释教师与课程改革的关系提供了理论基础。用这种理论解释教师抗拒课程改革的原因，就是现存的教学文化与课程改革建议中的教学文化缺乏一致性。因此，促使课程改革成功的关键之一是建立合作型的教学文化，因为课程改革没有教师的参与和合作，很难取得成功。合作型的教学文化有利于检验教师的教育实践，因为合作性的实践打破了教师们孤立的工作状态，可以增加他们的自信心，有利于改善他们的教学实践。这一点对于大学教师尤

---

① T. E. Dedl: Reframing reform, Educational Leadership, Vol. 47, No. 8. 1990, p. 7.

② 同上。

为重要，由于大学教师各自所处的学科领域不同，教师相互隔离、很少来往，很少在一起讨论与课程相关的教育实践问题或者寻求同事的帮助来解决课程问题，教师担心与同事的合作会被看作自己专业能力不强的表现。

（四）微观政治（Micropolitics）层面的分析

上述理论的探讨不足以解释课程改革过程及教师与课程改革的关系，因为这些理论没有考虑到学校与教师之间、教师与教师之间的矛盾和冲突。教学文化层面的分析虽然承认亚文化（Sub-culture）的可能性，但亚文化从属于到处渗透的主流文化（Dominant-culture），这仍然是用一致性来掩盖冲突。霍勒（Hoyle）指出，“政治不可避免地与利益相关”，他还认为，“微观政治组织中的个人和群众使用他们的权力资源和影响来扩展他们的利益”。[①] 因此从微观政治层面来看，学校中的权力分配和使用是课程改革中的最关键问题。

学校中的微观政治主要表现在教师通过控制学科领域、分配课程资源、获得学术身份、参与课程改革的决策等方面。从微观政治层面来看，课程改革是潜在的，本质上具有一定的破坏性，因此，课程必然导致个人和群体之间权力关系的重新配置。微观政治理论的研究表明，因课程改革威胁到群体的权力平衡并引起冲突可造成理想的课程改革失败。

微观政治理论将学校中的学科部门（Subject-department）看做是学校中最重要的组织和政治分支，学科经常赋予教师在空间、认知和教学方法上的共同感；学科的地位和权力也反映在学校的课程结构中，在大学中现代语言学科、自然科学学科和历史学科之间就存在着不平等，专业学科与基础学科之间也存在着不

① E. Hoyle：Mircropolitics of Educational Organizations，1982，p. 88.

平等。微观政治的冲突不仅通过学校的课程结构来得以表现，而且还得到加强，如现在许多大学实行的选课制，其宗旨是提供学生按自己的兴趣来选择课程的可能性，也为拓宽学生的知识面而努力，但也潜在地鼓励了各学科竞争，为了竞争“顾客”（学生）而间接导致物质与人力资源、时间和场地的竞争。由于微观政治的矛盾和冲突使学校的课程有所调整，毫无疑问在许多大学中人文学科地位的加强并受到欢迎，其主要原因是政治的策略，而哲学和教育学的原因是次要原因。

虽然微观政治理论并没有为课程改革提供明确的方案，但从微观政治层面观察课程改革内部的冲突与矛盾，有利于我们理解和分析课程改革中教师所产生的复杂心理以及造成课程变革受阻的一些潜在原因。

（五）自我履历理论（Biographical experience）层面的分析

自我履历理论强调课程改革冲击实践者（教师）的生活和事业及两者的相互作用，这种理论根据实践者个体的自我履历来考察课程改革，按照教师的希望、愿望、恐惧、承诺、信念和价值观，采取合适的研究来了解实践者的思考过程，以便从他们的视角来解释课程改革。自我履历理论认为，教师对课程改革的抵抗，是教师对失去某种意义的心理反应。马里斯（Marris）认为，“捍卫我们所学的有效性，我们都有一种深深地冲动”。[①] 他把这种冲动描述为一种“保守的冲动”，任何使个人身份产生变革的实践都会涉及某种感情的丧失，产生焦虑和冲突，这种效应与悲痛相伴而生。马里斯将它描述为“对失去所进行的心理调适的过程”。休伯曼（M. Huberman）与160多位教师访谈之后，认为教师的职业周期包括很多可以证明的阶段，这些阶段连续通

① P. Marris：Loss and Change，1974，p. 8.

过，在教师职业的整个背景中改革只是飞驰而过。他的研究还表明，从一个阶段到另一个不同的阶段，教师对改革的责任也会发生变化的，而且改革巩固了教师的基本技能，使他们进入了一个自愿变革和精力旺盛的阶段。①

按照个人履历理论，课程改革要根据每个实践者（教师）的专业发展而定，他们的专业发展存在于自身广泛的心理需求之中（如希望、恐惧和愿望等），因此课程改革成功要依靠构建一系列有新意义的个体和群体的心理和物质的支持。课程改革是一个痛苦的过程，需要经历某种层次的不协调，因此成功的课程改革应使教师感觉到自己在控制着改革，而不是自己被改革所控制。

这些理论对正确处理教师与课程的关系及在课程改革中发挥教师的积极作用具有一定的借鉴意义：

第一，教师参与课程改革有助于课程改革的成功。因为课程改革的主要实施者是教师，所以没有教师参与的课程改革难以得成功。如果教师参与课程改革的全过程，课程改革就比较容易取得成功，这也是被课程改革所证明的命题。

第二，教师具备一定的“成见”是教师参与课程改革的主观条件。按照哲学解释学对理解的认识，教师对课程持有“成见”（即前有、前见、前设②）是教师理解课程的基础和前提。

---

① P. Marris：Loss and Change，1974，p. 12.

② 参见海德格尔：《存在与时间》，生活·读书·新知三联书店 1987 年版，第 184—185 页。

海德格尔认为，“把某某东西作为某某东西加以解释，这在本质上是通过先行具有、先行见到与先行掌握来起作用的。解释从来不是对先行给定的东西所做的无前提的把握。准确的经典注疏可以拿来当作解释的一种特殊的具体化，它固然喜欢援引‘有典可稽’的东西，然而最先的‘有典可稽’的东西，原不过是解释者的不言自明、无可争议的先入之见”。而且“任何解释工作最初都必然有这种先入之见”。根据海德格尔的理论，笔者使用了前有、前见、前设三个概念。

教师身处的时代背景、文化背景、家庭环境、受教育的经验等构成了教师的前有，教师所接受的专业知识与技能训练、所形成的教育观念等构成了教师的前见，对课程的初步印象、假设构成了教师的前设。正是由于教师的这些“成见”使教师与课程之间的沟通与交流成为可能，成见意味着教师不是消极被动等待“填充”的无思想者。尤其大学教师作为具有学科知识背景的高级知识分子，他们都具有先进的、丰富的学科知识，多年的教育使他们形成一定的教育经验（虽然这对于一个大学教师还远远不够），教师完全可以实现从课程方案的被动接受者与执行者到具有主动精神的课程编制者、实施者和发展者的转变，教师具有成为课程主人的现实条件。

因此尊重教师的“成见”不仅是必要的，而且也是必需的，因为教师已有的观念不仅是他们理解课程的基础，而且正是在已有观念的基础上，他们才形成了与课程方案保持一致，又具有自身特色的课程实施，否则就制约了教师的能动性，从而制约课程在教育实践活动中的有效性、适应性。

第三，建立合理的学校文化是教师参与课程改革的客观条件。目前大学中很多的课程改革，尤其是综合课程改革难以实施的主要原因是不同学科教师之间缺乏共同交流的语言与文化。大学教师由于学科背景不同几乎没有共同语言，也难以进行合作，这既不利于课程改革和教学改革的有效进行，也不利于教师课程能力的提高，因此学校有必要建立有利于不同学科教师之间相互合作的学校文化，为教师参与课程改革提供必要的客观条件。

第四，实现教师角色转变是课程改革成功的关键因素。传统教育理论与教育实践中均将教师作为课程改革的执行者，教师承担着课程改革执行者的角色，他们只是被动地执行课程改革方案，被动地传递着被学科专家所预先设计好的课程，教师无法充分发挥自身的主观能动性。如果教师不承担着课程主人的角色，教师就不必承担课程实施的质量与课程改革成功的任何责任，这既不利于在课程改革中教师有效地发挥自身的作用，也不利于促进课程改革的成功。因此为了发挥教师在课程改革中的积极作用，为了促进课程改革的成功，应转变课程改革中教师课程改革执行者的角色，使教师成为课程主人更有利于课程改革取得成功。

这些理论为我们正确处理教师与课程的关系提供了理论指导，也有利于在课程改革中避免产生不必要的失误，但目前教育实践中教师与课程的关系并没有被处理得很好，教师在课程改革中的积极作用并没有得到完全的发挥。

第五，现实层面的分析。在历史与现实中教师与课程的关系是建立在法理化的文化政治学基础上。一方面这种文化政治学决定了课程社会文化的逻辑与机制。课程起源于文化传播的需要，这是无须也无法争辩的事实。然而在课程的发展历史中，这一使命逐渐地被演变为课程实践的根本性的、唯一的立论依据，因此学校课程始终在遵循、追赶法理化的社会文化中的理路嬗变中寻找、确定其宗旨、使命及存在的依据，形成了一种特定的社会文化锁定的逻辑与机制。从本质上讲，我们现有的课程完全受制于现存的“法定文化”的规范与旨意，将“法定文化”视为真理，因而教师只能机械地、盲目地，甚至麻木地认同、接受和服务于这种法定文化，这决定了课程的“标准化”，这种标准化的课程构成了一切教育行为的规范，任何人无法更改；另一方面这种文化政治学基础决定了教师是课程的“代言人”和“传声筒”，面对“标准化”的课程教师只具有原样传递的职责，不具有反思、批判、创新的权利，这也间接造成了教师缺乏甚至不具备这方面的能力。这种社会政治学基础导致教师成为“标准化”课程的附庸，课程与教师之间是指挥与服从、任务与执行的关系；这种政治学基础也导致了学校教育的工具性、灌输与训练的教学模式、呆板的教学方法等弊端。①

欲改变这种缺乏合理性和科学性的教育，应对课程与教师的关系重新定位，在课程改革中充分发挥教师的积极作用是解决问题的前提。

二　课程改革中大学教师的作用

随着理论研究的深入和对课程改革认识的逐步发展，人们对课程一旦被采用，便可以大功告成观点的错误性已基本认同。教师由于在课程改革中的特殊作用而成为理论研究的重点和实践关注的焦点。

英国学者斯坦豪森（Stanhouse）认为："没有教师的发展，就没有课程的发展。"② 任何一次课程改革都与教师的作用密不可分，教师是课程改革成果的直接使用者。课程改革具有两个不可分割的因素——技术因素和人的因素，课程编制是课程改革的技术因素，教师是课程改革的人的因素，只有实现技术因素与人的因素的统一，课程改革才能顺利进行。

教师在课程改革中的作用具有两面性。一是积极的促进作用，教师将课程决策的指导思想与课程编制所产生的课程方案有效地落实到具体的教学行为中，如果赋予教师相应的课程编制者的权利，更有助于教师在课程改革中发挥积极的作用；二是消极抵制作用，它将使整个课程改革的目的难以实现。教师在课程改

---

① 参见郝德永《教师是课程的主人有义务建构自己的课程》，《中国教育报》2003年11月20日第8版。

② ［英］约翰·埃里奥特著，王红宇译，《教师在课程中的作用：一个英国课程改革尚未解决的问题》，《外国中小学教育》1993年第4期。

革中发挥积极作用还是发挥消极作用取决于教师的能力与权利。为了使教师在课程改革中发挥积极作用，避免产生消极抵制作用，首先要分析清楚教师在课程改革中产生消极抵制作用的原因，这是保证课程改革顺利进行的前提。

教师在课程改革中产生消极作用的主要原因有：

（一）课程改革的原动力来自社会发展的需要而非教师自身需要

这里所说的社会发展需要，既包括社会经济、文化的发展对人才培养模式的要求，也包括众多大学之间为适应经济和文化发展而进行的竞争。当大学毕业生不能满足社会发展的需要，在就业方面相对于其他高校缺乏现实和潜在的竞争力时，社会发展和大学自身发展都要求大学对课程和教学进行改革。所以一定程度上，课程改革的原动力是来自社会发展的需要，而不是来自教师自身的需要。因此，在改革中教师或多或少地对原有课程体系存在着某种“偏爱”，从而产生依赖性甚至是惰性，这是教师在课程改革中产生消极作用的根本原因。

（二）改革的风险使教师产生保守的倾向

课程改革和其他任何改革一样都具有一定的风险，而且课程改革实践也出现了很多失败的例子，还出现过改来改去又回到原有课程体系的情况。如前苏联“十月革命”胜利以后，一直强调教学与生产相结合，但到了20世纪30年代又认为这种做法降低了基础知识的教学质量，为此又回到以“普通知识教育”为主的课程体系，而到了50年代这次改革又受到了批判，到了80年代末又强调要回到强调教学与劳动相结合的课程体系中；而且在课程改革初期很难判断改革的效果，甚至出现因为受不恰当的舆论影响而致使改革被迫中断的情况，因此教师对课程改革更趋于保守，往往采用观望或者以“不变的姿态”来应付“万变的改革”。

（三）教师自身能力的局限

在科学技术快速发展与知识更新周期缩短的时代，社会对人才的综合素质要求越来越高，因此大学课程应重新认识和整合基础理论知识，应拓宽与调整专业知识，应不断地总结与吸收科学技术发展所带来的新理论，这意味着教师要花费更大的精力去熟悉、研究新课程，并且要不断地充实新的教育理论，这要求教师要不断地学习新知识，不断地提高自身的能力与水平，因此不可避免地出现教师因自身能力原因而拒绝参加课程改革的情况。

在教育实践中有些大学的课程改革计划既具有科学性，也具有合理性，但实践结果并不理想。导致这种情况的主要原因之一就是教师能力。这种情况目前在大学中主要表现在：

部分老教师虽然具有丰富的教学经验，但由于他们知识结构的相对陈旧和过细的专业教学模式，使他们形成长期单纯讲授某一门课程的“教学定式”；由于社会的经济、文化、科技的发展而使课程发生相应的变化时，他们无法在短时间内承担并完成新的教学任务；

青年教师一般都具有合理的知识结构，敏锐的思维，思想也较活跃，接受新知识、新观念的速度较快，但是他们普遍缺乏教育理论与职业技能的培训。大量青年教师虽然具有高学历与高职称，他们的教育职业技能与高学历成反比，即学历越高教育职业技能越差；

青年教师虽然对现代科学技术的发展反应迅速，但普遍缺乏实践意识。因为目前大部分大学青年教师都是从校门到校门，在校学习期间实践训练不足，致使理工类教师对企业缺乏足够的感性认识，人文类教师对社会实际状况缺乏真实了解，尤其是担任一些新兴学科（如电子商务、物流专业等专业）教学任务的青年教师几乎都没有实践经验，教学中采用从纯理论到纯理论的讲授法，造成他们培养的学生更加缺乏实践意识；

部分教师从事教学工作的职业意识在“弱化”。由于目前大学中“重科研轻教学”的不正常倾向没有得到合理解决，大学教师的专业技术职称评价体系中往往是以科研学术水平为重心，淡化了教师专业技术职称中的核心部分——教学学术水平的评价与考核，因此造成了教师教书育人的职业意识逐渐弱化，导致了教师对科研工作充满激情，也投入了较多的精力，而对教学工作缺乏热情和精力投入（此问题将在第三章详细论述）。

（四）大学教师课程领域权利的缺失

大学教师课程领域权利的缺失，也是导致教师在课程改革中产生消极抵制作用的主要原因之一。

大学教师课程权利缺失在课程改革中有两种情况：

教师对课程改革的漠视。由于教师认可现实的课程体制所赋予自己有限的权利，对课程改革的态度极为漠视，认为课程改革是与自己无关的事情，是教育行政部门和学校领导的事情，教师的责任就是传授教材中的知识而已，在他们的意识里课程无论怎么改革只是课程内容的变化而已，教师上课没有发生任何变化。由此而产生的后果极其严重，因缺乏教师的支持而导致课程改革在教育实践中流于形式。课程改革失败因教师引起，但由教师承担全部责任既无道理，对教师也有失公平。因为我们在强调教师责任时，没有考虑责任与权利相对应。我们目前的课程体制人为地割裂了教师权利与教师责任的联系，在这种背景下教师只能采用漠视的态度来对待课程改革，其实质是教师在课程改革方面没有自己相应权利可使用的无奈与退缩，也是教师不愿承担责任的一种逃避。

教师权利的私自扩张。在教育实践中有部分素质较高的教师，不满足于既定的教师权利现状，他们自学基本的教育理论，根据自己对这些基本理论的理解，在自己力所能及的范围内对课程目标、课程内容进行创造性的解读，使自己的目光不再局限在课程实施过程中，而以一种超越的视野给予课程改革以理性的关注。但由于教师的课程权利扩张缺乏合法性，教师的自行改革缺乏教育行政部门和学校的支持，使教师的实践成果缺乏普遍性、实用性和长久的生命力。

三 课程运作中大学教师的权利

课程运作是指课程决策、课程编制、课程实施、课程管理与课程评价中各个环节的有机转化、动态地展开的过程。它实现了知识、经验、活动的统一和整合，比较确切地诠释了课程的"跑马道"的含义；它试图解决课程理论与课程实践之间的结合，但课程理论与课程实践的结合问题一直是课程改革的难题。课程理论与课程实践的结合既不能靠理论自身的科学性与可能性来解决，也不能靠政府的行政命令来解决，教师是二者结合的关键要素，只有教师才能实现课程理论的"有用"与"被用"的完美结合，只有教师才能保证课程实施的科学性与时效性的有机结合。保证教师在课程运作中应有的权利，是充分发挥教师在课程运作中的核心作用的前提。

笔者认为，大学教师在课程运作中应具有以下的权利：

（一）大学教师——课程的决策者

课程决策是指根据课程与社会的发展、课程与人的发展关系对有关教育或社会化目的和手段做出价值判断之后所确定的应采取的策略和规划，一般表现为课程目标的确立。因为课程决策是对课程预期结果的规划，因此它的决策依据应既有理论性，又有情景性。课程决策所依据的理论基础主要有哲学、社会学、心理学、课程学和教育学，情景性的决策依据主要是来自于教师、教育对象及学科特征、学科内容和学习环境之间的相互作用。这就决定了课程决策的主体应该包括教师、课程理论工作者和学科专家，三者之间的关系应内在统一，教师在其中发挥作用最大，教师参与的课程决策更有利于学生的发展。课程理论工作者和学科专家由于其理论背景和专业素养可以保证课程决策的科学性与规范性，但是他们是官方课程和国家课程的代言人，教师作为课程的直接实施者具有大量的、感性的教学实践第一手资料，只有他们最清楚“学生最需要学习什么”和“学生能够学习什么”。如果课程决策不能以学生的需求和提高学生的能力为依据，这种决策所产生的课程在一定程度上会使学生产生排斥心理，也无法真正地走近学生。教师参与课程决策并有一定的发言权，可以保证课程决策的科学性与可行性，可以促使教师准确地把握课程理念的精髓，并有效地将课程决策的思想体现在课程实践中。

（二）大学教师——课程编制者

课程编制在大学课程体系中处于十分重要的地位，课程编制是保证课程质量的前提和基础。课程编制，是指在国家教育方针、高等教育思想、人才培养目标、课程设置指导思想的指导之下，遵循一定的规则和程序，经过若干过程和步骤将思想和观念上的东西加以具体化，最终形成所期望的课程方案。课程编制是一种在科学理论指导下的应用技术，是专门研究如何按照一定程序和步骤，科学地编排课程并使之形成某种结构的一门学问。课程编制作为课程实施的依据，规定着课程实施的方法和过程，因此教育方针、大学办学思想和课程设置的指导思想能否实现和实现的程度、课程是否可以顺利实施和实施的效果都取决于课程编制的质量。

课程编制的依据是知识、学生与社会三个维度。依据标准不同，课程编制所形成的课程方案和实现目标都会产生差异，在教育实践中很少有纯粹建立在理论层面上的课程方案，学校教育的现状要求课程方案具有一定的变化性，并且形成折中方案，课程编制的这种特点决定了教师具有课程编制者权利的可能性。在传统教育实践中课程编制的权利属于课程理论专家和学科专家（学科专家的权利最大），专家们在课程编制中可以保证学科知识逻辑体系的严密性与科学性，可以体现社会发展和学科发展的需要，但却无法判断在理论形态上科学的课程方案是否合理，即是否符合学生发展的需要，是否能够被学生所认同，其原因是专家对教育实践的了解程度有限。学生作为课程的主体，是课程编制应首先考虑的因素，但在教育实践中这一重要的因素却往往被忽视，这也是导致许多理论研究因为缺乏实践基础而失败的原因。教师作为课程编制者可避免这些不利的因素，因为教师长期从事教学工作，接触学生的机会最多，对学生最为了解，而且大学教师都具有学科优势，了解学科现状与未来发展趋势，他们知道何种知识对学生最有价值、采用何种方法才能使最有价值的知识容易被学生所接受，只有他们才清楚以何种策略才能使学生得到最大的发展。因此教师作为课程编制者既有利于保证课程方案的科学性，又有利于保证课程方案的可操作性，为取得理想的教学效果创造条件。

课程编制也是科学组织教学活动的必然要求。因为教学是一个复杂的系统，是由教学目标、教学方法、教学媒介、教学时间、教学场所及学生的学习方法等若干因素所组成的系统，要想顺利完成人才培养的任务，促使学生在原有基础上有所发展就必须统筹规划这些因素，使它们在整个教学过程中处于最佳结构状态，而在这方面最有发言权的就是教师。因此由教师来完成课程编制的任务，实现创新人才的培养目标才可避免纸上谈兵，创新教育的思想在课程设置方面也不再是“水中月，镜中花”。

（三）大学教师——课程实施者

课程实施是课程方案的物化形式，是把课程编制后所形成的课程方案付诸实践的过程，是实现预期课程目标的基本途径，也是对课程编制质量的检验过程。

课程实施是教师和学生共同参与的有目的、有计划、有组织的教学活动，是大学教育的基本活动，国家、社会对大学教育的要求、学校的人才培养目标和课程编制的思想、意图都要通过课程实施来实现。课程实施的目的是要教会学生“学什么”和“怎样学”，起点和终点都要落实在学生学会学习上，在课程实施中教师扮演着重要的角色，因为从某种意义上说课程编制的方案最终实现要通过教师的教学设计方案和教学活动而得以实现。教师的教学水平决定了课程方案是否可以顺利实施、课程目标是否可以实现和实现的效果。

在传统教育理论中，大学教师在课程实施中具有至高无上的权利。因为教师作为知识的拥有者和传递者，在课程实施中与学生进行着一场不平等的“教”与“学”的游戏，游戏的所有规则都是由教师单方面制定，教师在其中的权威不必言说。但教师的这种权威不可取，因为权威对于人的创造性思维和创造能力都具有极强的杀伤力。尽管教师是课程实施的关键性人物，但是学生也不是沉默的“他者”。大学生的思维敏锐并具有一定的批判力，随着网络技术的出现，他们接受新知识的能力和速度甚至超过教师，教师的这种权威会逐渐消失，因此教师的权威应来自于教会学生学会学习，而不应来自于自己所掌握的知识数量。从我国教育体制与课程改革、教学改革的深层次来分析，教师在课程实施中的这种绝对权威，其实是一种权利的假象。因为在我国的高等教育体制中，课程的决策、课程编制与课程评价是由教育行政主管部门来决定和协调，虽然目前大学办学自主权逐渐扩大，但这些权利仍相对集中在学校层面，在课程实施中教师传输知识的“中介权威”现象仍然存在，因此分析和考察教师在课程实施中的权利，应采用系统的观点来分析，因为课程实施不是孤立的、封闭的体系，它是课程运作中一个环节，与其他环节紧密地联系在一起，共同构成了一个连续的、开放的系统。

（四）大学教师——课程的管理者

课程管理主要包括课程目的、教学目标、实施教学的基本原则、教学方法、教学时间分配、学生学习成绩的评价等内容的管理，这也是规范教学行为的一种指令性信息。

教师参与课程管理在理论界已经得到了认可。课程理论之父拉尔夫·泰勒认为，如果要实施全校性的课程重建，那就需要全体教师参与。他不仅极力倡导教师要参与课程管理，而且在教师参与课程管理方面提出了具有操作性的方法与建议①。实践课程范式的代表人物施瓦布主张，教师即课程。他认为，教师不是孤立于课程之外的，而是课程的有机组成部分，是课程的创造者和课程的主体。② 按照这些理论，教师参与课程管理才能更好地发挥教师在课程管理中的积极作用，在实践中也的确如此。教师参与课程管理可以获得多方面的信息：社会发展对人才的要求与需要、学校对课程管理的要求，尤其是学生对课程的要求与需要，这些都是教师进行课程编制时必须要思考的重要因素，这有助于教师及时调整课程编制中不合理之处和根据教学实际情况及时调整课程实施方案，从而使课程运作走入良性循环。

（五）大学教师——课程评价者

课程评价在整个课程运作过程中既是课程决策、课程编制与课程实施的终点，又是新的课程决策、课程编制和课程实施的起

---

① ［美］拉尔夫·泰勒著，施良方译：《课程与教学的基本原理》，人民教育出版社 1994 年版，第 80—90 页。

② 参见单丁《课程流派研究》，山东教育出版社 1998 年版，第 236 页。

点，其职责是对课程决策、课程编制和课程实施的科学性及合理性做出价值判断，并且提供修改和控制的信息。通俗地讲，课程评价就是一个收集课程资料并对此做出价值判断的过程。在这个过程中课程专家发挥着重要作用，他们通过制定科学、适宜、实用而又完备的课程评价标准来构建一个合理的课程评价标准体系，还要根据收集到的资料对课程价值做出正确判断，为以后的课程运作提供建议。

课程评价是一个复杂的系统，从设计指标、收集资料到做出判断的过程中涉及诸多相关因素，在评价过程中课程专家由于其理论背景，可在宏观、抽象层面上对课程评价进行科学的把握和控制，而在微观、具体层面上教师则最有发言权。教师作为课程实施者，在评价过程中教师会及时发现评价理论在实践中可能出现的偏差与产生的问题，课程专家在这方面要比老师稍逊一筹。理论研究已经意识到教师在课程评价中的重要作用，认为教师作为课程实施者，更了解课程实施的各个环节与细节问题，因此他们是课程评价进行调查和收集数据信息的主要对象。虽然目前的理论研究肯定了教师在课程评价中的作用，但只将教师作为调查和收集数据信息的对象，这还远远不够。为了提高课程评价的质量，为了发挥教师在课程评价中的积极作用，应将教师作为课程评价的主体。因为这不仅有利于促进教师个人素质的提高，更有利于教师及时发现现行课程体系中存在的问题，有利于教师改进教学和提高教学质量，并且可为科学合理的课程决策提供及时有效的信息反馈。

第二节　大学教师的课程意识

在课程运作中发挥大学教师的积极作用，既需要一定的客观条件，即赋予教师在课程领域中相应的权利；也需要一定的主观条件，即教师应具备相应的课程能力，而课程意识是保证教师具有课程能力的基础与前提。

一 课程意识的含义

意识是人脑的一种机能，是高级神经系统高度发展的表现，是人的心理对现实生活的自觉反映。教师的课程意识作为教师的一种职业意识，是教师的社会意识在课程领域的反映。课程意识，指教师对课程编制、课程实施、课程管理、课程评价的基本反映，是教师在教育实践过程中对课程有目的、有意义、有方向、有层次的追求和探索，是教师执行人才培养计划和落实课程目标的内趋力。它涵盖了三个方面的因素。

教育信念与教育热情：教师的课程意识首先表现为教师对教育事业的一种执著精神，教师只有以献身教育的热情和信念作为精神支柱才可能对教育活动进行自觉探索。教授知识、开启心智、启迪心灵是一项富于创造性的复杂实践活动，也是一项艰辛和需要奉献精神的平凡工作，热情、执著、富有信念便成为从事这一职业所需要的最可贵品质，教师只有具备了这种品质，才可能自觉地、有意识地去追求和探索教育活动的底蕴，才会创造性地实施人才培养计划。

教育理论与教学经验：教师不积累一定的教学实践经验，不具备一定的教育理论素养就不可能有意识地、自觉地思考与反思教育活动，也不可能认真地思考研究人才培养计划和教学计划，更不可能对课程与教学进行卓有成效的追求和探索。

教育远见与教育智慧：随着大学办学自主权的逐渐扩大，教师在课程运作中的权利也逐渐扩大，教师逐渐从课程决策的消费者和执行者转变为课程编制者、管理者与评价者。如果教师因循守旧、思想僵化，不可能产生创造的愿望；如果教师不具备创新性的发散思维，不具备想像力，不善于发现尚未解决的问题，也不可能产生探索的需要；只有思路开阔、眼光敏锐、敢于向传统挑战的教师，才可能具备清醒的、有远见的课程意识。

因此，教师的课程意识是以课程观为核心，体现在课程运作中的课程观与方法论。

二 大学教师的课程意识在课程运作中的作用

大学教师的课程意识在课程运作中发挥着重要的作用。

（一）明确的课程意识影响着教师的教育理念

作为课程领域中的意识形态，教师的课程意识决定教师如何看待课程本质，如何理解特定课程的性质与价值，并直接影响着教师的教学观、教学质量观、教育评价观的形成与发展。

（二）明确的课程意识影响着教师对整个课程系统的认识与理解

具有明确课程意识的教师往往以整合的理念和策略对待教育活动中的各个子系统和教育要素，并且只要涉及课程，便不再仅仅把课程视为教学内容，而是从系统的角度来把握课程问题。正如现代课程理论之父泰勒所指出，只要涉及课程问题，必然要从教育目标、教育经验、组织方式与目标评价四个方面来回答并处理。也就是要回答课程的教学目的、为实现课程目标应选择的内容、组织课程内容的方式和评价课程实施的效果这几个问题。因此具有明确课程意识的教师在教育实践中往往是从整合课程内在要素的角度去处理课程实施中的问题。

（三）明确的课程意识支配着教师的教育行为方式、教师角色乃至教师在教育中的存在方式

缺乏明确课程意识的教师，总是将课程视为一种“法定教育要素”或“法定的知识”，虽然承认课程是可变更的系统，但

是教师在课程系统面前无能为力，无所作为；而具有明确课程意识的教师以自己对课程的独特理解为基础，从教育目标、课程内容、课程实施、课程管理、课程评价等维度来整体规划教育活动和规范自身的教育行为，从而成为课程的动态生成者。

（四）正确的课程意识有助于课程目标的实现

历次课程改革中，课程改革方案实施后所产生的实践结果往往与课程目标相距甚远，一方面是由于课程改革方案本身不够完善，另外教师的素质、态度和能力也是影响课程改革成败不可忽视的关键因素之一。事实表明，一些课程方案实施后没有取得预期的效果，并不是课程方案本身的问题，而是教师不积极参与课程改革或教师的能力无法适应改革的缘故。从课程意识的角度来看，要保证课程改革能够实现课程改革目标，不仅需要教师能够理解课程改革的意义，还需要教师理解改革方案所蕴含的内在要求，并以此来指导自己的课程编制活动。

（五）正确的课程意识有助于教师弥补课程适应性相对不足的缺陷

课程改革的周期性，使课程从编制到投入使用需要一定的时间，这可能会产生课程与实际状况之间存在差异的现象，因此需要教师在课程实施中根据实际情况对其进行合理调整。任何课程编制都不可能尽善尽美，也不可能适合所有学生的需要，教师在课程实施中要根据具体的教学情境对其进行适当的调整，以弥补其不足与缺陷。这都要求教师具备正确的课程意识，要从教学情境与学生的具体情况去设计和组织教学活动，积极主动地对课程做出判断和决策。这不仅要求他们能根据具体教学情境对课程内容进行调整，还要求教师能对自身教学行为的不合理之处进行及时调整，以便为课程的再次调整提供信息。

三　现代大学教师的课程意识

为了适应课程改革的需要和提高课程运作的质量，大学教师应具备以下课程意识。

（一）课程主体意识

课程主体意识是由课程的本质特征决定的。从课程实施的角度来看，课程在本质上是一种“反思性实践”。[①] 反思性实践是在社会环境和文化环境中师生共同参与的重建课程结构的活动。课程意识包括两个不可分割的部分，一方面学生是课程的主体，即学生的现实生活是课程内容的主要依据，应发挥学生在课程实施中的能动性。从表层分析，课程是由社会的特定人员编制的；从深层分析，课程是由学生创造的。因为课程不可能完全按编制者预设的路径发展，学生也不可能完全通过成人生活方式的复制而成长，因此应发挥学生对课程的批判和建构的作用；另一方面教师是课程的主体，教师不但是课程实施者，而且还是课程的研究者和编制者，“教师即课程”。教师的课程主体意识，指教师在课程运作中具有一切从学生需要和学生实际出发的意识，根据学生的主体发展需要来选择课程内容、组织课程内容和变革学生学习方式及发挥教师自身的专业自主权，将自己获得的有益的人生体验和感悟、独特并有价值的经验有机地融入到课程内容之中，并且不断地探索有效的教育教学策略。

（二）课程生成意识

课程生成意识，是指课程对教师而言，不是一成不变的教育要素，是教师可以变更的教育要素，是与教师的人生阅历、独特的教育理念、师生所处的独特社会环境和教学情境具有直接关系

---

① 单丁：《课程流派研究》，山东教育出版社 1998 年版，第 312—313 页。

的。教师的课程生成意识包括三个方面的内容，即“教师即课程”的意识、教师是课程编制者的意识、在课程实施过程中的创生取向意识。

（三）课程系统意识

课程系统意识，指教师将课程运作看作是一个系统的整体，教师运用系统的观点来分析和研究课程运作；课程是一个系统，已经被理论和实践所证实的命题，如果教师缺乏从整个教育体系的角度对课程的任何一个环节进行分析和研究，都将对课程运作构成不利的影响。

（四）课程参与意识

课程参与意识，是指教师在课程运作中充分地发挥自身的主观能动性，积极参与课程运作过程，对课程决策、课程编制、课程管理与课程评价等工作提出合理有效的建议。

（五）课程的控制意识

课程控制意识，是指教师对课程运作中的各个环节进行科学合理、有效的控制，以完成教学任务的目的。由于课程是一个大系统，包括显性课程与隐性课程、学科课程与综合课程等，教师具备课程控制意识，才能有助于提高课程运作的质量。

（六）课程创新意识

课程创新意识，是指教师运用自身所拥有的教育理论、教育实践和自身对课程的理解，对课程运作的各个环节所进行的创造性的调整。教育工作是具有创造性的工作。课程改革需要创新，课程运作需要创新，课程实施需要创新，教师的课程创新意识是推进教育创新进程的基础。

四　大学教师课程意识的生成

从理论上说，每个教师都具有自己的课程意识，其教学行为或明或暗地受到自身课程意识的支配。教师是否具有明确而又科学的课程意识，是教师参与课程运作及在课程改革中发挥积极作用的前提。教师的课程意识不会在短时期内自发形成，而是在教育实践过程中通过自我努力自觉地形成。

（一）切实转变课程观

教师明确而又科学的课程意识是建立在自觉的、有意识的科学课程观基础上。科学课程观作为教师的课程哲学和课程方法论，对教师课程意识的生成具有指导作用，只有教师的课程观发生合理转变，才有可能促使教师生成科学的课程意识。

（二）养成反思性教育实践能力

反思是教师的一种自觉行为，是自我建构教育理念的过程，教师的反思性实践是以自我为研究对象的一种研究活动，是对自我教育理念的辩证否定，通过自觉地反思，教师的课程意识才能逐步生成。因此，反思性教育实践能力是教师课程意识生成的基础。

第三节　课程领域中大学教师的能力

能力，指能够胜任某一项任务的主观条件，是人们在认识和实践活动中形成、发展并可表现出来的能动力量。教师的课程能力，指教师自身拥有并运用于课程运作中直接影响课程运作质量的能动力量。因此大学教师的课程能力具有以下特点：

个体性：课程能力是教师自身所拥有的职业能力之一，是课程运作与课程改革中教师应具备的并带有自身特点的能力。

实践性：课程能力是教师在课程实践活动中逐步形成和发展的，教师课程能力的获得取决于教师课程实践经验的积累，实践活动是形成和提高教师课程能力的主要途径。

外倾性：罗杰斯认为，对于人类来讲，印象最深刻的事情似乎就是其具有方向性的那种倾向，朝着实现各种潜能的方向发展。[1] 教师的课程能力也具有成长和发展的天性，也具有提高和发挥的内在冲动。教师一旦拥有课程能力，它便会成为一种表现和实现的欲望。

我国学者王伟廉教授认为，课程分为生成系统与实施系统，[2] 因此相应地教师的课程能力包括课程研究能力、课程编制能力、课程实施能力、课程管理能力与课程评价能力。

一　大学教师的课程研究能力

大学教师的课程研究能力，是指教师对决定课程运作过程所依据的各种理论取向与对课程运作各个环节的本质规律的探索。

课程研究能力是教师课程意识的外化与表现，在课程改革与课程运作中起决定性作用。课程运作中大学教师具备了课程研究能力，教师会自觉地对课程运作的各个环节及其本质规律进行探索；而且教师还会根据社会发展、学生发展和学科发展的需要对课程运作进行及时的、合理的调整，运用自身的课程研究能力使课程运作更加科学合理，从而提高教学质量。如果教师不具备这方面的能力就往往只思考课程实施环节，将课程运作等同于教学，这不利于提高教学质量。

课程编制过程模式创始人斯滕豪斯提出了“教师即研究者”，“消除研究的神秘化，使研究民主化”的论点。他认为，

---

① 参见高觉敷主编《西方心理学的新发展》，人民教育出版社 1987 年版，第 120—125 页。

② 参见王伟廉《课程研究领域的探索》，四川教育出版社 1988 年版，第 9—10 页。

没有教师的参与和研究，就没有课程编制。斯滕豪斯认为，教师对课程的研究应包括：

对课程编制基础上的教学提出系统质疑；

具备对自身的教学进行系统研究的信念和技能；

通过使用这些技能在实践中检验理论并对提出问题的理论进行研究。

斯滕豪斯还指出，教师提高自身的教育实践能力，必须采取研究的立场来对待自己的实践。教师的课程研究能力具有探索性，也受到一定的主观条件和客观条件的限制，其中强烈的事业心和高度的责任感是影响教师课程研究能力的关键因素。

教师职业的特殊性，要求教师必须具备强烈的事业心和高度的责任感。课程研究能力也属于教师的职业能力范畴，同样也受到教师事业心和责任感的影响。如果教师具备强烈的事业心和高度的责任感，就会自觉地用心去观察和思考社会、学科和学生的变化，会认真地思考这些问题与课程之间的关系，并用相关理论认真研究，也会认真研究课程运作中的特有问题，例如科学合理地设计课程目标、科学地选择课程内容，科学合理地规划课程运作的全过程，使之更有利于学生的发展。

二　大学教师的课程编制能力

大学教师的课程编制能力，是指教师在规划课程目的、课程结构、课程内容、实施课程、课程评价等各个范畴的能力。教师在课程领域中对每一范畴均要提出具体的观点、规划及实施的程序和方法，并且要逐渐形成特定的课程编制模式。教师的课程编制能力在教学实践中表现为用围绕学生的全部经验将课程加以拓展，将显性课程与隐性课程相结合，包括将单门课程中教师的专业特性扩大到学校教育的整体，将与课程有关的决策重点从原来的“上意下达”的方式向教师之间的“讲座”方式的转变。[①]

在计划经济时代大学课程都是由教育主管部门事先规定的，课程目标确立、课程内容的选择和组织、课程方案的评价等整个课程的生成系统，是不为教师所知或不需要教师所知道的，教师只需要按照预设的课程进行教学即可。随着办学自主权的逐渐扩大，大学教师在课程领域的权利逐渐扩大，逐渐由课程消费者和被动的课程实施者，转变为课程的决策者与编制者，即教师不但具有课程编制权，而且还要对自己编制的课程负责。因为课程的“每一个实践者都是课程创造者和开发者，而不仅仅是实施者。如果课程真正成为协作活动的转变过程，那么‘创造者’和‘开发者’便比‘实施者’更适合于讨论后现代教师的作用”。[②]

影响教师课程编制能力的因素很多，理论界将其归纳为两类：内容因素（教师的知识、能力背景和特点、教师对所教学科或学术领域的见解以及教师所追求的教育目的）和环境因素（教育资源状况、校园设施和教学设备、教育活动的时间安排等）。因研究角度兴趣，本书从内容因素层面加以探讨。

（一）教育价值观与大学教师的课程编制能力

大学课程是教师有目的、有计划地向学生传授知识与经验的总和，这种知识与经验的范围十分广泛，人类的一切精神产品都可能成为大学的课程内容，但由于教学时间与学生接受知识能力的有限性，最终能成为大学课程内容的知识与经验只能是人类精神产品中的一小部分。课程编制者需要根据主体的不

① 参见任友群《日本教师的课程开发能力》，《外国教育资料》2000年第5期。

② ［美］小威廉姆·E. 多尔著，王红宇译：《后现代课程观》，教育科学出版社2000年版，第23页。

同需要来编制课程，因此价值观是影响教师课程编制能力的重要因素之一。

1. 三种主要教育价值观的概述

（1）学科价值观

这种价值观认为课程编制应服从于学科自身的发展。持有这种教育观的教师在课程编制过程中重视学科逻辑体系，选择课程内容时一般都选择本学科的最新研究成果，把学术标准放在至高无上的地位，追求课程的“卓越性”；在课程实施中，主张从易到难，从基础到尖端，把学生今天的学习当作为明天的探索、发明所做的准备，试图把学生培养成为优秀的科学家。

（2）社会价值观

这种教育价值观强调课程与社会的关系，强调课程必须满足社会发展的需要。持这种价值观的教师进行课程编制时将社会要求置于主要地位。教育处在复杂的社会背景之中，受到诸多的社会因素的影响，课程编制不可能回避社会发展的要求。随着科技进步和产业结构的调整，国际竞争日趋激烈，社会价值观在课程编制中的地位也变得越来越重要。

（3）人的价值观

这种教育价值观是基于学生的发展需要来进行课程编制。这种需要是人的基本需要中引起受教育动机的那部分。人的价值观在教育历史上走过了漫长而又曲折的道路，对课程发展也产生了巨大影响，从亚里士多德的“百科全书式课程”强调人的灵魂开始，到文艺复兴时期卢梭的“返归自然”课程论，再到杜威的“儿童中心说”和当代人本主义课程论，每一步都是在人性受到压抑、自由受到束缚的斗争中崛起。由于这种教育价值观对于个人主义的过分偏爱，因而经常受到历史的严厉批判。

2. 教育价值观对教师课程编制能力的影响

尽管上述三种价值观各持其说，但它们仍具有和谐之处。社会发展和人的发展是基础性、终极性的发展，它们互为前提，不可分割。但二者的发展必须要尊重学科发展的实际，不重视学科发展的内在逻辑，不重视学科质量的提高，社会和人的发展就得不到保证。因此教师在编制课程时，必须要综合地反映这三种价值观，把三者的需要作为课程编制的目标群，由此本研究设计出课程编制模式（见图2-1）：

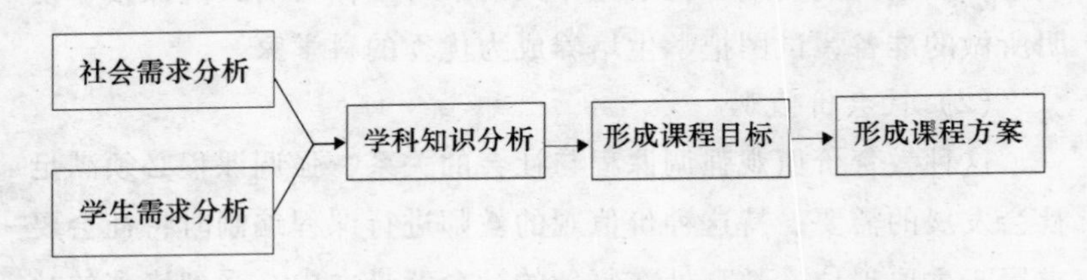

图2-1　课程编制的模式

在此模式中，社会需要分析是进行宏观背景分析，即编制课程时教师首先要弄清社会需要高等教育解决的问题，这是分析课程满足社会发展需要的重要步骤。对学生的分析，既包括对学生现实需要的分析，也包括对学生身心发展规律的分析，这样教师可以了解学生需要与社会的需要之间是否协调，存在分歧应如何处理。这两步是进行课程编制时教师确定课程目标和选择课程内容的基本依据，其核心问题是社会和学生的需要。学科知识分析是分析社会需要和分析学生需要的后续工作，是对“需要什么”的学科背景分析。之后三种价值观就形成了三位一体的格局，形成了正确的课程目标表述，教师顺利地完成了课程编制的前期准备工作。

这种模式是根据泰勒的目标模式，针对大学教师编制课程的实际状况及学生的发展需要而提出的。在教育实践中，46%的大学教师在编制课程时首先考虑学科知识内容[①]，这样做的最大优势在于保证了学科知识体系的完整性，但这样产生的课程方案可能与社会发展需要出现偏差，也可能产生违背学生身心发展规律的可能，因此针对教育实践的具体情况，为了使课程编制所产生的课程方案更有利于社会发展需要和学生发展需要，也有利于学科知识体系的完整，笔者提出的课程编制模式强调教师设计的课程方案，应在完成社会发展和学生发展需要的分析之后再进行学科知识分析，这样既保证了社会发展需要和学生发展需要，也保证了学科知识体系的完整性。

（二）知识与大学教师课程编制能力

如果课程编制的经典问题是斯宾塞的“什么知识最有价值”，那么在课程编制中首先要思考如何将最有价值的知识体现在课程中。因为课程编制的目的并不仅仅是向学生传授知识，而是将最有价值的知识——让学生学会思考真正地体现在课程中，因为教育并不仅仅使学生接受固定的知识，而应让学生学会思考，学会学习；教育不是用事先设计好的目标来束缚学生，而应促使学生思考知识、学习知识，使他们变得更自由，而且唯一能对学生学习行为产生意味深长、具有真正意义的学习是学生自我发现并将它转化为自己能解决实际问题的能力。这种转化是个体所有并同化到经验中的，是不能直接传予他人的。所以教师在编制课程时不仅仅选择已有定论的学科知识，还应选择能教育学生学会学习、学会思考，培养其创造性思维的知识，因此知识对教师课程能力具有重要影响。

---

①　参见王伟廉《高等学校本科课程编制的层次问题》，《高等教育研究》2002年第5期。

1. 知识的含义

知识是我们非常熟悉的词汇，但人们对知识却没有一个统一的定论，对知识的含义也是仁者见仁、智者见智。理性主义认为，知识来源于理性，是对事物本质的反映和表述，既然理性观念是天赋的、自明的，那么只有建立在理性之上的知识才是真实可靠的；经验主义认为，人类知识来源于感觉和经验，是对外部世界各种联系的反映，真正的知识是对外界联系的真实反映；批判主义则处于二者之间，认为，知识是感性与理性共同创造的，“知性与感性二者必须结合才能产生知识，缺少任何一方的作用，知识决不可能出现”。[①] 对知识的不同回答都影响着人们对世界的不同认识。同样教育是以传授知识和培养技能来完成培养人的任务，对知识的不同认识会对课程编制产生不同影响，并相应地影响教师的课程编制能力。

对知识的不同认识，将产生不同的知识定义，这是区分知识与非知识或准知识的标准，通过这样的区分使知识具有了合法性。体现在课程编制中，课程编制主体根据教学对象的不同而选择不同的知识作为课程的内容，而将准知识与非知识排除在课程之外。

由于学生学习时间、学习能力的限制以及人类知识量的激增，学校教育无法将所有的知识在有限时间内让学生全部学完，教育者必须以知识的价值大小为主要标准来选择课程的内容，科学合理地组织课程内容。最有价值的知识应作为课程内容的重点，相应地价值小的知识居于从属地位，没有价值的知识则不列入课程内容之中。

对知识形式与分类的不同认识，将影响课程的类型与分类。

---

① 齐良冀：《康德的知识学》，商务印书馆2000年版，第103页。

理性主义认为，理性知识具有结构简单、推理严密等特点，因而强调课程内容应按学科的内在结构和逻辑体系进行组织，实行分科教学；而经验主义认为，知识是对外部世界各种联系的反映，因此主张课程不应是彼此分离的传统学科，而是以现代生活问题为核心的综合课程，强调教育即生活、教育即成长，强调课程应解决生活中的各种问题。

在课程实施中，对知识性质的不同认识，会影响教师自身的角色和师生关系。教师认为，知识是客观的，那么教师的任务就是传授知识，教师由于拥有较多的知识而成为知识的权威；教师认为，知识是不确定的，教师的权威不是由知识的拥有量所决定，而是由教师科学地组织知识所决定，因而课程实施过程也是师生共同寻求知识的过程。

2. 默会知识与教师课程编制能力

（1）默会知识的含义及特点

逻辑实证主义的注意力一直关注于现成的科学理论，专注于对科学理论的静态分析，却没有把整个科学研究的实践，即从科学发现到证实和证伪的过程纳入视野。针对逻辑实证主义的局限性，英国哲学家波兰尼（Michael Polanyi，1891—1976 年）于 1958 年提出默会知识的概念。波兰尼将人类的知识分为两种，即明确知识与默会知识。以书面文字、图表和数学公式加以表述的知识为明确知识；未被表述的、人们在做某事的行动中所拥有的知识为默会知识。可用语言来加以表述的明确知识，包括文字、数学公式、各类图表等诸种符号形式。默会知识是我们所知道，但难以语言来表述、难以言传的知识，也被称为“非名言知识。”我们可以在成千上万的人中间辨认出某个人的脸，但却很难说出我们凭什么迹象认出的；我们学会了骑车、游泳之后，可以更好地骑车、游泳，但通常很难把这类技巧诉诸文字。

可见默会知识具有其独特的特点：

第一，相对于明确知识，默会知识具有理论上的优先性。因为默会知识本质上是一种理解力，是把握经验、重组经验及实现理智的控制能力。因此它在人类认识的各个层次上起主导性作用，一旦把整个科学研究的过程纳入视野，就会发现只能由思想的默会力量来达到。明确知识的真正实现取决于我们对其理解，没有一个人会信服他所不理解的知识。以数学为例子，使学生单单记住一个数学公式无法在学生的知识结构中增加任何新的东西，学生只有理解进而学会使用数学公式，才能说明学生掌握了数学知识。因此，明确知识仅仅是用来调动我们的非名言能力的一种极为有效的工具。

第二，默会知识具有个体性的特点。近代以来的科学观和知识观强调科学知识的公共性和客观性，强调科学家和科学知识的“超然”品格，否定科学研究中个体性因素的作用。无疑科学知识就其成果来说具有客观性，一般的理论知识成果也具有公共性，可以被人们所普遍地使用。但波兰尼认为，就科学研究的过程来说，科学家个体性的介入，是普遍存在的。诸如判断力、想像力、直觉、理智的激情、信念、良知、责任心等个体的协同因素，在科学研究过程中起着重要作用。形式科学（数学、逻辑）和精密科学（物理、化学、医学）都普遍存在个体性，人文和社会科学也不另外。只有充分肯定这些个体性因素的作用，才能解决近代以来的人文精神与科学精神之间的对立问题，才能使两者有机地结合在一起。

（2）默会知识对教师课程编制能力的影响

大学是文化融会之地，是高深知识产生与发展之地，具有知识传递和学术创新的社会使命，高等教育最重要的价值体现在学术精神与学术创新上，发展智慧是高等教育的唯一最高目的，因此大学课程既要强调明确知识，更要强调默会知识。因为无论是科学研究，还是解决实际问题，都是建立在提出问题、发现问题的基础上。提出问题、发现问题需要默会知识，寻找解决问题的途径、方法，引发新（科学）的发现，评价新（科学）发现的价值都离不开默会知识。接受科学知识和科学理论不仅是接受我们可以讲述的知识，得到进一步的不确定暗示更为重要，这些暗示将引导我们获得新的发现，甚至获得意想不到的新成果，寻求科学发现也正是由此开始。因此在进行课程编制（尤其是设计课程目标）时，教师要充分思考默会知识的作用，力求使课程能够使学生从已有知识中获得新的暗示，使学生学会察觉新发现具有的潜在意义及其价值，从而完成培养学生批判精神与批判意识的目的。

默会知识可使我们在不关注或不彻底认识部分或细节的情况下，产生认识整体的可能性，因此我们可对课程编制中所采用的先分析后综合、先认识部分后认识整体的传统编制方法进行适当的调整。如在语音课程编制中，应关注发音总体的准确性，而不应过多地关注发音中的口型、送气等发音的细节，因为在学生没有弄清或掌握这些细节的情况下，同样也可以形成准确的发音；在编制计算机学科与通讯学科中的人工智能图像识别课程，教师应更多关注整个图像与图像特征之间的关系，而不是每个图像的细节特征，因为学生在不熟悉图像细节特征时仍然可以识别图像，甚至在图像的细节发生很大变化的情况下也可以准确识别。当然在课程编制中把默会知识的作用绝对化的做法也不可取，因为分析和认识细节会加深对整体的认识，这在课程编制中同样不可忽视。

默会知识的获得不能只靠读书或听课，更多的要靠亲身实践，因此教师在选择课程内容和实施课程时应设计相应的实践教学环节（尤其是理科与应用学科）。实践教学环节不仅可使学生学会准确地将明确知识运用到实践中，而且可使学生获得更多的默会知识，从而全面地掌握课程内容，真正地使学生能够运用所学知识创造性地解决实际问题。因为在实践和科学研究中，学生不但要努力获得新发现和新发明等明确知识，还要领悟和掌握提出问题的时机、工作的排序与调整、有效的思维模式和如何判断工作（科研）成果的优劣等默会知识，而这些能力无法在理论教学中获得。

伯顿·克拉克在其《探究的场所》一书中将明确知识比喻为歌词，默会知识比喻为音乐，虽然歌词与音乐之间存在着差异，但将这两者有机地结合在一起才能成为优美的剧目。因此在课程编制中教师不但要使学生掌握和理解歌词，还应使学生学会理解音乐，更应使学生学会创造剧目。

3. 客观知识与教师课程编制能力

客观知识的概念是卡尔·波普尔于1972年在其《客观知识》一书中提出的。客观知识的理论对教育科学研究具有重要启示，对教师的课程编制能力也产生了相应的影响。

(1) 客观知识的含义与特点

波普尔强调，知识不是任何的信念，也不是不变的观念，波普尔还描述了三个世界的理论，即第一世界是物质世界，包括物理实体和物理状态，简称世界1；第二世界是精神世界或心理世界，包括意识形态、心理素质、主观世界等，简称世界2；第三世界是思想内容的世界、客观世界，简称世界3。[①]

因此客观知识具有这样的特点：

常识是客观知识的出发点，批判是获取进步的手段；

知识是客观的，在本质上是猜测性的，而非确定性的；

客观知识并不关心知识的可靠性和可证明性，而关心的是知

---

① ［英］卡尔·波普尔著，舒炜光等译：《客观知识——一个进化论的研究》，上海译文出版社2001年版，第5页。

识的增长问题。①

波普尔断言，科学不是从观察开始，而是从问题开始；一旦我们遇到问题，就开始研究它，首先是猜想或推测问题的答案，继而批判它、否证它，因此知识的增长是借助于猜想与反驳，是由旧问题发展到新问题。

波普尔认为，科学不是证明真理，而是探索真理。客观主义认为，认识论之所以成为知识增长的理论，成为解决问题的理论，是因为它是建立批判性讨论、评价和批判性检验各种竞争的猜想理论。因此理论是从问题发展而来的，重要的是对问题进行猜测性解决，进而批判地检验。波普尔的认识论可以用公式$P_1 \rightarrow TS \rightarrow EE \rightarrow P_2$来表示。在这个公式中，P（Problem）表示问题，TS（Tentative solution）表示试探性解决方法，EE（Error elimination）表示排除错误。需要说明的是，这个序列不是简单的循环，新产生的问题P_2与原来的问题P_1不同。波普尔最初是用这个公式来表示解决问题的逻辑，后来他把知识增长和科学发展也纳入了这个四段公式，用TT（Tentative theory）表示试探性（猜测性）理论，并代替TS，使上式变为：$P_1 \rightarrow TT \rightarrow EE \rightarrow P_2$。上式表明，科学开始于问题，这些问题既包括实际问题，也包括已陷于困境的问题，知识增长是借助于猜想与反驳，是从旧问题向新问题的发展。上面的图式只是一种简化，其实对一个问题的解决可以提出多种试探性理论，作为解决一些规定问题的尝试并要批判地检验每一个理论，这样每一个理论都会引发新的问题，我们可以从中发现最异常和最有意义的问题，并研究到底。这可以用下面的公式来表示②：

---

① 参见［英］卡尔·波普尔著，舒炜光等译：《客观知识——一个进化论的研究》，上海译文出版社2001年版，第35—36、8、269—277页。

② 同上书，第8—11页。

$$TT_a \rightarrow EE_a \rightarrow P_{2a}$$
$$TT_b \rightarrow EE_b \rightarrow P_{2b}$$
$$P_1 \cdots\cdots\cdots\cdots\cdots\cdots\cdots\cdots\cdots\cdots\cdots$$
$$TT_n \rightarrow EE_n \rightarrow P_{2n}$$

这四段公式中的核心、关键是第二段和第三段，即猜想和反驳。波普尔认为，没有永恒的真理，一切科学、理论、知识都是一种猜想，而且是一种暂时性的猜想，时刻面临着被否证的可能。检验知识或学习知识的过程，不仅是重复或积累的过程，更是消除错误的过程。

波普尔的客观知识理论对教师课程编制能力具有一定启示意义。

(2）客观知识理论对教师选择课程内容的影响

在传统教育理论和教育实践中，教师编制课程始终受实证主义的影响和科学主义的误导，认为课程内容一定是科学知识，课程内容必须是经过调查、实验、观察等方法，揭示普遍性的科学知识，除此之外的内容由于缺乏科学性，对学生成长没有意义。如果用客观知识理论来分析，教师采用这种方法来选择课程内容似乎有些“天真”与“独断”，因为从大学生的智力水平、心理发展水平及未来发展的需要层面来分析，他们不仅仅需要学习已经有定论的理论与知识，更应探索和研究未有定论的知识与理论；而且也不存在着终极的知识与理论，理论与知识需要批判地检验，逐步地修正与完善；但是我国大学生十分缺乏这种探索意识与研究的意识，即问题意识。问题意识，指大学生在认识活动中遇到一些难以解决的、疑惑的理论问题或实际问题时所产生的一种怀疑、困惑、焦虑、探究的心理状态，这种心理驱使学生积极思维，不断提出问题并解决问题。教育心理学研究表明，学生发现问题、提出问题，在教师的引导下解决问题是一种切实有效的学习方法。问题意识有助于培养学生勇于探索和追求真理的精神和创造力。教师选择课程内容不仅要把已有定论的知识呈现给学生，更应考虑将需要不断修正的知识和假设在合适的时间内呈现给学生。

(3) 客观知识对教师课程实施的影响

波普尔认为，采用实证方法来寻求证明的证据，仅仅可以验证原有的假设，而无法超越旧有的假设或产生新的创建，因此要使科学取得新的进展，要使知识有所增长，不仅需要证实，更需要批判，这种批判的方法是大学教育的根本目标之一，因此在课程编制中教师要培养学生的批判意识及批判精神，要让学生懂得知识的本质是一种猜想，在学习和研究过程中不可避免地要发生各种错误，发生错误并不可怕，关键是如何对待错误，如何解决错误。首先，教师要具有开放意识与批判意识，对别人与自己进行科学合理的批判，要随时准备证明自己认为最可靠的理论与知识缺乏理论根据（当然这种证明并非随心所欲，而应具有一定的理论依据）；其次，教师在课程实施时要设计相应的教育情境，采用科学合理的方法，培养学生的批判意识和批判精神；第三，为了培养学生的批判性和创造性，教师在课程编制时应具备使课程内容可以唤起学生的好奇心、开阔学生的视野、激发学生的思考和质疑前人设想的能力。

4. 后现代知识与教师的课程编制能力

后现代主义，作为一种文化思潮兴起于20世纪60年代的美国，不久传播至德国、日本等国家，20世纪80年代传到中国。知识问题是后现代主义学者所关心的焦点之一。

法国哲学家让·弗朗索瓦·利奥塔（Jean francois Lyotard）是后现代理论的重要代表人物。在1979年出版的《后现代状况》一书中，他梳理了后现代科学主义有关知识和信息的理论。

自启蒙运动以来，自然科学（如物理学）被看做是科学的典范，只有按照自然科学的方式建立起来的理论体系才能被冠以科学的美名，因此一种理论只有按照自然科学的逻辑方法，并能够作为工具来推进经济的增长，才能被看做是知识。利奥塔否定把自然科学作为唯一知识的观点，他认为这极大地限制了科学的范围，人类知识范围比科学范围大得多，知识并不限于科学，甚至也不限于认识，认识是全部指示或描写物体的陈述，不包括其他陈述，属于认识的陈述可以用真或假来判断。科学是认识的子集，它本身也是由指示性陈述构成，因此利奥塔将知识分为“叙事知识”和“科学知识”。

叙事知识相对于科学知识而言，是区别于科学知识的非指示性陈述和非技术性陈述方面的知识，具有很强的自我性、政治性、道德性、神话性和宗教性等特点。科学知识是关于世界客观、真实的知识，旨在陈述普遍适用的有关自然和社会的原理和规律。科学知识只允许一种陈述方式（即指谓性陈述方式）而排除其他方式，即科学知识的指示性陈述必须要找出指谓才是合法的，也就是说话者必须能够提出证明自己陈述的证明，并可反驳与这个陈述相反的陈述，这样一切作为证据提出的东西则被看作是指谓。

从教学方面来看，不仅教学是研究的必要补充，而且教师需要一个能够与自己进行对话的人，教师的能力也需要在辩论中得到确认，这都需要在地位平等者之间展开一系列的证明与反驳。因此利奥塔指出，陈述的真理和陈述者的能力需要得到集体的赞同，这个集体由地位上平等的人所构成。因此教学活动就是保障这种平等的人的知识生产与再生产的活动。在教学中教师是专家，他有资格、有能力讲授自己所知道的东西，但随着学生能力的提高，教师应该把自己不知道却想知道的东西告诉学生，把学生带入研究的领域，使学生也参加建构知识的“游戏”中。

此外利奥塔还提出了一个假设：随着人类进入后现代时期后，知识的两大功能——研究与传播功能将发生相应的转变。

在科学发展的初级阶段，科学对经济、军事的影响还处于一种未知的、不可预测的状态，在后现代社会科学研究的方向和结果与新技术、新商品的关系则是具体的，有比较准确的市场预期结果，科学从属于经济，在一定程度上已经丧失了其自身的独立性，也引起了知识的商品化和市场化。在后现代社会，“知识的供应者和使用者与知识的这种关系，越来越具有商品的生产者和消费者与商品的关系所具有的形式，即价值形式。无论是现在还是将来，知识为了出售而被生产，为了在新的生产中增值而被消费：它在这两种情形中都是为了交换。它不再以自身为目的，它失去了自己的‘使用价值’。”① 因此在知识的商业化语境中，人们更多考虑知识是否可以出售，是否有效。

其次，我们分析一下知识的传播功能（即知识的教学功能）的转变。知识传播功能发生的转变主要体现在国家的高等教育政策和体制中。利奥塔认为，在高等教育中“知识的传递似乎不再是为了培养能够在解放之路上引导民族的精英，而是为了向系统提供能够在体制所需的语用学岗位上恰如其分地担任角色的游戏者”②。因此随着知识传播功能的重大转变，高等教育的服务功能逐渐分为两种类型，一是为社会培养精英，二是为社会造就技术专家。

利奥塔的后现代知识理论为我们揭示了当代社会知识发展的新动向、新特点，对于正视和解决传统知识教育在当今社会的理

---

① ［法］让·弗朗索瓦·利奥塔，车槿山译：《后现代状况》，三联书店 1997 年版，第 3 页。

② 同上书，第 104 页。

论困境和实际际遇，具有重要的启迪作用，以此来指导教师的课程编制具有一定的借鉴意义。

课程目标是期望通过教学活动取得的结果，表现在学生知识、能力和思想品质的提高，课程目标是课程活动的起点和终点，制约着全部课程活动，贯穿于教学过程的始终，因此课程目标是各种学习所要达到的“学力”或者“能力”。不同的时代与社会对学力的要求存在着差异，联合国教科文组织提出的“学会生存”的命题是当今时代对学力要求的最好表述。人类生存能力不是纸上谈兵，也不是高分低能，而是一种生存智慧。所以课程的最终目标不在于向学生传递了多少知识，而在于学生经过学习后是否可以形成分析问题、解决问题的能力、是否具备综合能力与创新能力；而且由于每个人所处的生存环境具有差异性，需要解决的问题及解决问题的方法也不完全相同，用一个统一的课程目标要求每个学生就缺乏科学性与合理性，因此教师要具备根据学生的差异性来设计不同课程目标的能力，使每一个学生在原有的基础上有所提高。

确定了课程目标之后，教师需要思考如何选择课程内容，即选择有利于学生发展的最有价值的知识作为课程内容。何为最有价值的知识，不同的知识观具有不同的理解。后现代知识观认为，最有价值的知识是多元而非垄断的。后现代社会的知识日新月异，知识的数量已经达到了任何人终其一生也无法穷尽的地步，要求学生掌握所有的知识既不现实也没有必要。按后现代理论，学生学习知识是为了消费，假如人们可以像在市场上进行交易那样来进行“交易”知识，那么只能由价值规律（一切从市场出发），按社会发展对人才的需求来设置课程和选择课程内容。因此教师应根据社会的发展需要和学生的发展需要科学合理地选择课程内容，随着社会对人才需求的变化对课程内容做适当调整；应根据学生的需要尽最大可能地满足不同学生的合理需要。

由于大学课程和大学生的特点，教师在选择课程内容时应使课程包括工具知识、内容知识和技能知识，既保证作为课程内容的知识具有全面性和基础性，为学生深入学习打下良好的基础，也要使课程内容具有未知性、创造性和探索性，使课程内容不再远离学生生活。总之选择课程内容时，教师应选择与学生生活及未来工作密切相关的知识。

后现代知识观强调对差异性的敏感程度和强化对差异性的容忍，这一点对教师选择科学的课程评价方式具有重要指导意义。因为每一个学生的遗传素质和生活环境都存在差异，因而他们对教育需求也存在差异，而且每一个学生的智力水平和心理素质也具有差异性，学生的个性呈多元性，采用统一标准对不同学生进行评价，是一种缺乏科学性的教育行为。人类世界本来就是丰富多彩的，每个生命也都具有独一无二的特质，对学生的尊重、对学生差异的尊重不仅是正常的，而且也有利于学生发展，但在教学实践中这一点却往往被我们所忽视；因此课程评价标准应具有层次性，而不能要求绝对统一。

（三）学术领域的特点对教师课程编制能力的影响①

大学教育与中小学教育的最大区别是，大学的教育活动要受到学科或专业的极大影响，大学教师都属于一定的学科或专业领域，这些领域成为他们的精神家园，在一定程度上决定他们的人生追求、兴趣和交流方式，也决定他们课程编制的倾向，间接地影响教师的课程编制能力。

由于学术领域具有差异性，不同学科的教师在思维方式、行为方式甚至情感上都具有差异性。但不可否认，不同学术领域也

① 参见王伟廉《学术领域的特点对大学本科课程编制的影响》，《江苏高教》2002年第4期。

存在着共同的要素。罗素和马库斯在前人的研究基础上，认为所有学科都具有五个共同的结构类型和组成部分。[①] 即：

1. 证明结构（Substantive structure）

指有关所发生兴趣的特定概念的假设，它们控制并左右着人们所提出的问题和所进行的探索活动，其核心问题是该学科处理哪种类型的问题。

2. 符号结构（Symbolic structure）

指一种符号交流系统（最常见的是语言系统或数学系统，但有时也是证明系统），其核心问题是允许用特定内容或关系进行表达或交流的符号系统是什么。

3. 句法结构（Syntactical structure）

指用以收集和组织资料和数据，提出和验证假设或观点，并将得到验证的观点与该学科更高层次的概括和探究系统联系起来，其核心问题是对证据进行收集、组织、评价和解释的方式是什么，简而言之探究的方式是什么。

4. 价值结构（Value structure）

指有稳固的价值观念、倾向性或看待世界的方式所构成的心理定向体系，其核心问题是应该学什么以及怎么学。

5. 组织结构（Organizational structure）

这一结构受前面的四种结构所制约，也称为连接部分，是指把一门学科与另一门学科联系起来的一套原理。

罗素和马库斯认为，如果教师不掌握学科的上述五个组成部分，教师就不能够充分理解或应用他所教授的学科，也不能将这

---

① ［美］约翰·斯塔克（Joan S. Stark）等：《本科课程编制：如何制定学术计划》（*Shaping the college Curriculum: Academic Plans in Action*），第145页，转引自王伟廉《学术领域的特点对大学本科课程编制的影响》，《江苏高教》2002年第4期。

门学科教好，因为这五个方面极大地影响着学科的性质和学科未来的发展，教师对这五个方面内容的理解不同，强调的重点不同，就会采取不同的方式来选择课程内容、组织课程内容，这间接影响了教师的课程编制能力，因为这五个方面实际上是对学科不同性质进行描述的五个范畴。教师如果在上述的任何一个范畴上不能达成一致意见，就无法在“教什么”和“学什么”这两个课程的基本问题上达成一致，而这两个问题是影响教师课程编制能力的主要因素，如果处理不得当会影响课程编制质量。有些学科（如数学和理科中的某些学科），由于对上述五个范畴容易达成一致，因此比较容易推进学科发展，也较容易在“教什么”和“学什么”上达成一致。美国学者斯塔克对专业领域和职业领域对课程编制的影响进行了系统的研究，并用图解的方式描述了在内容方面学术领域对单门课程编制的影响（见图 2－2）[①]。

从图中可以发现不同学科特点对课程编制的影响具有差异性，这也间接导致了不同学科教师课程编制能力具有差异性。

（四）教师的知识能力背景和特点对教师的课程编制能力的影响

教师的知识能力背景和特点主要包括教师的学术训练（即教师所接受的某一学科领域的训练）、教师的教育经验和教育信念、政治和宗教信仰等。在这些因素中学术训练是对教师课程编制能力最具影响力的因素，这也是影响教师课程编制能力诸多因素中发展最好的因素，因为目前随着我国的政治、经济、科技和文化的发展，大学教师都接受了良好的学术训练，这方面几乎不

① ［美］约翰·斯塔克（Joan S. Stark）等：《本科课程编制：如何制定学术计划》（*Shaping the college Curriculum: Academic Plans in Action*），第 158 页，转引自王伟廉《学术领域的特点对大学本科课程编制的影响》，《江苏高教》2002 年第 4 期。

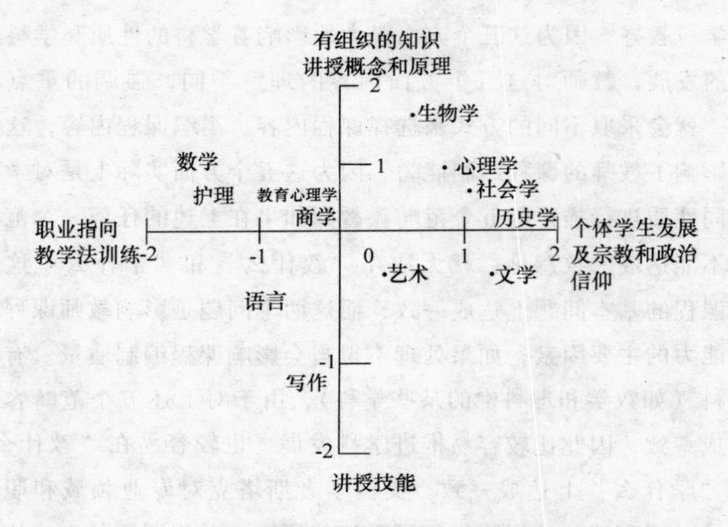

图 2－2　学术领域对单门课程编制的影响

存在问题；宗教信仰只在特定环境下对特定学科产生影响，我国高等教育从产生开始就不设置神学学科，宗教很少对高等教育产生影响，教师的课程编制能力受此的影响几乎不存在。对教师的课程编制能力产生影响的第二位因素是教师的教育经验和教育信念（即教师的实践性知识），我国高等教育实践中在此方面存在诸多问题，也是高等教育实践中需要亟待解决的主要问题之一，因此本小节拟对此进行重点进行探讨，其他因素由于影响力较小和研究篇幅的原因不做更多的探讨。

为了更好地完成自己的职责，教师必须要具备一定的知识，这是教师完成自己本职工作的最基本前提和基础。从知识的功用出发，教师的知识分为本体性知识、条件性知识和实践性知识。

1. 本体性知识

指教师所具有的特定学科知识。本体性知识是教师开展教学活动的基础，一切教学活动都是教师围绕着本体性知识而进行的有效传授，同时课程实施的成效是用学生所掌握的本体性知识的质量来衡量。

2. 条件性知识

指个体在什么时候、为什么以及在何种条件下才能更好地运用陈述性知识（回答“是什么”）和程序性知识（回答“怎么办”）的一种知识类型。在教学实践中教师的条件性知识涉及教师“如何教的问题”和如何使用教育学和心理学规律来思考学科知识问题，即对具体学科知识做出教育学和心理学的解释。如如何选择和组织课程内容、如何组织课程实施、如何对学生的学习成绩进行评价等。教师的条件性知识由三部分组成，即学生身心发展知识、课程与教学知识、关于学生学习成绩评价的知识。

3. 实践性知识

教师在实施有目的的教育实践过程中所具有的课堂情境知识及与之相关的知识，它们共同构成教师的实践性知识。教师的实践性知识包括：

（1）教师的教育信念

教师的教育信念在教育实践中表现为对涉及价值判断问题的理解，如，教育的目的是什么？学生应该接受什么样的教育？什么是最“好”的教育，“好”的教育应该如何实施和评价，什么是最“好”的课程，最“好”的课程应该如何实施和评价。教师的信念以一种无意识的经验和假设支配着自身的教学行为，通过教师的教学行为得以实现。教师信念的形成通常受教师个人生活史（特别是学习经历、关键人物、事件和时期）的影响比较大，受外在教育理论的影响比较小。

（2）教师的个人知识

教师的个人知识，是指教师个体在具体教育实践中通过自身的体验、领悟、反思所总结出来的有别于“公共知识”的知识。对于教师的教育工作而言，真正对其实践产生影响的是他自己头脑中已有的“教育理论”。这种教育理论既包括“公共知识”部分，也包括个人知识部分，而且“公共知识”已经内化为个人知识，并且最终得以表现出来。在教育实践中面对复杂的教育情境，教师必须做出反应。这种反应与其说是在他已经掌握的“公共知识”中寻找根据，不如说是教师根据自身经验所做出的判断与决策，可见教师的个人知识是决定教育实践成败的关键因素之一。

(3) 教师的策略知识

教师的策略知识，是指教师在教学活动中基于个人经验和思考所表现的对理论性知识的理解和把握，它包括教师对学科内容、教学方法、教育理论的理解，将理论性知识运用到具体教育情境中的策略（如比喻和类推），对所教学科及课程目标的了解和理解，对课程内容和课程实施方式的选择，教学方法和技术的使用、选择评价学生学习成绩的标准和手段等。

(4) 教师的反思知识

反思，简单地说是深思熟虑的思考。教师的反思本质上是一种实践取向的反思，表现为“对实践反思，在实践中反思，为实践而反思”。教师不仅要用语言来反思自己的行为，也应对自己的教育实践经验进行系统的梳理，甚至需要对自身的反思方式进行反思。

总之，教师的实践性知识（尤其是处于中心位置的知识）对教师的课程实施能力影响最大。由于教师职业的特殊性，教师的教育信念在其实践性知识中占有中心的地位，对其他知识的影响最大，对教师课程编制能力的影响也最大。

进行课程编制时应首先要明确回答这些问题：

一门课程的教学目的是什么，目标是什么；

为了实现这些目的和目标，应选择本学科的哪些内容；

如何组织这些内容；

怎样评价教和学的效果。

教师作为课程编制者必须科学地认识上述的四个问题，才能较好地完成课程编制的任务，因此编制课程时，教师首先必须解决的问题就是对本课程的教学目的的理解，而科学地解决这一问题首先取决于教师的教育信念，即教师对教育目的是什么的回答，取决于教师对什么是“好”课程的回答，取决于教师对“好”课程如何实施和评价的回答，这是教师进行课程编制的前提。由于课程目标属于意识形态范畴，教师将从自己的哲学思想、教育观念和课程实践经验出发来确定课程目标。

确定课程目标之后，教师将根据课程目标来选择课程内容和科学地组织这些内容，教师的策略知识对此的影响程度较大。因为选择课程内容和组织课程内容，不但需要教师具有良好的学科知识背景，而且需要掌握相应的教育理论并运用这些理论科学地理解所教学科的课程目标，这有助于教师选择最有价值的知识作为课程内容；接下来，学科教学方法、将理论性知识运用到教学的具体策略（如比喻和类推）、选择教学方法和现代教育技术等知识将有助于教师科学合理地组织课程内容；个人知识有助于教师在教育实践中发挥自身特色，形成独特的教学风格；对教和学的评价，取决于教师的教学经验，尤其取决于教师教学评价的经验；教师对课程的反思有利于教师发现课程的不足，有助于教师对课程内容进行及时调整，有助于提高教师课程编制的质量，从而促使教师不断地提高自身的课程编制能力。

因此实践性知识的个人性特征，是教师课程编制能力具有差异性的原因之一。

三　大学教师的课程实施能力

课程实施能力是指教师为实现所编制课程和所设计的课程方案，在师生互动中选择不同的教学方法、教学形式、教学媒体等方面所表现出来的能力。在教学实践中，教师的课程实施能力较多地表现在教学过程中。如，拟订课程计划与教学计划、设计以学生为导向的教学活动、灵活地运用教学方法与教学策略、清楚地了解学生实际学习成果与教师预期成果之间的差异、根据学生的个性差异调整教学程序和教学内容等。

课程实施中教师往往是围绕着教学对象、培养目标、教学内容、教学程序等方面展开。从教学层面分析，影响教师课程实施能力的因素主要包括教师的知识与信念、教师对课程的理解、教学对象、学校文化、教学资源和社会影响等，结合相关研究文献和笔者的理解，笔者将这些因素进行了归纳和总结（见表2－1）。

表2－1　　影响教师课程实施能力的因素分析①

影响因素	具体内容
文化课程的特征（冯生尧，李子健，2001）	·改革的必要性 ·改革建议的清晰性 ·创新的规模和复杂性（包括改革的时间跨度、改革的空间和改革的内容等） ·改革的实用性（包括工具性、匹配性和协调性、代价原则）

① 此表参见谢翌、马云鹏《关于课程实施几个问题的思考》，《全球教育展望》2004年第4期。

续表

影响因素		具体内容
学校和政府对课程改革的整体策略（Chin & Benne，冯生尧，2001）		·实证理性策略：只要政府和学校显示改革的合理性，实施者就会顺利加以实施 ·权力强制策略：利用法定权力和自身权威，通过法律或政策的形式，强迫无权者顺从 ·规范再教育策略：当事人积极投身改革方案的设计和自身的发展
教师的知识	实践知识	·教育教学知识：包括学生学习具体知识的情况、对教学过程的清楚描述、教学形式和不同的教学内容采取不同的教学方法等 ·个人的实践知识：包括有关学生的学习方式、兴趣、需要、优势和困难的第一手资料及教学技能和班级管理技巧的全部内容 ·教学常规和习惯：教师用来建立和调整行为及简化计划的机制
	专业知识	·学科内容知识：包括对当前所教内容的理解、对教材重点和难点的把握和对教材内容整体上的理解 ·课程知识：即对所需要的教学材料和课程方案的掌握
	理论知识	·教育结果、目的和价值及其哲学和历史根源方面的知识 ·一般教学法知识 ·教育情境知识
教师对课程的理解		·培养目标的理解：包括对人才培养目标设计者的思想、意图和主旨的理解 ·课程内容的理解：包括对课程内容的意义、价值、地位的理解 ·学生的理解：包括对学生身心发展规律和特点、学生的性格特点和学习方式的差异的理解

续表

影响因素	具 体 内 容
教师的信念（Kagan，1995；Pajares，1992；Block & Hazelip，1994；Calderhead，1996；Lee，1996；Wong，1998；马云鹏，1999）	·概念：教师信念是教师对与教育有关的一些事物，包括对学生、学科、教学及教师自身作用的看法或者对学生成就的归因 ·关于学习者和学习的信念：即教师关于学生学习的常识性理论 ·关于教学的性质和目的的信念：即教学是一个什么样的过程、教学的目的应该如何 ·关于学科认识方面的信念：即这个学科是研究什么的并了解这个学科意味着什么或在这个学科领域内有效地完成什么任务，同时还表现教师对教材与学生适切性的认识 ·关于如何学习教学的理论 ·关于自我和教师作用的信念：教学工作依赖于教师的人格和建立人际关系的能力 ·对学生失败的归因：可分为两种，一是自我强化归因，即将学生的成功归于教师教育的结果，将学生的失败归于教师以外的因素，二是自我保护归因，即学生的失败归于教师的教育，而学生的成功归于学生自己 ·文化信念：如儒家文化主张注重教育的社会功能，重视学习过程中学生自我能力的作用，提倡“勤能补拙”等思想，长期以来对中国教师的信念产生很大影响
学校文化（Fetterman，1989；Bell& Sigsworth，1987；Hargreves，1992；Mccutcheon，1980；Fullan，1991a，Nias，1992；马云鹏，1999）	·概念：学校文化是学校中特有的一种现象，是人们长期一起工作和生活形成的共同的、被成员认可的对问题的看法及对待事物的方式和习惯 ·学校研究文化：包括学校的研究项目、学校改革、学术气氛等方面 ·对考试和竞赛的态度 ·管理文化、校长的思想理念、日常的教学管理工作等 ·教学文化：如教师之间与教学问题有关的交流 ·同事之间的关系
教师发展（冯生尧，2001）	·职前教育 ·在职短期培训和长期培训 ·校内培训

续表

影响因素	具体内容
教学资源（Mccutcheon, 1980; Nlas, 1992; 冯生尧，2001）	·课程材料：包括培养方案、必备的教学设备和教学参考资料、教学辅助材料（教具、现代教育技术等） ·协助理解课程文化的资源 ·可供教师咨询和学习的机会 ·更多的用于教师备课、教学的时间 ·比较宽敞的教学场所 ·希望减少学生数量
学生（From，1999—2002CARS. org. USA.）	·能力：高—低 ·学习兴趣：高—低 ·学习背景：受教育的经历和家庭背景 ·学习态度 ·自我期望 ·自信心：高—低 ·学生的需要
社会	·社会需要和期望 ·社会人才观

由于教师课程实施能力和具体教学情境的差异性，教师在课程实施中形成三种基本课程实施取向：

（一）忠实取向

忠实取向，指教师对培养方案和课程目标的绝对遵守和对课程内容的忠实传递。即教师如实地按照培养方案和课程目标的要求，讲授培养方案所规定的课程内容，按照课程设计者的意图实现课程目标。这种取向最大限度地传递培养方案规定的既定内容，衡量课程实施成功与否的标准在于课程实施过程中教师对课程方案的实现程度，实现程度高则课程实施成功，同时也证明教师具有较高的课程实施能力。实践知识的缺失使教师成为人才培养方案和课程目标的忠实执行者和课程内容的忠实传递者，这也是造成教师课程实施能力低下的主要原因之一。

（二）相互调适取向

相互调适取向，指教师对培养方案、课程内容与具体教育情境之间做出某种修改或适应，这种修改或适应分为积极和消极两种情况。积极相互调适取向的课程实施是根据学生的差异性和具体的教学情境对人才培养计划、课程内容进行调整和变革，重在提高培养方案的适合性、切合性和课程内容传递的有效性；在课程实施中教师努力寻求培养方案、课程计划与教育情境中的相宜之处，不断地改变教育情境以适应课程计划的实施；对课程内容做有利于实现培养目标的修改，在教师实践知识的参与下，结合具体教育情境对课程内容做详尽的阐释或浅显的说明。

消极取向源于教师素质有待提高。由于教师缺乏正确理解培养方案、课程内容的能力及缺乏透彻分析教育情境的能力，而对培养方案和课程内容做出错误的修改。例如，在教育实践中有些教师采取降低培养方案和课程目标要求的方法来适应自身惯用的教学方式和不良的教育情境；也存在教师因学科知识水平低下而对课程内容做出错误的修改和讲授的情况，产生这种取向的主要原因是教师学科知识、教育理论和职业技能有待提高。

（三）创生取向

创生取向，指教师把课程实施过程看作是师生在具体教育情境中联合缔造新的教育经验的过程。在课程实施中教师设计好的课程方案仅仅是教师和学生进行或实现“再造”的材料或背景，是一种课程资源。借助这种资源，教师的课程实施能力和学生的学习能力不断地得到提高，课程也随着教师和学生的发展而不断进步。

因为教师课程实施能力存在着差异，教育情境和社会环境也存在复杂性及课程改革的多样性，所以这三种课程实施取向具有各自适用的条件和优缺点，它们在不同教育情境中都具有不同的表现。如果教师具有较高的课程实施能力将有助于教师根据教育对象和教育情境的差异性充分地发挥这三种课程实施取向的优势，从而提高课程实施的质量。

现代课程理论认为，随着科技和文化的快速发展，课程实施要求教师的思维方式、教学行为和教学方式都要发生一系列转变，最根本的要转变课程实施等同于教学的观念，要求教师要不断地提高自身能力，从“执行型”的教师转变为“研究型”的教师。因此教师不仅需要科学地编制课程目标，更应具有创造性地诠释课程内容的能力和引导学生发现问题、解决问题的能力，以发展学生的个性和潜力作为课程实施的最大成功。

四 大学教师的课程管理能力

课程管理能力是指对课程的规划、领导、组织、实施和监控能力。既可以表示课程领导者或管理者个人的课程管理能力，也可以表示课程管理部门或组织的能力。这里的课程管理能力是指管理者个人的管理能力。课程管理能力，指教师运用教育管理理论对自己所教授学科的课程生成系统和课程实施系统进行管理的能力，这是教师规范自身教学行为的一种能力。课程管理能力是教师课程能力的综合表现，它要求教师有能力管理课程生成系统（课程研究、课程编制），也要求教师具备管理课程实施系统（即教学）的能力。

影响教师课程管理能力的因素，一方面是教师应掌握相应课程理论知识，并具备相应的能力（如课程研究能力、课程编制能力和课程实施能力）；另一方面是教师要具备高度的责任心。

教师承担着教书育人的双重责任。同时，由于职业的特殊性，使大学教师的工作难以用严格的时空界限来划分，工作量也难以明确量化。在自己所教授的单门课程的管理工作中尤其需要教师具有强烈的责任感和高度的事业心，这关系到教学质量的高低和教学工作的成败，因为教师在课程管理中需要完成一系列的工作，除课程编制外，还包括课程实施前的准备工作、实施中的教学工作和实施后的学生作业、考试等评定工作等，这些都需要教师具备强烈的责任感与高度的责任心。

大学教师工作的特点，要求教师要不断提高自身能力。前苏联教育家苏霍姆林斯基曾说过，一个有学识的教师，他的一生都在为上好每一节课而不断地准备，他的精神生活就是不断地丰富自己的头脑。教师在课程实施之前，应对自己的教学设计方案、讲义融会贯通，识记消化，还要充分思考课程实施中所需要的教学仪器和教学设备等。这些准备工作对于大学教师来讲不仅仅取决于其学科知识和教育理论的掌握程度，不仅仅取决于教师职业技能的高低，更取决于其责任感与责任心。一部讲义多少年不变，课程实施之前不做任何准备工作，这既是教师课程管理能力低下的表现，也是有悖于道义和责任的行为。

五 大学教师的课程评价能力

课程评价能力是指教师在研究课程价值的基础上，对课程在提高学生能力方面的价值判断能力，主要包括熟悉其所任教学科的知识、了解各学科知识之间的共同性与兼容性、依据课程目标来评价课程内容和课程实施、科学地设计评价学生学习成就的标准与方式、运用评价结果来改进课程和解读学生的学习成果等能力，并以此作为教师自我评价的依据。

为了充分地发挥教师在课程评价中的积极作用，保证课程评价的有效性，教师必须具有一定的课程评价能力，教师的课程评价能力主要包括以下内容。

（一）有关课程评价的知识与经验：这方面包括对评价对象进行合理价值判断的能力、根据评价方案来分析评价结果、正确使用评价术语并能依据客观情况重新设计评价指标和正确使用评价方法等内容。教师可通过培训、自我学习等方式来掌握这些专业知识，为提高自身的课程评价能力打下扎实的专业基础。

（二）领会并遵循教育评价的各种准则，尤其是伦理准则：评价对象对评价主体的高度信任是使评价发挥“形成性”作用的前提，既要求评价主体具有客观评价的实践经验，也要求评价主体能够有效地调整自己的心理状态，主动地调控心理效应，并严格地遵守职业道德。在作为价值判断的主体参与课程评价时，教师作为积极能动且主观的个体，势必会受到其自身的生理基础、潜意识、个性、知识系统、实践经验、社会规范及价值观念体系的影响。由于这些内隐的主观因素，在一定程度上会对课程评价的公正性和准确性产生影响。为了保证评价的公正和提高评价效率，使课程评价能够为课程改革提供可靠、有效的信息，必须要保证评价者的客观与公正。为了达到这样的目标，就必须凭借评价工作的准则所激发的“意志”来调节教师在评价中的“注意”，使“注意”保证评价主体的焦点指向评价目的；靠“意志”控制评价创造系统，使其更有益于实现评价目的；靠“意志”调控“情感”，以保证情感对认知因素的激发强度和激发向度。

课程评价机制也对教师的课程评价能力产生一定影响。为了更好地发挥教师在课程评价中的积极作用，提高教师的课程评价能力，学校和院系必须要建立现代化的课程评价机制。具有现代化特征的课程评价机制应包括目标管理、民主管理，二者相互结合并有效统一，才能保证课程评价的质量，从而达到提高教师课程评价能力的目的。

目标管理是以目标为动力，并通过目标分解来推动课程评价发展的管理方式。目标管理既有别于课程评价的随机管理，也有别于规范教师行为中的行为管理。课程评价的随机管理比较好理解，这里不再赘述。规范教师行为的行为管理，是指根据教师在从事教育工作中必须遵守的教育指导原则和进行教育活动的基本原则，对教师的思想政治行为、教学行为和人际行为所进行的管理方式。学校采用目标管理方式，一般只确定课程评价的目标，至于以何种途径、何种方式达到目标则由系和教师来决定，这种机制有助于提高教师参与课程评价的积极性，有助于教师发挥自身的主观能动性。由于自身发展需要，教师会主动地去学习和研究与课程评价相关的教育理论，从而提高自身的课程评价能力。

民主管理指在课程评价中对评价指标、评价方法、评价方式和评价时间等问题的讨论，在具体实施过程中必须贯彻学术自由、学术民主的原则，成立由优秀教师组成的课程评价指导委员会，这可间接地促进教师主动提高自己的课程评价能力。

六　大学教师课程能力的发展阶段

大学教师的课程能力不仅表现为教师在课程运作与课程改革中的自身能力的构成要素，而且从教师自身发展来说，也表现为动态的、可变化的发展阶段。本节根据课程运作中教师课程能力形成和发展的水平不同，将教师的课程能力分为适应阶段、重塑阶段和创造阶段三个不同的发展阶段。

（一）适应阶段

在这一阶段教师的课程能力主要表现为课程实施能力，而且课程实施的主要方式为“忠实地”反映课程编制者（各学科的专家或资深教师）的意图，并根据教材要求组织课堂教学，以便能够达到预定的课程目标。在此阶段教师的创新能力发挥很少，更多表现为教师的教学能力，也就是教师适应课程的能力，教师的课程编制能力和课程评价能力几乎没有体现，即使体现也是微乎其微。作为教师在课程运作中的能力而言，课程实施能力是教师必备的基本课程能力，是发展其他课程能力的基础。对于新教师来说，这是首先必须要形成的能力，与其他发展阶段相比，这一阶段还处于低水平的层次，是教师课程能力发展的起始阶段和基础阶段。

（二）重塑阶段

经过了适应阶段，教师的课程能力有了一定的发展，教师已经不满足于对课程的简单适应与简单地进行课程实施，开始对课程进行一定调整，寻求对自己课程能力的重塑与改造，主要表现为教师根据教育情境的变化和学生能力的差异而改编和完善课程。在这一阶段教师比较关注课程的价值与合理性，为调整课程和改革课程服务；教师也更为重视对产生各种结果的内在原因的研究和分析，为改进和完善课程运作积累了更为具体的资料和信息。在这一发展阶段中，教师对课程内容的选择能力和课程评价能力在不断发展和提高，同时教师在课程编制方面也形成了自己的观点，课程实施能力在原有的基础上有了更大的进步。

（三）创造阶段

在这一阶段由于教师自身课程能力已有一定的发展，已不再满足于对课程内容的“品头论足”，而希望凭借自己的力量去完善和创造自己所任教学科的课程，在对课程评价、改变和重塑过程中使自己的课程能力得到不断提高，教师的课程编制能力在前两个阶段的基础上，逐渐形成和发展起来。这时教师对课程编制、课程实施和课程评价都有了自己的一定见解，并对课程实践产生了一定的促进作用。

第四节　课程视野中的系主任

系是大学的基本组织单位，以传播、创新某一知识体系或学科为主要目标，以协调、整合单个教学成员的活动为基本职能。系主任是领导、指引和影响全系教师和员工实现预设目标的领导者和管理者。

大学的系主任处于学校学术管理和行政管理交互作用的焦点上，从课程的视角对系主任进行研究，有助于正确认识系主任在课程领域中的职责和应具备的能力，有助于系主任不断地提高自身素质，引导全系教师共同参与课程运作和课程改革，从而达到提高教学质量的目的。因为研究视角的原因，本节研究对象为大学中主管教学的系主任。

一　课程领域中系主任的角色行为分类

如果将系主任放在中心角色的位置上，则其他相关联的角色都会对其产生相同与不同的角色期望，使系主任的角色行为出现多样性。根据他人对系主任的角色期待（Role expectation）和其实际角色行为表现（Role performance），在课程领域中系主任的角色行为可以分为以下几种。

（一）课程战略的规划者

随着大学内部管理重心的下移，系一级学术组织越来越多地考虑和规划自身的改革和发展问题，因此系主任承担着制定本系发展规划的任务，作为主管教学的系主任责无旁贷地要承担本系课程发展规划者的角色。制定本系的课程发展规划，是一系课程发展的首要工作。缺少课程发展规划的建构，课程运作与课程发展就无从谈起，因此这是系主任的重要职责之一。

（二）资源的分配者

作为资源分配者，系主任一方面要对本系的人力资源进行分配，另一方面要对本系的教育资源进行分配。

人力资源的分配，指系主任对本系的人力资源进行恰当的、科学的选择、考评、培养和使用，其目的是以合适人选去充实组织结构中所建立的各个职位，以保证组织的正常运转。由于大学内部管理重心的下移及校长、人事部门对系学科、专业的不熟悉，这些部门和领导是不可能替代系主任来确定本系所需要的人力资源。在学术性越强的组织中，其领导者和管理者对人力资源的使用权就越大。

对教育资源的分配，主要包括系主任根据本系的发展规划、培养任务和学科特点，建立和健全本系的组织机构（包括研究室、实验室、资料室和课题组等）；编制培养方案、课程规划与进行课程编制，并对课程运作过程进行全面、科学的评价；组织本系人员在课程运作中的横向合作及交流；完成教学设施的发展规划、教学计划时间表的制订等；安排教师外出学习进修、出席学术会议的人选和时间等。

（三）课程建设的管理者

课程建设是根据本系（或学校）的现有条件和课程现状，按课程发展目标逐步完善课程的各相关要素，形成推动课程不断发展的有效机制，以达到提高教学质量的目的。通过对学校的实地调研和查阅相关文献[①]，笔者认为，系主任在课程实施中发挥着重要作用，主要体现在：

1. 编制本系的培养方案

人才培养并非是由一门一门单独的课程堆砌而成，而是由一

---

① 参见王伟廉《高等学校课程管理若干问题的探讨》，《北京大学教育评论》2003 年第 4 期。

个课程系统来完成，所以必须认真规划人才培养方案。在我国，一般都是由系主任担当人才培养方案的直接领导者。编制培养方案的方式一般有两种。一种是系主任自己来编写，另一种是系主任组织某一领域的学科权威共同来编写。培养目标是影响培养方案编制的最重要环境因素。编制培养方案的首要问题就是确定培养目标，这需要充分了解社会发展、学科发展和学生的身心发展规律，并对这些进行科学的预测和分析；居于第二位重要的环境因素是领导素质，没有强有力的、高素质的领导，顺利开展培养方案的编制工作几乎不可想象，教育实践已充分证明这一点。在教育改革中，培养方案编制过程中由于缺少高素质领导，导致改革难以达到预期目标的情况并不在少数。

系主任在编制培养方案时，必须要考虑到不同学科和课程之间的相互关联、不同学科教师的意见及学科与课程之间在程序和结构上的相互关系，而且由于课程内容与科技发展、社会进步之间的联系越来越密切、越来越广泛，编制培养方案实质上就是一个学科和专业不断适应外部世界要求的过程。

编制培养方案，首先（也是最重要的）要完成培养目标的确定和表述，因为培养目标是课程运作的方向和指南。系主任在编制培养目标时应注意以下问题：[①]

（1）目标应与学校的发展规划相关联，更不能与学校的总目标相矛盾；

（2）目标应反映本学校、本系的办学理念和实践，这些目标应代表共同的观念，避免只反映少数人的观点；

（3）不应该保留那些没有人打算去实施的目标；

---

① 参见王伟廉《关于高等学校课程评价的若干问题》，《复旦教育论坛》2004年第2期。

（4）目标的表述应该清晰、简明，应避免对复合目标的复杂表述，也要避免使用过于专业化的语言和复杂的短语；

（5）只要有可能，目标都应该使用可测量的术语来表述，应避免那些无法进行测量的目标，但是可以保留那些虽然目前无法测量，但是将来可以测量的目标。

2. 对课程编制进行管理

课程编制是一个复杂的过程，包括课程计划、分科课程目标等文件的起草、具体学科的课程编制、以教材为主的课程资源的编制与审定等诸多环节，在课程编制管理中，系主任应根据社会对人才的需求趋势、学生的身心发展规律和学科发展的需要，分析和研究本系应开设的专业和应设置的课程体系、领导本系教师根据课程体系来编制相应的课程；系主任要充分调动教师参与课程编制的积极性，保证课程编制的科学化、民主化；并建立一种有效的课程审议和教材审定制度，对本系的课程编制进行有效的管理。系主任参与课程编制、课程实施、课程评价、课程管理等工作，可使系主任充分了解本系课程运作的各个环节，有利于系主任合理地安排和管理本系的各项工作。系主任承担的课程编制管理工作主要包括：

（1）课程编制者的管理

在课程编制过程中课程编制者起着举足轻重的作用，对他们的管理工作在课程管理中居于主导地位。所以系主任在实践中需要科学地解决相关问题。比如，应该由谁来编制课程，课程编制者应具备哪些知识、技能和素质，在课程决策中应遵循哪些原则或程序，等等。与此相适应，系主任应具备科学规划课程编制主体的知识、技能与素质。

（2）课程编制过程的管理

大学课程多样性的特点，使系主任需要对不同学科或专业的课程编制提出有针对性的要求，以便保证课程编制的质量。大学中不同学科或专业课程编制的具体要求都存在着差异，为了便于管理应对所有学生或某一类学科专业的学生提出有针对性的要求。比如，在不同的学科要求统一开设方法论的课程；对非数学专业的数学课程要求注重数学的计算而非数学的原理（包括微分方程、线性规划等）等，并且这些要求可以转化为评价指标，如完全按照课程编制的要求开设课程的学科或专业可以加5分，基本按要求开设课程的学科或专业加4分……通过这些评价，系主任可对本系的课程实施进行有效管理。但有一点需要说明的是，这些要求应是经过长期理论研究和实践探索得出，而不是某种主观上的或试误性的尝试。

无论哪一学科或专业，其课程编制的过程都经历了从培养目标确定到课程内容的选择、课程内容的组织、课程实施和课程评价等重要几个环节。在每一个环节中都有已经积累一些原则、规范和步骤，并且已经被课程理论和课程实践所证明是科学的或可行的。如在课程组织活动中，为了使学科之间打破学科壁垒，而达到相互渗透，泰勒曾提出“统合”（Integration）原则，旨在通过某种课程的综合化形式（核心课程形式）使学科知识之间发生联系。这样可以制定科学的评价标准体系，在课程结构上学科之间应该体现某种形式的综合化，依照综合化程度的高低评价课程体系的分数，二者之间应成正比。因此系主任在课程管理中应遵循已经被理论或实践所证明、科学可行的理论来指导自己的课程管理工作。

3. 科学组织与管理课程实施工作

课程运作是一项系统工程，包括培养方案的制订、课程规划、课程编制、课程实施、课程评价。课程实施是至关重要的环节。因为它关系到培养方案和课程目标能否实现，即培养方案和课程目标能否转化为学生发展的现实。虽然课程实施效果取决于任课教师的课程实施能力，但人才培养工作是全校性的工作，是每个院系工作的集合，而非简单的堆砌，尤其是大学课程改革中跨学科课程、全校性选修性课程的数量增加，在这种情况下系主任管理课程实施需要一定的组织能力与协调能力。如果一个系主任不能很好地理解学校的教育目的和办学理念，或者学校教育目的表述过于抽象、笼统而缺乏操作性，就有可能造成系主任不能积极主动地去领导课程实施。课程实施是否可以有效地实现预期目标，一是取决于任课教师的能力，二是取决于系主任对课程实施的科学管理。

（1）人员的安排

系主任要根据培养方案、学科和课程的发展需要、学生的特点、教师的素质和能力及本系教师可持续发展等因素，合理地选择和安排教师，并科学合理地配备教学服务人员。在安排本系教师工作时不但要考虑到教师的职称结构、学历结构、年龄结构、梯队结构等，而且要考虑到课程运作中的关键因素——教师课程能力组合。教师的这种能力组合就是我们上一节所阐述的教师的课程编制能力、课程实施能力、课程管理能力、课程实施能力与课程评价能力的合理组合。

系主任对本系人员的安排还包括对本系教师培训工作的科学管理。教师培训工作的目的是优化教师知识结构、从而提高教学质量和办学效益，因此系主任应从本系师资建设和具体教学工作的实际出发，科学地制定培训规划，克服短期行为，合理解决培训与教学时间上的矛盾，既要使教师不断地接受新知识、新信息，也要保障本系教学工作的正常进行；还要对参加培训的教师进行严格考核。使教师培训更具有针对性，更有利于保证培训质量，大学教师校本培训逐渐出现，并不断深入地发展，这更需要系主任的规划、协调与管理。因为本系教师参加校外的学习与培训，系主任只需要处理培训时间与工作时间的矛盾和强调培训的效果即可，而实施校本培训，系主任不但要处理培训时间与工作时间的矛盾，还要对培训的内容、方式、考核方式、培训场地等内容作科学合理的规划。

(2) 教学时间的安排

系主任要根据本系的实际情况规划课程安排，根据平衡、灵活和适度的原则，科学设计本系课程的排列顺序。

(3) 教育资源的安排

为教师的课程实施提供相应的教学仪器、教学软件、教学材料和图书期刊等。

4. 对课程评价进行科学组织与管理

课程评价需要运用课程理论、系统论、控制论的原理，对课程设置、课程编制和课程实施等一系列实践环节进行评价，用以调节课程建设。由于课程评价不同于人事评价和管理方面的评价，不注重对作为个体或群体的人的判断，也不注重对管理效率或绩效的判断，注重对存在问题的诊断，并注重如何改进，从而推动新课程方案的产生和实施。课程评价不仅具有调节和适应的功能，而且是在对教师、学生乃至校内外人群等多层次的广泛调查、综合分析基础上的一种民主评价方式，可以获取大量的课程信息，因而可使系主任准确地了解课程运作中亟须解决的问题，科学地制定课程运作的长期规划和近期发展目标，合理支配有限的人力、物力和财力。因此系主任应对本系课程的课程运作及时进行科学评价，使其科学、有序、持续地发展。

二　课程运作中系主任应具备的能力

在一定意义上，系主任的能力直接制约着本系课程运作的质量，影响着本系课程改革的成败。为了有效地行使自己的职责，系主任应具备相应的能力。

(一) 领导能力

领导能力，指系主任凭借着自己的教育理想、道德价值、学术威望等个人威信取得教师认同，为本系的发展做出努力。系主任的领导能力主要表现为:

1. 与教师一起规划本系的课程发展战略

科学合理的课程发展规划是保证课程运作与课程改革顺利进行的前提。实践证明，如果规划得到全系教师的认同，更有利于它的实施。为了得到全系教师的认同，系主任应组织全体教师共同商议这一战略。

2. 具有明确、清晰的教育理念

教育理念，指系主任具备的有关教育的基本信念和价值，它涉及教育的目标、课程价值、教师形象、理想的师生关系和同事关系等各个方面。理想是行为的先导，系主任的教育理念往往左右着整个系的发展方向，决定着本系的声誉和地位。

3. 有效地传播本系的课程规划，以取得学校、社会的认同和支持

课程运作与课程改革是一项系统工程，需要得到社会各方面的支持与帮助，需要得到学校各部门的合作与协调，因此系主任应采取各种有效手段向有关人员介绍、宣传本系的课程规划，这既可与大家交流提高，又可得到各个方面人士的理解与支持。

(二) 规划能力

设计科学合理的课程发展规划之后，接下来就要形成一个详细的课程实施计划，这要求系主任具有较高的规划能力。系主任的规划能力主要表现在:

1. 预测能力

预测能力是规划的前提和基础，规划总是建立在对未来社会的预测基础之上，预测必须建立在调查研究或材料分析的基础

上，这样才能保证预测的准确性。

首先系主任需要掌握最新的教育信息，如教育发展趋势、科技与社会对教育发展的影响、市场对人才需求的变化、学科专业的最新动态等；其次系主任要通过有效的交流获取信息，并能吸收和筛选这些信息。如从社会、政府机构、学院教职工、教育工作者、社团负责人那里获得准确信息，科学合理地预测本系3年到5年的课程发展趋势，以确保本系采取的策略具有针对性。如果对未来的课程发展目标没有一个清晰的预测，既不利于本系课程发展，也不利于发挥系主任的学术性权威。

2. 问题意识

问题意识是创造力中最重要的因素，也是系主任规划能力中最重要的因素之一。

在迅速变革的时代，大学的教育规划（尤其是课程和教学规划）面临着来自学校内外的压力，各种新问题层出不穷，这就不可避免地要影响到系一级教育组织的发展规划，系主任作为本系的领导者负有全面规划发展策略的责任，因此系主任不仅仅只是“大”问题、“老”问题的解决者，更应是“小”问题与“新”问题的发现者和提出者，并要想方设法来解决这些问题。

3. 协调能力

任何一个科学合理的规划都需要考虑到方方面面的平衡问题，不能厚此薄彼，任何一个规划的有效运行都需要得到各方面的大力支持，这要求系主任拥有较高的协调能力。如协调学校各部门与系的关系、协调本系教师之间的关系、协调本系教师与学校各部门及本系教师与外系教师之间的关系、协调教师与学生之间的关系、协调教师工作与教师报酬之间的关系等。

（三）合作能力

为了保证本系课程规划能够有效运行，应得到学校领导和学校相关部门及校外社会相关部门的支持与合作，因此系主任应具有良好的人际交往能力及合作能力，具体包括与上级领导的合作能力、与教师不断进行对话的能力、与校外相关部门的合作能力、促进本系教师与学校各个部门合作的能力、促进本系教师与外系教师合作的能力。

（四）系主任应具有在不同意见之间建立对话关系的能力

在学术界普遍流行一种观点，认为最好的管理就是尽可能少的管理，并认为应把课程管理的权利全权委托给教授或教师，让他们根据自己的学术信念和学术兴趣来编制课程或培养方案。但中外教育实践已证明，这样的培养方案无论是实现学校的教育目的，还是实现学生的学习目标都很难获得成功。而且国外课程理论研究已经表明，学校领导者如果有能力在学校中营造一种积极的氛围，激发广大教师和管理者参与课程编制的积极性，以合作方式来编制课程，效果会大大地提高。为了提高课程和培养方案的质量，在课程编制过程中，系主任应具有在不同意见之间建立对话关系的能力，使所有层次课程方案的编制过程及课程编制的每一个环节、每一个因素中都可以建立起这种对话关系。

从总体上来看，系主任在宏观层面上统筹本系课程运作的一切事务，承担着课程运作的领导者和组织者的角色，并在学校的支持下切实地动员本系教师积极参与课程运作，但在教育实践中系主任也面临着很多现实的困难和压力。

三 课程运作中系主任面临的困难与压力

作为一名普通教师可以只关心自己所讲授课程的发展与变化，只需要尽自己所能完成课程实施任务，在促进学生发展基础上完成自己的本职工作。但系主任必须要从宏观上、整体上去思索本系的课程发展。当本系的课程运作和课程改革出现中问题时，系主任面临很大压力，他（她）需要为本系的声誉和课程质量而思考、奔波，而且随着教育发展和大学内部管理重心的逐渐下移，系一级学术组织需要更多地考虑和规划自身改革和发展问题，人们对系主任的期望也越来越大。尤其在课程改革过程中，系主任要承受着学校、本系教师与学生的多重期望与监督，并承担着改革的风险和压力。

（一）学校方面的压力

就目前大学课程改革来看，虽然大学课程改革自下而上的趋势越来越明显，也倡导教师对课程实施的调适策略，允许并鼓励教师创造性地实施课程，并希望教师以此来对学校的课程建设提出建设性意见和实践支持，但是学校对此的要求和管理规范仍然很具体、很严格，所以学校的期望和监督给系主任带来了较大的心理压力。

（二）教师的素质参差不齐

大学教师素质参差不齐，尤其是我国大学合并之后，有些专科学校（甚至是中等专业学校）合并到大学中，部分教师的学历和能力都不符合本科教学的基本要求，如何提高这部分教师的素质也是系主任面临的一大难题。

部分中老年教师由于多年教育实践已经形成了一定的教学风格，拥有丰富的教学经验，对自己的教育方式和教学行为充满了信心，而这些又都被传统的评价模式所认可，使他们难以接受新的教育观念；部分年轻教师在学科知识、教育观念方面的领悟力很强，但缺乏教学工作经验，在课程运作和课程改革中对“为什么”的问题了解和掌握的程度很高，但如何解决“为什么”的能力比较弱。因此如何通过有效措施提高教师的整体素质，更新教师的教育观念，帮助教师将新的教育理念贯穿于课程运作中，也是系主任面临的一大难题和重大使命。

由于大学中不同学科之间的差异性比较大，大学教师处理课程与教学事宜一向独来独往，而且由于教师学术民主观念和学术自由意识的增加，许多大学中系主任与教师之间的干群关系不尽如人意，这些都给系主任的管理和领导工作带来了一定困难。

（三）系主任缺乏课程运作所需要的专业知识

我国大学教师培训中一直都缺乏课程理论知识与实践技能的培训，系主任在这方面存在不足是客观事实。而且传统教育模式中大学教师都是单一学科的行家，大学课程又具有多样性的特点，目前情况下要求系主任样样精通既不现实也不可能。系主任作为一系领导要完成自己的职责，不应仅仅凭借自己的行政职务所带的法定权、强制权和奖赏权，而更应具备学术权。

系主任由于缺乏课程运作方面的专业知识和实践技能，难以对课程运作进行科学规划、统筹管理，甚至将科研管理工作的观念、方法迁移到课程管理中，这些都致使系主任产生心理困惑。

（四）行政事业过于繁忙

课程运作是一项需要长期投入的工作，课程规划——课程编制——课程实施——课程评价等都需要系主任投入大量的时间和精力，除此之外系主任还承担教学、科研、行政等工作，这些致使系主任难以专心于课程运作工作，也致使系主任对课程和教学工作逐渐疏远，加之自身缺乏相关的课程理论与实践技能，造成系主任巨大的心理压力。

（五）缺乏外部支援

由于教育改革和课程改革要求在课程运作中融入新的教育理念，这样就不可避免地在教育实践中会遇到一些新的问题，加上缺少相应的理论、实践经验和鲜活的案例，这致使系主任在解决一些新问题时无从下手。他们迫切需要课程专家、教育理论家为其排忧解难，但在教育实践中他们很少能得到这样的帮助。在课程运作中出现的新问题只能在校内，甚至只能在本系内通过研讨、交流来解决。大学教师职业的自由度较大和教师对课程运作的漠视，致使本系内部的交流与研讨也很难进行，系主任不知道如何科学合理地解决工作中出现的一些新问题，因此产生困惑与迷茫。

第三章

教学视野中的大学教师

大学教师教学学术水平，是20世纪90年代根据大学的教学特点及如何正确地处理教学与科研的关系，而产生的关于大学教学的全新理念。大学教师教学学术水平概念的提出及对此进行的相关研究，为我们正确处理教学与科研的关系和提高教学质量提供了崭新的解决思路。

第一节　大学教学的学术性

1996年8月24日英国《经济学家》周刊发表《培养年轻人》的文章。文章指出，目前学术界普遍存在着的“不出版，就完蛋”的综合征，降低了高等教育的初衷——即教育本身的价值。在许多大学中，包括很多著名大学在内，本科教学成了可有可无的东西，教学质量变得很差。[①] 美国教育界人士对本国大学本科教育进行反思后，呼吁“美国目前的本科教育已经到了高校必须做出反应的时

---

① 宋映泉：《大学应当改变“重科研轻教学”的做法》，《参考消息》1996年9月18日。

候了”[①]。中国大学同样也是以科研经费的数量和教师在SCI[②]上发表的论文数量作为大学排名的主要标准，以核心期刊上发表的论文数量作为教师评定职称的主要依据；本科教学质量同样不容乐观，名师不为本科生授课，对本科生授课的教师又忙着搞科研，学生为自己的正当权益得不到满足而呼吁并发出“教授，请您别逃课了，好吗?”的请求。[③] 目前由于大学中“重科研轻教学”而导致的轻视本科教学质量现象已经成为一个世界性的难题。虽然有多种因素导致本科教学质量危机，但目前理论研究与教学实践中，对大学教师学术水平（尤其是对教师教学学术水平）认识的局限性，以及缺乏对大学教师的有效培训是其中主要原因。

为了有效地研究大学教师的教学学术水平，应先对大学教学的学术性进行分析和研究，在此基础上对大学中教学与科研关系的现状和形成原因进行分析，这是研究大学教师教学学术水平的基础与前提。

一　大学教学的学术性

根据波伊尔理论和自身的研究，笔者认为大学教学具有学术性，这是由大学教学活动的特点及大学生的特点所决定的。

（一）大学教学的特点

大学教学是大学实现培养目标的主要途径，是学生在教师

---

① ［美］欧内斯特·波伊尔：《学术水平反思——教授工作的重点领域》，载国家教育发展研究中心编《发达国家教育改革的动向和趋势》（第五集），人民教育出版社1994年版，第130页。

② SCI是美国《科学引文索引》的英文简称，其全称为：Science Citation Index，创刊于1961年，是一部国际性的检索刊物，包括有：自然科学、生物、医学、农业、技术和行为科学等94个类别，主要侧重基础科学。所选用的刊物来源于40多个国家。

③ 詹学伟：《一个大学生对教授们的呼吁：你们别再“逃课”了》，《中国青年报》2002年11月4日。

指导下获得知识和技能，发展智力并形成一定的道德素质和世界观，全面发展个性的过程。大学教学是学校教育中的高级阶段，也是学生进入社会实践过程中的前期阶段，所以与中小学教学存在很大差别，是一种专业教育，是学生学习和掌握独立探索未知真理的科学方法和运用学科理论知识于具体实践的过程，因此课程内容的专业性和教学方法的特殊性是大学教学的独特之处。

1. 大学课程内容的专业性

大学教学以传授高深专业理论知识为主要任务，是围绕具体的学科知识而展开的学习过程。大学教学所体现的专业性不同于中小学的知识性教学，中小学教育中所传授的知识，是不存在争议的、已有定论的知识。大学教学不仅仅传授学科知识，不仅仅传授人类现有的知识和经验，而且培养学生认识已知和探索未知的能力，因此具有一定学术性。

大学教学的学术性首先表现在课程内容上。大学的课程内容包含了本学科领域的前沿知识，在教学中教师不仅要向学生传授已有定论的学科知识，而且还要向学生介绍本学科和相关学科的最新科学技术成果、各种学术流派和学术观点，及需要进一步研究的新理论与新发现，这都有助于引导学生积极思考，有助于他们及时了解本学科的研究现状和发展动态，使他们对本学科形成浓厚的研究兴趣，有助于培养学生的探索精神和学术研究能力。

大学的课程内容包含了一定的科学研究成果。将科学研究引入教学中，把科研成果转化为教学内容，使教学具有科研性，是大学教学的另一个特点。大学的课程内容除包括基础课和专业课之外，还包括有关科学研究方法和特定学科研究方法的课程，这些课程对学生掌握科学研究方法和形成学生科学研究的态度具有重要作用。此外大学的课程内容中还包括了本校、本专业及任课教师的一些科研成果，研究成果转化为教学内容有助于丰富和充实教学内容，有助于学生了解本学科的研究动态，并可以使学生了解科学理论的价值和应用于实践的途径与方法。

2. 教学方法的特殊性

教学方法是教学过程中传递信息的工具。教师、学生、教学内容这三个要素的相互联系和整个教学活动的激活，必须要借助某种工具作为联络，而教学方法承担着这种工具的作用。要完成培养高级专门人才的教育目，大学教学方法具有一定的特殊性。

(1) 教与学关系的变化

大学教学过程中教师“教”的成分逐渐减少，而学生自学的比重随着年级的增高而逐渐增加；大学的教学方法与其说是各种教学方法的结合，不如说是在学生的学习过程中，教师对学生的认识活动进行系统的指导。

(2) 教学方法与研究方法相结合

在大学教学过程中，教师不仅要讲述事实性的知识，更要使学生掌握科学研究方法论和特定学科的研究方法，培养学生具备科学探索和科学研究的能力，因此大学的教学方法中探索和研究的成分在增多，接受的成分相对地减少。

(3) 侧重实践环节

大学教学是学生毕业后参加职业工作的前期准备，因此大学的教学方法比较侧重于实践环节。在教学中教师较多地组织学生参与各种社会实践，在课堂教学中教师也重视实验技能、专业技能的训练。

虽然不同学科教师选择教学方法各不相同，但是都具有一定的共同点，即选择、使用教学方法时，应有利于发挥教师的引导作用，应有利于激发学生的学习兴趣，更应有利于学生外在的学习动机转化为内在的学习动机，有利于调动学生学习的积极性，培养学生创造性思维，最终使学生学会学习。这决定了大学教师要研究并综合各个学科的教学方法，在教学过程中教师既要重视教法，又要重视学法；在掌握教育理论的基础上，教师应根据教学实践灵活地选择教学方法。

此外，教学是教师发现（研究）教与学本质的活动。发现是一种探究精神，教学在本质上也是一种探究。因为教师从事教学活动时所面对的教学对象是活生生的、健康的、有思想、有意识的人，而不是相对静止的物体，这是教学与其他职业活动的区别，这决定教师要不断地研究和探索教育对象的不确定性，这一点对大学教师尤为重要，因为大学生的智力水平、心理水平已经发展得比较成熟，对很多理论和问题具有自己独特的看法，不会轻易地同意教师、长者的观点。上课前教师的备课和教学设计必不可少，但这并不意味着教学就是忠实地执行设计方案，而要根据具体教学情景和教学对象的反应随时地进行调整。如果教师在教学中不能根据不同的教学情景和教学对象的反应及时地调整自己的教学策略，教学计划就可能会起到副作用。因为教学设计方案毕竟是带有主观性的设计蓝图，实施过程中教师具备灵活处理的能力更为重要。

大学教学方法的特殊性要求教师应具备综合能力。综合是强调教师从整体上对孤立的现象加以解释和考察，并提出新见解的能力；这里的综合，指教师把学科知识放到更大的知识背景中去考察，也意味着教师把自己和他人的研究成果综合到更大的智力模式中去。科技发展使学科知识之间的相互渗透和相互融合的趋势越来越明显，也对人才培养提出了更高要求，未来的人才不是死守一隅的专门人才，而是在通晓多个相关学科基础上专于某一学科的高级人才。要培养这样的人才，大学教师不但应具备本学科理论知识，还应具备本学科之外的广博知识，尤其应掌握一些相关学科知识及人文社会科学知识，提高自己的人文素养，掌握各学科通用的科学研究方法论，了解和掌握本学科与相关学科的联系，并可在本学科领域将其融会贯通。

大学教师在教学过程中不仅具有发现能力与综合能力，还应具备应用能力。应用能力，指教师将发现和综合的成果应用到教学实践中，并产生相应教学效益的能力。只有这样的应用，才会对大学教学的学术性产生积极作用。因此大学教学要求教师应具备将自己发现和研究的各学科知识成果灵活地应用到教学实践中的能力。

（二）大学教学对象的特点

大学生与中小学生的最大不同在于，大学生一般是18岁以上的青年，他们的身心发展已经趋于成熟。[①] 大学生在完成普通教育基础上继续学习更广、更深的专业知识，已经初步掌握了所学专业的发展水平和发展方向，接受了不同形式的训练，已经逐步掌握了科学的研究方法，他们的社会阅历也较丰富，他们的心理发展（尤其是思维能力）已经接近或达到了成年人的水平。社会不仅要求大学生要学习和继承人类积累的知识与经验，而且还要求他们在教师指导下探索知识、发现知识和将知识运用于实践中，使他们毕业后可以快速有效地进入到社会实践中，独立地应用所学知识来解决实践中的问题和探索新知识。因此大学教师在教学中除了要科学地运用不同教学方法将人类高度抽象的专业理论知识传授给学生，还应教会学生独立地、创造性地运用理论知识去发现新知识、创造新知识的方法。因此大学教学要求大学教师必须不断学习，不断更新教学内容，并根据不同学生特点有针对性地改进教学方法，这些也体现了大学教师发现、综合、应用能力的水平。

大学生的心理水平已经发展到成熟阶段，在认知能力、思维

① 潘懋元主编：《新编高等教育学》，北京师范大学出版社1996年版，第6页。

水平和个性心理品质等方面都发生了质的变化，这些心理因素的变化与发展使大学生在学习活动中具有独立思考能力，因此大学生不会轻易接受各种学派的观点，他们对这些观念进行理性地评价，批判性地接受某些观点，或者对某些观点提出质疑并提出自己新的见解。大学生的这种主动性、积极性和独立性的特点，决定了每次教学都具有即时性，学生都会提出新问题，这需要教师不断地去探究、解决。

综上所述，大学教学是一种学术性活动。

二　大学中教学与科研关系的现状与成因

大学教师教学学术水平的概念是针对大学中存在的“重科研轻教学”的不正常倾向而产生的，是对大学教学本质的重新思考，因此对大学中科研与教学的关系进行分析是研究大学教师教学学术水平的基础。

从大学发展历史及大学职能演变来看，似乎科学研究与大学紧密相连，因为人们认为高等教育需要科学甚于科学需要高等教育，大学成为科学的天然场所似乎是不言而喻，但是事实并没有给这种观点正面的支持。首先，科学研究并非主要依靠大学。19世纪之前欧洲实验科学的建立产生于传统大学之外，即使柏林大学建立以后，大学拥有了科学和民族主义新力量，大学仍然不是科学研究的中心场所，世界上依然存在很多的、独立于大学之外的研究机构，此时的大学虽然不排斥科学研究活动的存在，但并不是科研的当然场所。在罗伯特·K. 默顿长达600页的《科学的社会学》一书中，只有7页中谈到了大学①，斯贝格尔·娄辛

① 参见［美］克拉克编著，王承绪、徐辉等译《高等教育新论》，浙江教育出版社1998年版，第227页。

和普赖斯合作的《科学、技术与社会》一书的600多页内容中只有20多处提及大学，由此可见人们并没有将科学研究完全寄托在大学身上。[①] 其次，大学的宗旨应是教学，而不是科研。大学教育“其目的在于提高社会理智，培养大众的心智，净化民族的情趣”[②]，大学离不开培养人，纽曼的“假如大学的宗旨是科学上的发明和哲学上的发现，那我不明白大学要学生做什么?”的论点是最好的证明。这些都表明，科学研究与高等教育从没有发生过重大的重叠，大学并非是科研的当然场所。大学可以为科学家提供有利于科学研究的环境，但大学的科学研究只是科学研究大系统中的一部分而已，而“科学研究在高等教育系统中占有中心地位的思想观点不符合历史的事实。两者的重叠是成问题的，常常只是在少数名牌大学中出现”。[③] 那么，不仅在重点大学，即使是在普通学院也流行“不出版，就完蛋”这种“重科研轻教学”的不正常倾向，必然引起我们的质疑。

目前在大学中普遍存在着“重科研轻教学”的不正常倾向，教师要成为优秀教师应首先是一位学者，出版物就是衡量一位大学教师学术水平的主要尺度甚至是唯一的尺度，而大学教师的教学活动没有得到与科研同样的重视。长期以来如何正确地处理教学与科研的关系一直是大学中长期争论不休的话题。教学学术水平是为了正确处理教学与科研的关系而产生的一个新概念，因此明确教学与科研的关系是研究大学教师教学学术水平的基础。

（一）教学与科研关系的理论研究述评

教学与科研的关系一直是理论界长期争论的一个话题，目前

---

① 参见［美］克拉克编著，王承绪、徐辉等译《高等教育新论》，浙江教育出版社1998年版，第227页。

② 同上书，第235页。

③ 同上书，第237页。

理论界关于二者之间的关系主要有三种观点：即积极的（正相关）、消极的（负相关）和不相关（零相关）。

目前有三种理论模式认为教学与科研之间存在着负相关，即：

稀缺模式（scarcity model）：这种模式的代表人物是约奇（Jauch），他经研究得出结论是，研究和教学之间的负相关值达-4.27。①

个性差异模式（Differential personality model）：这种模式的中心论点是，教学与科研的要求是相反的个性倾向，两种活动要求的个性特征背道而驰，两者的关系只能是消极的，两者的关系是负相关。②

不同奖励模式（Diversity reward system model）：这种模式认为教学和科研是相互冲突的两种角色，这种冲突是由不同的奖励机制造成的。许多大学（包括教学型的大学）在决定大学教师升迁、职称评定和终身职位获得等方面，教学质量的评价指标具有弹性，而科研成果的评价指标却是硬性的。

目前有两种理论模式认为教学与科研之间存在着正相关，即：

常识模式（Conventional wisdom model）：这种模式认为，教学与科研关系存在正相关是显而易见的。有学者研究之后得出结论，98%的学者都认为活跃的研究兴趣对成为优秀教师是至关重要的。③ 这种模式认为，教学与科研的联系有三种形式：

---

① 王英杰：《美国高等教育的发展与改革》，人民教育出版社1993年版，第89页。

② 同上。

③ Blasi A. J：The Tensions Between Teaching and Scholarship，Chronicle of Higher Education，June 1992，p. 17.

(1) 有形联系(Tangible connection): 指将科研获得的新知识应用于教学，即传播新知识；

(2) 无形联系(Intangible connection): 指科研对学生学习的态度和掌握知识方法的影响及教学对教师科研欲望的激发；

(3) 宏观联系(Globle connection): 全球范围内在个人和院系两个层面上教学与科研的互动。

"G"模式("G" model): 这种模式认为成功教学和成功科研所需要的能力是统一的(General)。而且教学与科研之间存在着相同因素，只是关注重点不同而已，教学关注知识的整合和运用，而科研则关注知识的发现。[①]

目前有四种理论模式认为，教学与科研二者之间相关性趋于零。即：

不同事业模式(Different enterprises model): 这种模式认为教学与科研是两种完全不同的事业，科研致力于知识的发现，教学致力于知识的传播。二者相互独立，如果借助某些中间环节使二者发生联系，也是很难判断这种联系是积极的，还是消极的。

行政资助模式(Bureaucratic funding model): 许多研究者认为教学与科研是互不相干的，分开资助比较合适。[②]

不同变量模式(Differential variable model): 很多学者认为，上述几种模式有些过于简单化，因为在教学与科研之间还有很多其他变量。如教学能力与科研能力变量，教学奖励变量与科研奖励变量，教学时间与科研时间变量、教学效果与科研效果变量等，其中教学能力与科研能力正相关、教学能力与教学效果正相

---

① Blasi A. J: The Tensions Between Teaching and Scholarship, Chronicle of Higher Deucation, June 1992, p. 17.

② Barnett R: Linking Teaching and Research: A Critical Inqucry Journal of Higher Education, 1991, p. 63.

关，科研能力与科研效果正相关，受奖励机制驱动的科研时间投入与教学时间投入负相关，而科研效果和教学效果则是微弱的正相关或不相关。

中间变量模式（Intervening variables model）：虽然很多学者通过实证研究表明，教学和科研之间存在着微弱的相关或者零相关，但是这些研究也存在着一定的问题，如仅仅考虑科研与教学两个变量；大多数研究都是在单一背景下，即在研究型大学中进行。要解决这些问题，一是要将研究扩展到多种背景，二是要区分教学和科研发生作用的中间变量。

元分析模式（Meta-analysis）①：J. 哈提（John Hattie）和 H. W. 马修（H. W. Marsh）根据研究需要选择了58种研究背景进行实证研究，将这些实证研究的数据经元分析统计软件分析处理，发现教学与科研的相关性及其微弱，由此得出二者是零相关的结论。

中国学者王伟廉教授从对“教学”的四种理解入手分析了教学促进科研的具体表现，提出了新观点：教学可以促进科研发展，为更好地处理大学中教学与科研的关系提供了理论依据。②当然教学对科研的各种促进作用需要一定的条件，首先是教师的能力与素质问题，“教学相长”被视为一条规律，但是并非每一位教师都能从学生身上获益，这与教师的学术水平、道德水准、人格等因素有密切关系，师生关系也是其中的影响因素之一。如果教师的学养不深，就无法及时捕捉学生思想中的智慧火花，如果教师的人格品位不高，不可能对学生不耻下问，也难以从教学

---

① John Hattie and H. W. Marsh: The Relationship Between Research and Teaching: A Meta-Analysis, Review of Education Research, Winter 1996, Vol. 66 No. 4, p. 34.

② 参见王伟廉《试论高校教学对科研的促进作用》，《高等教育研究》2001年第1期。

中得到收益，平等、民主、融洽的师生关系有利于师生在教学中相互启发、相互促进。

上述关于高校中教学与科研关系的理论研究一直没有定论，这真实地反映了教学与科研关系的复杂性。但无论大学的教学与科研的关系到底如何，教学与科研永远是大学的两大支柱，是大学永远追求的两大理想，而且“大学是培养人才的地方，进行教学和培养人才是大学的中心工作，教学是大学教师的首要的任务……应该高度重视并认真搞好教学”①。因此无论二者的关系是正、是负、还是零，我们都不能任其自发地运行，必须要促使二者联姻并且要创造条件消除它们之间的消极影响。这需要我们对大学教师学术水平重新认识、重新评价，对大学教师的培养方式、评价体系、奖励制度等方面进行调整与改革。

(二) 大学中教学与科研关系的现状与成因分析

洪堡提出了具有划时代意义的“教学与科研相统一”的办学思想后，科学研究进入大学，促进了大学教师学术水平的提高，并且使新学科在大学里不断地产生与发展，但是随着时间推移和大学科学研究规模的扩大，大学的科研形式发生了显著变化。

1. 最初与教学完全（或基本上）融合的科研逐渐成为脱离教学（特别是本科教学）之外的独立活动

目前高校中有相当一部分科研内容与教学没有多大的关系，甚至没有关系。目前大学的科研活动根据其动机的不同，可分为四种形式。

(1) 只考虑数量的“形式科研”

科学研究是一种智力活动，其成果可用文章、报告和著作等

---

① 姚利民：《教学和科研关系的思考》，《中国电力教育》2000 年第 1 期。

形式来体现，但并不意味着写论文、出版著作就是搞科研，错误的观念导致教育实践中错误地制定和使用教师学术水平评价标准。由于长期以来发表论文数量和出版物级别及著作数量被作为衡量科研水平的尺度和职称评定的“硬件”，因此大学教师不得不为数量的达标而盲目地编写，造成了一时间学术刊物和大部头的著作泛滥到了令人吃惊的程度。笔者为完成本书，在查阅文献中发现，有一些教授、博导一年之内可以发表数十篇的学术论文、几部著作，最令笔者惊奇的是一所大学的博士生导师在一年内出版了 4 本专著，每本都是二十余万字的“巨著”，更令人惊讶的是这几本“巨著”的内容大同小异！难怪美国物理学家艾伦·什克拉说：“任何胡诌八扯的货色只要多用些流行词语就可以发表。”[①] 试想，这样的科研会对教学产生影响吗？即使产生影响又会是何种影响呢？

（2）故弄玄虚的“理论科研”

目前有一部分大学教师和学者不能脚踏实地从实践出发来探索和研究，而是钻在书丛中、躲在书房中构思和创造，这样的研究成果有 80% 以上没有经过实践检验，科学性尚未证明。还有些学者将西方的二、三流学者的作品生吞活剥地搬来甚至将国外的学术垃圾贩运国内。这样的科研看似高深莫测，实则故弄玄虚。

（3）利益驱使的“效益科研”

受经济利益的驱使，一些教师从事科研的动机只有一个——经济效益。只要有经济效益的科研项目他们毫不犹豫地承担，这样的科研项目可能会给企业带来活力，是否有助于教学则难以判断；甚至还有相当数量的大学教师只要有钱赚，无论科研项目是

---

① 宋映泉：《大学应当改变“重科研轻教学”做法》，《参考消息》1996 年 9 月 18 日。

否有学术价值都会投身其中，我们可以想像这样的科研会给学生以何种影响。而且在现实中科研经费数量已直接与教师的职称、津贴和荣誉紧紧联系在一起，这怎么不使教师为之所动呢？也正是在这种奖励机制下，大学本科教学已经成为科研的附庸，甚至在一定程度上已经成为教师的负担。

（4）真正意义上的科研

尽管有许多学者认真地研究了科研对教学的影响，但迄今为止几乎没有任何的研究发现科研对教学存在着十分有意义的相关。美国肯尼斯·A. 菲尔德曼关于大学教师的研究成果和学术成就与其教学效果之间关系的研究表明①，教师的科研能力与教学效果之间相互关联的程度和方式，随着教师从教的时间、所教的学科及其从教的大学（学院）的不同而变化（见表3－1）。

表3－1　　教师的科研能力对其教学效果的影响

正相关（关值最大）	正相关（关值最小）	零相关
所掌握的学科知识 智力拓展度 备课 课程组织对课程目标和要求的明确度	讲解清晰度和可懂性 对课程深度的挑战和对独立思考的鼓舞 兴趣激发程度 教师的成果或影响 主要教材的性质、价值和益处 补充资料和教具	教师的热情 学生学习水平的敏感度 对学生的帮助 鼓励学生提问和讨论 关心和尊重学生 对学生公正评价及反馈学生的意见、质量和效果

美国两位学者在一所非重点普通大学进行了5年研究后得出结论②：各类职称教师的科研成果与教学效果指标之间的相关

① ［美］小斯坦利·J. 米凯拉克、罗伯特·J. 弗雷德里克著，李文权译：《科研能提高教学质量吗?》，《高等教育研究学报》1996年第4期。

② 同上。

值、各系科研究成果与教学效果指标之间的相关值都很低；正教授、副教授、助理教授的研究成果评分与教学效果评分的相关系数分别是 0.29、0.34、0.45；自然科学、人文科学、社会科学的研究成果与教学效果评分的相关系数分别是 0.07、0.48、0.57。因此，纽曼的“科研与教学完全不同，很难在一个人的身上同时发现这两种能力”观点虽然是有些绝对，但并非没有道理。事实上科研与教学的确存在着很大不同，科研工作需要自律、独立和专心，这些与提高教学质量所需要的人际交往技能完全不同。

2. 科研成果日益被公认为是衡量大学的学术地位、评价大学教师学术水平的最重要乃至是唯一的指标

20 世纪 80 年代中期美国卡内基教学促进基金会的报告《学院——美国本科生教育经验》中指出，“教师的晋升和终身雇佣地位的取得都系于科研和著述，而本科生教育则要求教师致力于学生和有效的教学。教学经常被这些相互竞争的义务撕扯着”。“他们虽然重视出色的教学，然而得到丰厚奖赏的还是那些以学术成就闻名的教师。”[①] 我国大学教师职称的评定、大学的排行榜及与二者相关的政策文本和实际工作也充分地体现了这一点。这使得大学（尤其是高水平大学）出现了“重科研轻教学”的不正常倾向；科研与教学的分离，科研工作及其成果在教师评价中的重要作用，使得这种不正常倾向愈演愈烈，间接导致本科教学质量的下降。

“重科研轻教学”的不正常倾向对人才培养产生较大的消极作用。首先，大学知名教授给本科生上课的机会越来越少，致使本科生直接与一流学者交流、对话的可能性越来越小。知名学者

---

① 国家教育发展研究中心：《发达国家教育改革的动向和趋势》（第二集），人民教育出版社 1994 年版，第 135—138 页。

是大学的宝贵财富，对学生成才具有无法估量的作用，他们严谨的治学态度、不懈求索的精神对学生的影响是内在的、长远的，是学生成长的精神动力，在一定程度上可以说，大师即课程，因此将一流学者与本科生的联系纽带人为地切断，既是学校人力资源的浪费，也不利于本科生的成长。其次，大学教师大多将主要精力放在撰写论文和著作上，对教学则没有过高的要求。由于大学教师职称评定及其工作评价的标准都系于科研水平和著述而不是教学，所以教学被当作是一项日常的、附加的、几乎人人都可做的俗务。在这样的评价体系之下，教师的一本讲义可以几年不变，学生的笔记一记几届不变；老师厌烦上课，学生厌倦听课。试想这种教学能培养出创新性的人才吗？第三，一些专心于教学工作的教师无法得到应有的重视与待遇。目前在大学中的确有一批热爱教学、喜欢与学生交流、在教学中获得快乐、教学效果良好的教师，他们在大学中并没有得到应有的重视与待遇。一方面因为他们在职称评定中处于不利的地位，另一方面因为专心于教学中，他们投入到科研的时间与精力相对减少，成果自然不如他人，易被人看作是“没有才能的人”。这种搞科研可名利双收，搞教学则劳而无功的定式，迫使对教学充满热情的教师不得不改变行动的方向，把主要精力转向科研，对照评职称的条件来搞科研。因此出现了名教授没有时间给本科生上课，一般教师重科研轻教学，专心教学的教师又得不到重视，本科教学在一定程度上已经成为大学的“鸡肋”了！

传统观念中人们一直认为大学是研究高深学问的场所，加之人们对大学教师学术水平认识的局限性，所以人们始终都认为大学教师只要具有较高的科研学术水平就可以进行高质量的教学工作。这种观点不但存在于普通人群的头脑中，存在这样认识的大学教师也不在少数。

3. 大学中产生“重科研轻教学”的不正常倾向并不是将科研引入大学本身的过错，是由多种因素共同造成的。

（1）缺乏统一的科研成果与教学成果的评价和奖励机制是产生“重科研轻教学”不正常倾向的直接原因

科研成果与教学成果相比更容易判断和衡量，科研成果的评价标准是定量的，而教学成果的评价标准是定性的。在价值判断上，科研成果可定量评价，所以更容易测量和接受同行评价，不同学校之间和同一教师不同时期的科研成果也较容易进行比较；而教学成果的评价指标是定性的，难以测量，难以用统一标准对教学进行评价，而且教学过程中的不确定因素较多，教学风格也无法进行统一比较和衡量，不同教师之间甚至同一个教师不同时期的教学活动都难以进行精确对比。所以我们可以用“著作等身”来“定量”地形容一位大学教师的科研成果硕果累累，却只能“桃李满天下”来“定性”地形容教师的教学学术水平。

（2）科研工作作为一所大学获得声望和资源的主要手段，是产生“重科研轻教学”不正常倾向的重要原因

学校的声誉关系到它自身的生存与发展，较好的声誉可为学校带来良好的发展机遇、在竞争中获得有利地位。科研成果与教学成果相比，传播速度快、传播范围广，可以超越校园，甚至超越国界，其影响力远远大于教学成果；尽管教学效果也可以提高大学的声誉，但其影响力有限。就教师而言，在高水平的学术杂志上发表论文或著书立说比从事本科教学获得的奖励更多，而且科研成果可以有助于教师转到其他物质条件和收入水平更好的学校，教学成果在这方面的作用很小，甚至不起作用。

（3）教学活动投入大，见效慢是产生“重科研轻教学”不正常倾向的另一重要原因

庞大的教学系统耗费大量的人力、物力、财力，但教学活动

与其他生产活动存在着不同，教学活动在短时间内无法看到其产品——学生的成才。四年大学生活只是人生教育的一个阶段，一个人的成功不是一朝一夕就可获得，正所谓“十年树木，百年树人”。我们也很难断然地说学生的成功就是取决于某一具体课程的教学效果。而科研提成却可为大学带来可观的经济效益，论文被 SCI 录用又直接影响着学校和教师的声誉，因此吸引大量教师投身科研。

（4）评估科研学术水平和教学学术水平的方法不同也是产生“重科研轻教学”不正常倾向的主要原因之一

虽然无论在合格评估，还是优秀评估中教学都是一个评估指标，但对教学质量的考察与评估，采用的方法一般都是翻阅一下教学文件、检查一下教案、听听课，这不但可以应付，而且可以提前包装，突击准备；而科研项目从项目的申请到批准需要一定时间，论文的写作与发表也需要时间，科研项目又是决定一所学校能够拥有多少硕士点、博士点的至关重要的条件，在任的校长为了学校的声誉，也为了自己的政绩也不得不“舍熊掌而取鱼”！在这样的重重压力下，大学本科教学质量是否在下降，就可想而知了。

（5）科研工作本身是一种复杂的智力活动

科研成果固然可用论文、报告和专著的形式反映，但论文只是科研活动的书面整理和总结，并不能体现科研活动的全部过程，发表论文并不是完全等同于科研活动，论文数量与科研能力之间并不存在着绝对的正比关系，所以将发表论文数量作为评定职称的硬性指标缺乏一定的科学性；科研项目的数量与科研经费的数量也不应成为判断和衡量教师科研能力的一项指标，科研活动是不同于一般生产劳动的创造性的活动，是通过实践来创造新知识和新技术的智力活动，尤其是大学的科研活动不但要着眼于未来科学发展和社会需要，更要有助于提高人才培养质量。申请科研项目与获得科研经费是为从事科研活动寻求一定的物质保障，它本身无法代表完成科研项目的全部过程和研究者的学术水平。我国有学者曾对为人类文明发展做出杰出贡献的柏拉图、爱迪生、爱因斯坦每年获得的科研经费数量进行排序，科研经费数量由高到低的顺序是：爱迪生、爱因斯坦、柏拉图；按这种评估方法在1904—1905年间爱因斯坦是全世界学术水平最低的科学家之一，因为他在这一年的科研经费还不及一个普通实验科学家多。[①] 由此不难断定，如果以获得科研经费数量来判断教师科研学术水平的高低似乎显得十分荒唐。

虽然现代大学通过传播一种思想、一种学问、一种知识来培养学生的品质与能力已不再是大学教师的唯一职责，但它仍是大学教师的一项重要而又不可轻视的责任。因为大学教育“其目的在于提高社会理智的格调，培养大众的心智，净化民族的情趣”。[②] 因此，大学必须要正视自己的责任——培养人才，要重视教学质量。纽曼的“假如大学的宗旨是科学上的发明和哲学上的发现，那么我不明白大学要学生做什么”观点，已很好地说明大学离不开人才的培养和教学活动。因此无论在任何情况下，培养人才永远是大学的首要任务，也是大学无法回避的责任。

第二节　大学教师的教学学术水平

在上述研究基础上，本节拟对大学教师教学学术水平进行详细探讨和分析。

---

① 杜伟锦：《高校科研现状与完善途径探析》，《高等教育研究》2004年第4期。

② ［美］克拉克·克尔著，陈学飞译：《大学的功用》，江西教育出版社1993年版，第74页。

一 大学教师教学学术水平的内涵

1990 年美国著名教育家欧内斯特·波伊尔（Ernest Boyer）针对美国大学本科教学的现实情况，提出应重新认识大学教师的学术水平。波伊尔认为，它包括四个各不同而相互重叠的功能：

发现的学术水平——发现新知识，即我们所说的科研水平；高级的发现的学术水平，不仅有助于知识的积累，也有助于在学校中形成创造智力的气氛；

综合的学术水平——建立在各个学科之间的联系，把专业知识放在更大的背景中考察，也意味着把自己或别人的研究综合到更大的智力模式中去鉴别；从事发现的人关注“要知道什么”和“还需要发现什么”，从事综合的人关注，“这些发现意味着什么”；

应用的学术水平——不仅仅反映知识的发现与综合（科研成果的应用），还包括知识的运用（知识在实践中的应用）；

教学学术水平——教育和培养未来的学者，教师采用恰当的教学方法将自己已有和发现的知识，通过教学活动传给每一个希望学习这些知识的人。

他认为，学术水平意味着参与基础研究，但教师的工作还意味着走出科研，在理论与实践中架设桥梁，并把自己的知识有效地传授给学生，而且知识并不一定永远都以线性方式发展，因果关系的箭头也常常指向两个方向。理论确实可以指导实践，但实践也可以产生理论，因此最好的教学可以对研究和实践进行改造。据此波伊尔提出，应更全面、更有活力地理解“学术水平”一词，即拓宽大学的教学、科研和服务职能的严格分类，更灵活地对其进行界定。他认为，大学教师的学术水平是通过研究、综合、实践和教学获得。

此外，波伊尔认为，教学学术水平高的大学教师一定消息灵通，广泛涉猎并在智力上不断地深化自身教学学术水平；这样的教师既是学者又是学生，他认真准备教学；鼓励学生积极主动地学习，培养学生的创造性思维，培养学生终身学习的能力；最好的教学不仅传授知识，同时也拓展和改造知识，通过阅读、课堂讨论、通过学生的评论和学生提出的问题，教师自身将被推向新的创造。

大学教师的学术水平主要体现在两个方面。一方面为教师从事教学工作所表现出的研究、综合和应用的能力，即本节所要研究的大学教师的教学学术水平，另一方面为从事科研工作所表现出的研究、综合、应用的能力，即大学教师的科研学术水平。大学教师的学术水平应当也必须要包括这两个方面，这是大学教师与专职研究人员的本质不同。发现是一种探究精神，是对知识本身的追求，教师的发现能力不仅体现在通过发现所取得的成果，也体现在发现的过程；综合强调的是教师对孤立的现象加以解释和整体考察，寻求提出新见解的能力；应用强调的是教师将发现和综合的成果运用在实际工作中所产生的效益及所做出的贡献。大学教师的学术水平通过教师的职业活动所体现，很难脱离其所在的学科孤立地来探讨其学术水平。

波伊尔对教学学术水平的研究，引发了人们更多的思考与讨论，吸引了很多研究者对此进行研究。研究表明，好的教学应该是“教师对教学及学科充满热情；有深厚的专业知识功底；关注提高学生的发散思维；尊重学生；鼓励学生通过小组活动进行交流；应用多媒体技术教学；注意学生对教学的反馈；考试及评分公正；讲课可以引起学生兴趣，等等”。①

---

① Keith Trigwell, Scholarship of Teaching: A Model, Higher Education Research & Development, 2000, 19 (2).

舒尔曼（Shulman）认为，“在高等教育中教与学是紧密相连，无法分开的，因此教学学术水平不仅涉及教师的教，更多的是关注学生的学……教学是一种公共财富，而交流是其中最关键的因素”。他所描绘的学者群是“活动积极的群体，他们在一起经常对话，相互评价教学成果、交流教学方法等”。[①] 哈金斯和舒尔曼认为，学术性教学首先是优秀的教学，教学学术水平高的大学教师必须首先是优秀教师，在此基础上教师收集自身教学的材料，与同行合作并相互评价；然后在公开场合接受大家的评价；最后把教学研究成果应用于提高学生的学习水平。所以具有学术水平的教学一定是优秀教学，但是优秀教学不一定是具有学术水平的教学。[②] 谈到教学学术水平时，莱思（Rice）认为“教学学术水平至少包括三个方面：首先是概括的、综合的能力；其次是教学法知识；最后是对学法的研究，主要是研究使学生如何学会学习”。[③] 思堪（Schon）认为，学术活动必须进行行动研究，“如果教学被看作是学术活动的话，那么教学实践必须能产生新的知识”。[④] 这些研究者强调的是教师的交流、研究、综合的能力。

在他人研究的基础上，马丁（Martin）等人总结了教学学术水平包括三种基本的、相互联系的因素：

研究他人在教学方面的学术贡献；

在本学科领域对自身的教与学生的学进行反思；

交流对教学理论的认识及教学实践经验。

---

① Keith Trigwell, Scholarship of Teaching: A Model, Higher Education Research & Development, 2000, 19 (2).

② Ibid..

③ Ibid..

④ Ibid..

一年之后，他们又丰富和发展了自己的理论，认为大学教师的教学学术水平应包括以下4种基本的、相互联系的因素：

熟悉本学科领域有关教学的理论及文献资料；

教学与研究并重，而不是仅仅以教学为重；

对教学理论及自身教学实践进行反思；

交流对教学理论的认识及教学实践经验。①

虽然大学教学过程中无论是教师的“教”，还是学生的“学”都具有复杂性，但是兰木森（Ramsden）却认为，“教学目的很简单，就是使学生学会学习”；“学术性教学的目的也很简单，即要弄清楚如何使学生学会学习，也就是说使学生学会学习的同时，大学教师要学会教学”。② 在兰木森的研究中“教学”是指广义的教学，包括了课程目标、教学方法、教学效果等。正如学生的学习方法存在差异一样，大学教师的教学方法也因人而异，不同学科教师的教学存在着差异，即使同一学科教师的教学效果也存在差异。因此大学教师必须要精通本学科的理论知识并且要熟悉教学方法方面的知识与技能，能够收集并呈现说明其教学水平的有力证据，如建立教学档案等。

国外学者普遍认为，大学教师教学学术水平是教师在教学领域中所表现的反思、探究、评价及收集资料等方面的能力。

在国外研究基础上并结合我国实际情况，我国学者认为，大学教师的学术水平应是理论修养、专业功底、外语程度、论著质数、教学质数、教学效果、各项技能等诸多因素的综合体现。③

---

① Keith Trigwell, Scholarship of Teaching: A Model, Higher Education Research & Development, 2000, 19 (2).

② Ramsden: Learnig to teach in higher education, London: Routlege, 1992, p. 231.

③ 舒一新：《试论职评轻教学的偏向及矫正》，《江苏高教》1996年第4期。

大学教师教学学术水平的内涵主要包括①：

对党的教育方针和政策的理解程度；

教育学和教学论的理论功底；

教师在教学活动中所表现出来的能力，强调教学过程中师生的互动性、教学方式的启发性、教学方法的多样性和教学手段的现代化；

教学活动中的创造性，指教师对教学体系、教学内容的深入理解，在教学中体现的改革与创造性，教学模式的创新，教学实践的革新及教师所取得的优秀教学成果，强调教师在教学中运用发现、综合和应用等能力对教学所做出的创造性贡献。

大学教师教学学术水平概念及相关理论的提出，为我们提供了一个提高本科教学质量的全新思路，同时也指出了科学处理教学与科研平衡的新途径。

综合上述研究成果，笔者认为大学教师教学学术水平应包含以下因素。

（一）丰富的教育教学理论知识

从事教学活动，教师不掌握系统的教育理论，不以先进的教育理念为指导，不具备与教育教学活动相关的基本理论知识，难以顺利完成教学活动，提高自身的教学学术水平也存在着困难。具体地来说，这方面主要包括“为什么教”“教什么”“如何教”的内容。

“为什么教”，是教育目的的问题，是每一位教师都必须研究和学习的问题。一方面教师要掌握高等教育的新理念和人才培养模式的发展趋势，明确高等教育的目的是教会学生“学会学

---

① 俞信、于倩：《重视提高大学教师的教学学术水平》，《中国高等教育》2000年第13期。

习”；另一方面教师要根据本学科的人才培养模式和培养目标的要求，将教会学生“学会学习”转化为本课程的可操作性和可评价的教学指标。这是一个教育研究问题，是大学教师教学学术水平的内在要求和内在表现，简单地说，大学教师的教学不仅以教会学生“学会学习”为目的，也是教师要“学会教学”（如善于探索新的教育方法）的教育问题。

“教什么”，是选择课程内容的问题。在教学中大学教师仅仅传授培养计划和教科书中所规定的内容还不够，这既无法满足学生的需要，也无法实现培养目标。当今世界是知识与信息量激增的时代，大学教师应不断地吸收现代科学发展的新成果，消除课程中陈旧落后、庞杂重复的课程内容，让学生了解最新科学成果与最新科学研究动态；在教学过程中传授各个学科流派有争议的观点、学科发展过程中有待解决的新问题、新假设与新预测等，开阔学生眼界，培养学生独立性与批判性思维能力、创新能力，在科学方法论上启迪学生。这种教学才是具有实际意义的“授之以渔”的教学，也是大学教学有别于中小学教学之处和魅力所在，更是大学教师教学学术水平的基本体现。唯有如此，以科研促教学、以教学带科研才能得以真正实现。真正解决好“教什么”的问题，既是提高大学教师的教学学术水平的过程，也是提高其科研水平的过程。很难想像，不进行科学研究，没有与自己所开设的课程密切相关的研究成果、缺乏独到见解的教师教学学术水平会很高。大学教师还应进行从科学内容到学科内容转换的教学研究，因为即使是具有相同专业水平的教师，由于对教学研究重视与研究程度的不同，在选择课程内容与组织教学方面往往存在着差异，从而产生不同的教学效果，体现出不同的教学学术水平。

“如何教”，是教师遵循教学规律、运用教学原则选择教学方法的问题。从大学教学的基本要求来看，选择教学方法必须要使教学方法与课程内容、与教学对象相互适应，教学方法具有启发性，教学过程始终处于师生双方的良性互动；教师要将各种教学方法有机地结合，以调动学生学习的积极性，培养和提高学生的创造性思维能力和学术研究能力；在教学中教师既要重视教法，更要重视学法，使学生学会学习，提高教学效率与学习效率。

（二）较高的驾驭教学过程的能力

驾驭教学过程的能力，指教师在教学活动中所表现出来的能力，它包括教学过程中师生互动性，即处理好教与学的关系；教学方式的启发性，即鼓励学生的创造性思维；教学方法的多样性，即调动学生学习积极性；科学合理地选择和使用现代科学技术，即运用数字化、网络化和多媒体教学技术等内容，这些都体现了教师驾驭教学过程的能力。

（三）较高的合作与交流能力

由于知识量的激增，学科交叉的不断发展，无论是培养人才，还是进行研究（包括科学研究和教学研究），教师个体都已无法单独完成，需要依靠教师群体的共同努力来完成，因此大学教师的合作能力尤为重要。在教学方面，相互通报教学进度与教学内容，可以避免教学内容的重复与疏漏，也可以相互学习、取长补短、共同提高。大学教师经常参加各种学术交流活动，既可以及时地获得新信息，又可以开阔研究视野，保证研究的客观性和可靠性。

（四）自觉反思教学的能力

反思，指有意识地努力去发现我们所做事情和所造成的结果之间的特定的连接，使二者连接起来。[1]“使二者连接起来”，就

---

① 崔相录：《在研究中学习》（下册），教育科学出版社2002年版，第31页。

是把原因和结果、活动和结果结合起来。具体来说，指“教师着眼于自己的教学活动过程，是一种通过提高参与者自我觉察来促进自身发展的手段”。[①] 反思教学，指教师借助发展逻辑推理的技能、仔细推敲的判断和支持反思的态度，以及进行批判性分析的过程。教师反思教学的能力，指教师在先进教育理论指导下，借助于行动研究，不断地对自身教育实践进行反思，积极探索解决教学实践中存在问题的方法，提高自身教学学术水平。由于反思性教学是教师对自身教育活动和教育行为的认识及对自身不合理的教育行为进行调控，因此自觉反思教学的能力是教师教学学术水平的重要组成部分。

一般来讲教师的反思包括两层含义。

在行动中反思：这主要指教师在教学过程中发生的自觉的、即兴的决策。善于反思的教师在教学中能够密切地关注学生的反应和参与程度，对自身的教学过程、教学方法和教学行为等都随时保持有意识的认识和反省，能够敏锐地意识到自己的教学活动和教学行为存在的问题，并能够迅速地分析产生问题的原因和解决问题的方法与策略；还可借助学生在活动中的反应来分析和判断自身所确定的教育目标、选择的课程内容和教学组织形式、教学过程中的具体策略等是否合适，并思考产生不合适的原因，从而减少教学活动中的盲目性和降低错误率，使自身的教学活动达到最优化。

对行动的反思：这主要指教师在教学活动结束之后对自身已发生的教学行为进行的回忆性思考。善于反思的教师在教学活动结束后，能及时地、自觉地反思，正确地认识和评价自己的教育效果和学生的发展状况，找出教学活动中适宜的行为，分析自身

---

① 庞丽娟：《教师与儿童发展》，北京师范大学出版社 2001 年版，第 247 页。

在教学活动中产生不适宜行为的原因，力图找出多种解决方法。在今后的教学过程中，教师根据反思结果，选择适宜的教育策略和方法，制订出更为合理的教育计划，促进教学活动顺利完成，为实现预定的教育目标提供条件。

（五）较高的创造性

创造性指教师通过对教学体系和教学内容的深入理解，对教学内容、教学方法和教学模式等方面进行革新及取得具有创造性的成果，主要包括教师对教育理论和教学实践经验进行的科学总结，因为这些总结是教师运用自身所具有的丰富教育理论对教育实践取得的研究成果，因而都具有较高创造性。这既是教师教学学术水平的重要组成内容，也是其教学学术水平的本质特征。

综上所述，笔者认为，大学教师教学学术水平是教师在教学过程中，通过教学研究与教学实践、合作交流、反思教学实践等方式所表现出来的发现、综合、应用、培养的能力。

二 学术性教学的必备条件

学术性教学是教师科学地运用教育理论，从教学的自身规律出发，以教会学生学习为主要目的，以培养学生创造力为核心的教学活动。学术性教学体现了教师的发现、综合、应用与培养的能力。因此评价学术性教学，应从以下几点来判断。

（一）教学目的

学术性教学的目的不仅仅是培养学生具有专业知识和专业技能，而且应使他们有能力过一种有尊严的生活；不仅仅要培养学生创造知识，而且要培养他们运用这些知识为人类带来益处，更要努力培养他们具备促进人类公共利益的能力，最根本的是完成培养学生“学会学习”的任务。此外还应达到教师学会教学的目的，即教师在教学中通过发现、综合、应用等能力学会探讨和解决教学过程中出现的新的教学问题，不断地提高自身教学学术水平。

向学生传授系统的基础知识和学科知识是大学教学的主要目的，如果过于强调教学传授知识的一面，学生的发展就会失去平衡，将出现学生变成“知识的容器”和“书呆子”的危险性。过去教育家非常相信学生通过学习大量的知识，在实际行动中观察和效仿聪慧者而获得很多东西。但今天的世界是一个快速变化而又复杂的世界，在这个世界上存在大量相互冲突的观点，存在大量没有答案的问题。在这种环境中，仅仅拥有知识还不够，还应具有能够思考和解决复杂问题的能力。因此培养学生具有吸收人类价值观念中丰富营养的能力，培养他们具有批判能力，培养他们具有各种适应和改造当今不断变化的复杂社会的能力是高等教育的重要目标。可见培养和提高学生综合运用各种知识去分析和解决问题的能力是判断学术性教学的关键指标之一。

（二）教学内容

大学教学内容凝聚着人类复杂智力活动所创造的知识总和。这些知识既包括人类文明宝库中已有定论、无争议的高度抽象和高度概括的专业理论知识，也包括那些尚未定论、还处于争议阶段的各种学术流派和学术观点及有待深入探讨的问题；既包括对某一知识体系的历史性阐述和对其发展现状及前沿动态的介绍，也包括一部分最新科学研究成果，所有这些内容均以专门化和高深性见长。正如布鲁贝克（J. S. Brubacher）所言：“高等教育与中等、初等教育的主要差别在于教材的不同：高等教育研究高深的学问。在某种意义上，所谓‘高深’只是程度的不同。但在另一种意义上，这种程度在教育体系的上层是如此突出，以致使它成为一种不同性质。教育阶梯的顶层所关注的是深奥的学问。这些学问或者还处于已知与未知的交界处，或者是虽然已知，但由于它们过于深奥神秘，常人的才智难以把握。”目前出现的学科之间相互交融、渗透、综合化的趋势和大学学科建设向拓宽基础和扩展高新技术领域发展的趋势，更加深了大学教学内容的高深性和专门化程度。而学术性教学最基本特征就是教师是否可以理解、鉴别和扩展这些高深性、专门化的教学内容。

1. 理解

深刻透彻地领悟教学内容的“本”与“真”是学术性教学的关键。因为大学教学内容的专门化和高深性，决定了理解其“本”与“真”的过程是一件常人才智难以把握的事。大学教师如果没有接受过严格的科学训练，无法透彻地理解高度抽象化和专门化的教学内容，也无法对所教授的课程内容进行具体化诠释，导致活生生的理论在教学过程中变成僵死而又无活力的概念，讲授者不甚了解，学习者不知其所云。这种连基本教学任务都无法完成的教学，其学术性更无从谈起。

2. 鉴别

大学课程内容中纳入了大量处于争议阶段和学科前沿的知识，使学生了解这些知识，有助于使他们站在科学发展的前沿来观察问题和分析问题，可以激发他们的创造动机和探索精神。欲达到这样的教育目的，关键在于教师如何鉴别这些教学内容。教师应具有对不同观点和原理进行对比和精心鉴别的能力，将精选概括后的内容介绍给学生。尤其要注意鉴别新内容和新观点，因为并非所有新内容和新观点都是正确的。在教学过程中过多地追求标新立异，其弊病与推崇又古又远又玄的内容有异曲同工之处。如果教师系统地掌握自己所讲授学科的历史、现状和未来，并有广博的知识储备和批判思维能力，能够对处于争议阶段的新知识作出正确鉴别和判断，能够把握重点、突出关键，能够全面地、正确地评述各种观点，就能使学生凭借教师讲解洞悉这些知识对自身发展的意义，找到一条创新和发展的途径。

3. 扩展

大学教学不仅要传授人类积累的高深专门化知识，还承担着发现、创造新知识的任务。大学教学如果不对人类已有的知识进行拓展，知识的连续性将中断，人类的知识积累就将面临被削弱的危险。大学教师扩展课程内容不但要将本学科、本专业中的最新研究成果充实到教学中，也要将自己的研究成果充实到教学中。因为扩展教学内容不是单纯的传承性教学活动，而且包含发现和创新的研究活动，是教学与科研的高度统一。大学教师如果不从事研究，不能用新见解研究问题，也无法在科学研究方法上给学生以恰当的指导。当然围绕教学活动开展的研究并不一定要以论文、专著的形式出现，教师在备课时收集大量资料并进行精选和概括，对教学重点、难点通过研究得出新见解、新思路，这就是一种科学研究。良好的教学效果是这种科学研究的表现形式，这也是学术性教学的具体表现。

（三）教学方法

学术性教学不仅重视教师的教，更重视学生的学，在教学中师生互动，相互学习，教师以启发式教学为教学指导思想。启发式教学是一种有利于发展学生智力、培养学生能力的教学思想，孔子、苏格拉底都十分倡导并实践着启发式教学。令人遗憾的是，传统教学中过分强调教师的主导作用，忽视了学生学习的积极性，导致了教学效果较差，学生的综合能力低。笔者对我国某著名重点大学进行调查，学生仅对25门课程的任课教师在“启发学生积极主动地思考”方面表示肯定，这只占该校课程总量的15.3%。而世界一流大学的教学都非常重视启发学生思维，在哈佛大学每两小时教学时间内，教师一般只讲一到一个半小时，其余时间由学生提问和讨论，教学过程中教师也经常停下来与学生进行讨论，甚至争论。因此教师应不断地设法创造一个宽松自由的环境让学生主动积极地学习，充分发挥自己所具有的潜能。这是学术性教学的一个重要特征。

学术性教学的另一个特征是教学以问题为中心。高等教育的试金石不是讲授伟大真理，而是采用何种科学、文明的方法来讲授伟大真理。问题性教学是教师根据课程目标和教学目标的要求及教学内容的特点，通过选择能反映一般联系、具有概括性特点的问题，设计出问题情境，激发学生的认识兴趣、改善他们的情绪和态度，从而置教学过程于学生创造性思维活动的逻辑之中，使学生在高积极性和高自主性学习中掌握系统的科学知识、提高研究问题和解决问题的能力。这种教学将灌输式传授转变为在教师有效指导下的学生发现、分析、解决问题的过程，这不仅使学生深刻、牢固地掌握现成的理论或原理，而且通过这种训练程序，使学生逐步形成提出问题、归纳问题、分析问题和解决问题的能力，逐步发展学生良好的兴趣和思辨习惯，从而使学生逐渐接近于科学研究的状态。问题性教学不仅有助于提高理论教学的教学质量，还可以在实验、实习、读书、参观、演示等各个不同教学环节中有所作为，从而提高教学质量。

(四) 反思性

教师在教学中经常地、主动地、批判地反思教学是学术性教学的重要组成部分，主要包括教师对教育目的、教学目的、人才培养方案、课堂环境及自己的职业能力与教学能力等进行反思，教师对这些内容不断进行反思有助于正视自己的不足并及时纠正，从而达到提高自身教学学术水平的目的。

(五) 独创性

独创性是学术性教学的本质特点，其他特点都蕴涵着独创性。学术性教学贵在创造，这是其生命所在。从事学术性教学的教师时刻从新的视角采用创造性的方法来处理教学中司空见惯的问题；总是在日常教学中发现新问题，并能及时地解决这些问题，并在解决问题的过程中，不断地享受历久弥新的乐趣。

三　大学教师教学学术水平的表现形式

从大学教学本质及特点的角度来分析，大学教师教学学术水平包括教学成果与未来人才的质量两种表现形式。

（一）教学成果

为了调动大学教师从事教学工作的积极性，鼓励教师从事教学研究，提高教学质量，国务院于1994年发布《教学成果奖励条例》，对教师在教学工作中的创造性劳动成果予以充分肯定和奖励。条例中指出，教学成果是“教育工作者在从事高等教育教学工作过程中完成的，能够尊重教育教学规律，具有创造性、新颖性、实用性，对提高高校教学水平和教育质量、实现培养目标产生了明显效果的教育教学方案”。由于这种教学方案产生于教学实践中，而非纯思辨的产物，是教育工作者运用先进教学理论创造性地解决教学问题的产物，它基本上涵盖了教学方法、教学过程和教学目的等教学过程的诸多方面，较好地体现了教师在教学过程中的发现、综合和应用的能力，因此教学成果是大学教师教学学术水平的一种表现形式。

1. 教学成果的特征

教学成果和其他研究成果一样具有自身基本特征。认真分析教学成果的特征是有效地把握教学成果评价标准的基础和前提。

（1）与培养目标的一致性

一切教学活动都是为提高教学质量和培养高级专门人才这一目标而服务，因此教学实践中产生的各种教学成果，都必须反映国家教育方针和社会对人才培养的要求，它的应用和推广最终要以提高培养人才质量为目的。教学成果与培养目标的一致性，直接影响该教学成果的价值，如果教学成果偏离了培养目标就失去其存在意义，也无价值可言。

（2）理论的独创性

教学成果不但要符合教育教学规律，更要具有独创性与新颖性，并能在教育教学理论的指导下对原有理论有所发展、有所突破，最终取得新的成果。如果缺乏理论上的创新与突破，只能是一般性的教学总结而非教学成果。

（3）严密的科学性

教学成果应符合基本的教学原则，问题的提出应有充分的理论依据或实际依据，研究方法和过程要科学；所取得的研究资料应客观和完整；研究结论要正确。

（4）教学成果的实践性

教学成果是在多个教学实践环节中产生的实践性成果。只有在教学实践中产生的，并经过教学实践不断检验和不断提高的研究成果，才可称之为教学成果。非教学实践中产生的成果，只属于科研成果，而非教学成果。此外教学成果还可还原到教学实践中，对教学实践活动进行指导并取得新的教学成果。

（5）教学成果的推广性

教学成果在教学实践中产生，具有一定示范性，可对相同类型的教学活动产生启迪和示范作用，不断产生新的教学成果，而且还可促使原有教学成果不断地发展与成熟。由于教学环境和教育对象的不同，教学成果的推广具有局限性。

（6）教学成果的可操作性

教学成果是教育工作者在教学实践中，尊重教育教学规律而提出的具有创造性、新颖性、实用性的教学方案，可对提高大学教师教学学术水平和教学质量产生明显效果。它不是空泛的经验总结，可转化为一定物质形式（如总结报告、教学研究论文、教学方案、音像资料或其他的物化形式）。教学成果可通过实际观察加以直接测量来获得明确结论，在实践中具有可重复性和可操作性，便于学习、借鉴和掌握。

教学成果产生于教学实践中，是教育工作者应用科学的教育理论，创造性地解决教学问题的实践产物；教学成果涵盖了大学教学的诸多环节，较好地体现了大学教师在教学过程中发现、综合、应用的能力。

2. 未来人才的培养质量

未来人才的培养质量是教师教学学术水平的另一种表现形式。人才的培养质量是学生的一生业绩，包括学生的人格素质。由于教育的滞后性，在短期内无法全面地、科学地衡量教育产品质量——人才质量，因而也无法全面、科学地衡量教师的教学学术水平。为了避免急功近利，为了科学合理地判断教师教学学术水平，应将学生的一生业绩作为评价教师教学学术水平的重要标准。

教学产品质量与其他产品质量相比具有复杂性，而且检验产品质量具有长期性。教育产品质量要经过若干学期，甚至若干年才能体现出来，而且最终要经过社会实践的检验。教师教学学术水平主要体现在学生品质和智力的提高上，体现在学生主观见之于客观的活动中，而学生智力与品质的提高不具有快速跳跃的性质。

第三节　大学教师教学学术水平的评价

要根本解决大学中存在的“重科研轻教学”世界性难题，不仅要科学地认识大学教师教学学术水平，而且要制定科学合理的、公正客观的大学教师教学学术水平的评价标准体系。

一 大学教师教学学术水平评价的内容

在中国文字中，“评价”是评价价值的简称。在英语中“评价”（Evaluate）一词在词源学上的含义是引发和阐发价值。从本质上说，评价是一种价值判断活动，是对客体满足主体需要程度的判断。大学教师教学学术水平的评价是根据教育教学规律，对教师的教学活动和教学成果做出价值判断的活动。

由于大学教师工作的创造性、劳动成果的迟效性及大学教学的复杂性，“对大学教师做出恰当评价是所有高校面临的最棘手的事情之一”。[①] 因此建立大学教师教学学术水平评价体系是一项很困难的工作，套用科研学术水平的评价指标既缺乏合理性与科学性，也不利于提高大学教师的教学学术水平。根据前面的研究，笔者认为评价大学教师教学学术水平的基本依据主要是教学质量、教学效果、教育研究与教学实践成果。评价大学教师教学学术水平应包括以下内容。

（一）对党的教育方针和教育政策的理解程度

这是大学教师从事教学活动的最基本要求，也是评价大学教师教学学术水平的重要指标。大学教师必须要明确自身教学工作的方向性（即要培养什么样的人才），否则的话其教学工作就失去了根本方向。

（二）大学教师的教育教学理论功底

大学教师不但要掌握相应的教育教学理论，并应科学合理地运用这些理论指导自身的教学工作。实践已经证明，教师不掌握系统的教育理论，缺乏相关理论的指导，教学难以取得成功，不

---

① 宋映泉、田勇强：《评价课程还是评价教师?》，《中国高等教育评估》2000年第3期。

成功的教学何谈其学术性。

（三）教师在教学活动中所表现的能力

教学过程中师生的积极互动（正确处理教与学的关系）、教学方式具有启发性（积极培养和提高学生的创造性思维）、科学合理地选择教学方法（积极调动学生学习的积极性）和合理使用现代教育技术（能够合理使用数字化、网络化和多媒体教学技术）等，都反映了一名大学教师驾驭教学过程的水平与能力，也是评价大学教师教学学术水平的主要标准之一。

（四）对人才培养计划的贡献

人才培养是一个综合性教育活动，要求教师把学科知识和教育目标、课程目标与教学有机地结合起来，因此教师应了解教育改革的基本趋势、人才培养的基本规律、社会发展对人才要求的变化趋势，在此基础上创造性地完成人才培养计划所规定的教学任务。

（五）开发、编制新课程和编写教科书

编制和开发新课程是教师创造性劳动的成果之一。大量新课程是科学研究者的最新研究成果，教师在教学实践中将人类最新研究成果传授给学生，既推动了人类知识的积累与连续，也有助于培养学生的探索精神，从而提高教学质量。如果开发和编制的新课程是教师本人的研究成果，应该获得更高的评价和奖励。

科研学术水平评价的重要指标是发表论文与出版学术专著，同样编写一本有创造性的教科书，也应成为评价教师教学学术水平的一项重要指标。因为编写教科书反映了教师的学科知识水平，体现教师阐明基础性与综合性知识的能力，也是一项富有研究价值的学术成果。发表具有创造性的教育教学研究论文、报告、总结等也是教师的教学成果，也应是评价教师教学学术水平的重要指标之一。

（六）课堂教学效果

课堂教学是大学教学的主要形式，课堂教学效果直接影响到学生的整体素质及学校教学质量。一般来讲，教学效果好的教师都是遵循教学活动规律，以尽可能少的时间、精力和物力投入取得良好的教学效益，从而实现特定的教学目标，满足社会和个人的教育价值需要。

（七）教师在教学实践中取得的应用性成果

包括教师开发的多媒体教学课件、创造的新教学方法、研制的新实验设备等，都有利于提高教学质量与教学效益，都应作为评价教师教学学术水平的指标。

（八）教师对自身教学实践的反思

上面已经论述了反思与提高教师教学学术水平的相互促进关系。反思包括教师对教学过程中学生学习行为与自己教学行为的反思、对教学目标已达到或未达到的因果关系的反思、对预期教学计划与实际教学行为关系的反思、对自身教学策略的反思等。

（九）教师的合作能力

这一指标既包括在课堂教学中教师与学生的合作，也包括工作中教师同行之间的合作。教学是教师与学生互动交流的过程，教学过程中的师生合作实质是师生之间的平等对话，其目的是创造一种师生得以自由表达、相互促进的宽松合作环境。教师的合作能力还表现为教师参与系、学校所组织的教学专题讨论会、研讨会、各种学术会议、同事之间的合作活动、同事之间的相互评论及对有困难同事的支持与帮助等。

（十）教师在教学实践中所体现的创造性

指教师经过深入研究，在教学实践中对教学模式和教学实践等做出具有创造性革新及教师所取得的优秀教学成果等。

此外，应对教师独特的教学风格给予一定加分。

二　大学教师教学学术水平评价体系的设计

传统大学教学评价更多地依赖经验与印象，使教学质量评价和教学成果评价具有较大的主观性与随意性，一般都采用无记名投票的方法定性地评价教学质量与教学成果，而教育理论研究对大学教学质量的定量评价及大学教师职称评定中教学评价问题也没有给予应有的关注。为了科学合理地评价大学教师的教学学术水平，减少评价的随意性，评价大学教师教学学术水平应采取定性评价与定量评价相结合的方式。

近年来的教育研究认为，从理论层面上分析，评价教师有助于帮助教师，但在实践层面上它几乎没有起到任何作用。[①] 虽然这种观点有些偏激，但却说明教师评价的现状并不令人满意，也说明了教师评价的难度，对于教师工作中最复杂的教学工作进行评价难度就更大，因此如何建立科学评价体系是保证提高大学教师教学学术水平评价科学性的前提。

（一）采用定性评价方法评价大学教师教学学术水平

采用定性评价方法评价大学教师教学学术水平，首先应建立评价大学教师教学学术水平的多维度评价模型。根据前面的研究，本书建立了与此相关的评价模型（见表 3－2），通过这种评价模型可定性评价大学教师教学学术水平。如教师经常查阅文献以了解自身任教学科的最新发展状况，并及时地将最新的理论知识充实到教学实践中；经常反思自身的教学行为；从学生的角度来分析自身的教学行为，并经常对此进行反思；在各种场合都会与同行交流教学实践经验；教学成果的价值比较高，那么可认为

---

① Stiggins, Richardj.: The Case for Commitment to Teacher Growth, Change, 1999, p. 30.

这样的教师具有较高的教学学术水平。反之，如果教师不注意提高自身的教育教学素养，无法将教育教学理论与教学实践相结合；以教师为中心，在教学实践中缺乏对学生学习行为的思考；很少反思自己的教学行为，即使对自身的教学行为进行反思，也只是针对自身的教学行为，而不考虑学生的学习行为；认为教学是个体的、私人的行为，几乎不与同行进行交往；没有任何的教学成果，那么可认为这样的教师教学学术水平较低。一般来讲，这两种情况处于教师教学学术水平的两个极端，在教学实践中多数教师处于这两种极端之间。

表3-2　　大学教师教学学术水平评价模型

	强	一般	弱
对国家教育方针的理解程度	很好地理解国家的教育方针，并很好体现在教学实践中	理解国家的教育方针，在教学中体现较少	基本不了解国家的教育方针
掌握教育教学理论的功底及在教学中运用的程度	很好地掌握教育教学理论，并科学合理地应用在教学中	基本了解教育教学理论，在教学中有所应用，但存在着不合理之处	不了解教育教学的基本理论，教学完全凭经验进行
驾驭课堂教学的能力	教学过程中师生积极互动；教学方法启发性高并有助于提高学生学习的积极性，合理使用现代教育技术，根据课程、学生、学校的实际状况合理运用教育资源；并根据人才培养目标与教学要求，自觉地收集学生的相关信息	教学过程中师生互动性、教学方法启发性、提高学生学习积极性较弱；能够使用现代教育技术和根据课程、学生、学校的实际状况合理运用教育资源，但存在盲目性及不合理之处；根据人才培养目标与教学要求，收集学生的相关信息，但自觉性较弱	教学中以自我为中心，缺乏师生互动、选择教学方法缺乏科学性及合理性

续表

	强	一般	弱
对人才培养计划的贡献	根据人才培养的基本规律、教学改革的基本趋势、社会发展对人才要求的变化趋势来创造性地完成人才培养计划所规定的教学任务	能够根据人才培养的基本规律、教学改革的基本趋势、社会发展对人才质量要求的变化趋势完成人才培养计划所规定的教学任务，但存在不合理之处	机械地完成人才培养计划所规定的教学任务
开发、编制新课程和编写教科书	具有根据人才培养目标与学科发展要求开发新课程的能力，独自或合作编写的教科书质量高	根据人才培养目标与学科发展的要求开发新课程的能力较弱，参与编写的教科书质量一般	不具有根据人才培养目标与学科发展的要求开发新课程的能力
应用性成果	具有较强的开发多媒体教学软件、改造和研制新的教学设备的能力	具有开发多媒体教学软件、改造和研制新的教学设备的能力，但自觉性较差。	不具有开发多媒体教学软件、改造和研制新的教学设备的能力
课堂教学效果	遵循教学活动规律，使90%以上的学生能接受教学内容，并能合理地运用到实际中	基本遵循教学活动规律，使80%的学生能接受教学内容，并能合理地运用到实际中	50%的学生不能接受教学内容
合作能力	较强的合作能力（包括与学生、同事的合作）	合作能力较弱（包括与学生、同事的合作）	不具有合作的意识与能力
反思能力	经常对自身的教学实践进行反思，并能运用反思结果改进教学	有时对自身的教学实践进行反思，较少地运用反思结果改进教学	偶尔或者根本不对自己的教学实践进行反思
创造性	对教学模式、教学方法进行创造性的革新，并取得国家级教学成果奖	对教学模式、教学方法进行创造性的革新，并取得省市级或学校级教学成果奖	对教学不做任何革新，无任何教学成果奖

（二）采用定量评价的方法评价大学教师教学学术水平

结合美国教育家欧内斯特波伊尔的理论和大学教学的特点，本书设计了定量评价大学教师教学学术水平的指标体系（见表3-3）。这里需要说明的是，因为本书采用定性评价与定量评价相结合的评价方法评价大学教师教学学术水平，因此定量评价指标体系主要是针对教学过程中教师教学行为而设计。

表3-3 大学教师教学学术水平评价指标体系

一级指标	二级指标
学科知识	学科知识掌握的程度
	掌握教育教学理论和在教学活动中运用这些理论的程度
教学目标	阐明课程目标方式的合理性程度
	教学活动与课程目标的符合程度
程序方法	教学方法的启发性
	教学程序的逻辑性
	教学内容的分量与学生接受和理解的适宜程度
	对学生的评价方法的公正、有效性
使用教育资源	创造性使用原始文献的程度
	创造性分析和使用课程内容程度
	创造性选用教学模式和教学方法程度
	创造性运用他人教学成果程度
交流能力	使用教学语言的适当性与合理性
	与学生沟通的合理性与科学性
教学效果	学生学到有价值知识的合理性与科学性
	提高学生能力的程度
	85%以上的学生可以理解教学内容

根据教师在教学过程中的具体表现，对教师教学学术水平进行评价，并给予相应的分数。每一个评价指标表现优秀的评5分、良好的评4分、一般评3分、合格评2分。每位教师都具有自己独特的教学风格，根据其教学风格和教学特色给予一定的加分。根据评分来判断教师教学学术水平的高低。

将采用定性评价方法与定量评价方法所获得的评价结果综合平衡后，基本上可判断出教师教学学术水平的实际状况。

因为大学教学的复杂性，设计大学教师教学学术水平评价体系时应注意以下问题：

第一，评价指标的共性与个性。学术必须要根植于本学科领域，评价标准也因学科不同而有所差异，大学中学科数量较多，各个学科的性质、课程目标、课程内容与教学方法都存在着较大的差异；大学处于不同地域，且有各自不同的办学历史与办学特色；因此设计大学教师教学学术水平评价指标体系时，应在统一的基础上，认真地分析具体学科的性质、教学任务、教学目的、课程内容等方面的差异性，科学设计评价指标并确定权重，这些指标和权重应根据不同学科特点及学校特点而有所变化。

第二，评价指标的精确性与模糊性。评价指标的精确性是采用定量评价方法的客观要求，其目的是使评价结果不受或较少受人为因素的干扰和影响，使不同评价人在使用同一评价指标体系评价同一位教师时，评价结果基本相同或相近。评价指标的精确性与评价指标的“刚性”相联系，但教学中也存在着“柔性”的软指标，如教师的教学态度、创造性等指标难以具体量化，而且教学学术水平评价是一个价值判断的过程，应给予评价者一定的自由度。教学本身存在不确定性和模糊性因素，过度限制其精确性反而使评价结果缺乏科学性，因此在设计评价指标时要处理好精确性与模糊性的关系。

三　大学教师教学学术水平评价的基本要求

建立大学教师教学学术水平评价指标体系后，要正确处理评价主体多元性、科学选择评价方法和科学处理评价结果等问题，否则将影响教师教学学术水平评价的科学性。

（一）评价主体的多元性

评价大学教师教学学术水平不应只收集来自某一方面的单一信息，而应收集来自各方面的综合性信息，因此评价主体应该包括教育行政部门的领导、专家、教师、同行、学生、社会学术团体及被评价者本人，由多元的评价主体全方位地评价教师教学学术水平，在一定程度上加大了评价结果的可靠性，尽可能地减少人为因素的干扰。

（二）科学选择评价方法

科学选择评价方法包括科学选择评价方法和科学选择评价时间两个方面。

1. 科学选择评价方法

目前大学教学评价工作，基本上是由学生评价、同行评价、教师自我评价、专家评价四部分组成，其中学生评价、同行评价、教师自我评价基本作为一种参考，不能直接决定最终评价结果，最终评价结果是校方所将掌握的相关资料及前三种评价结果，提供给专家评价小组，由专家评价小组对教师做出最后评价。虽然这种评价方法具有一定科学性，但由于教师教学工作的复杂性、独立性和创造性、教学效果的滞后性等特点，仅凭学生学习成绩及学生、同行、教师自身的评价结果及数据，无法科学地评价教师的教学学术水平。同行评价过程中由于人数较少，测量和统计的可靠性较低，评价的信度和效度相对较差，容易受非教学因素的影响。在教师自我评价过程中，由于社会期望、自我价值保护等主观因素的影响，教师往往不能客观地评价自己，容易出现宽容和误差。这些都使同行评价及自我评价的结果缺乏科学性。因而专家依据这些评价结果及数据进行最终评价，必然会使评价结果出现误差。大学生作为教学对象和教学活动的主体，自始至终参与教学过程，对教师教学质量最有发言权，而且大学生的身心发展已达到成人水平，已具备评价教师的基础。虽然大学生参与教学评价存在学术性和技术性相对不足的弱点，但这并不影响评价结果，同行评价、专家评价可以弥补这方面的缺失。因此评价教师教学学术水平应根据学校的实际状况、学科的不同特点和各种评价方法的优势与劣势灵活地选择评价方法，以保证评价的科学性和客观性。

另外，应将历年评价结果作为评价的重要参考依据。由于教学效果具有滞后性特点，仅凭本年度的教学评价结果对教师教学学术水平下定论具有片面性，也缺乏科学性。教师教学学术水平在某种程度也受一些非教学因素和外界因素的影响，仅凭一次教学评价无法科学地、真实地反映教师的教学学术水平，因此将本次评价结果与历年评价结果比较，可对教师教学学术水平产生比较全面的了解，根据历年评价结果及评价数据可以科学判断教师教学学术水平发生的变化，这便于教师根据自身不足及时调整教学策略和教学方法，也便于学校为教师提供相应的帮助。由于历年评价数据的数量大而庞杂，目前国内大学在评价教师教学学术水平时，大多仅参考最近一至两年的评价数据，致使评价结果存在着片面性。

2. 科学选择评价时间

评价教师教学学术水平必须选择一个最佳的评价时间，尤其是学生评价时间的选择，否则将影响评价结果的科学性。评价时间过早，学生对教师的教学特征还未形成一个全面的认识，对评价标准的内涵难以理解和把握，难以做出准确判断；评价时间过晚，学生迫于考试的压力，参与评价的主动性和积极性较弱，管理人员难以组织评价工作，即使组织起来也会产生人为降低评价质量的可能；评价时间选择在期末考试之后，学生则容易受到考试成绩的影响，因此最佳的评价时间应选择在教学中期或中后期。

（三）应用现代科学技术来处理评价结果

传统教学评价工作主要由教务处统筹安排，由各系主任统一组织学生、教师填写评价表，完成后的评价表由教务处工作人员采用手工方法录入数据，然后利用计算机进行简单处理。由于每次评价工作都要耗费大量人力和时间，致使教学评价工作无法经常性地进行，而且在整个评价过程中经常出现因人为失误降低评价结果准确性的现象。

由于教师教学学术水平评价的数据量大，评价结果的准确性要求较高，因此应利用现代科学技术来提高评价结果的准确性和可信度。高校校园网的建立和数字化校园的建设实施，为评价工作的现代化提供了技术支持。目前国内影响较大的希尔数字校园整体解决方案中的教务管理包括教学评价管理系统，它将教学评价分成了学生评价、专家评价、院系评价等几个部分，可进行在线评价或提交相关评价信息，大大地缩短了评价数据的统计时间，将人为因素造成的误差减少到最低限度，保证了评价数据统计的全面性与完整性，增强了数据处理结果的准确性和客观性，有效地提高了评价质量。

第四章

提高大学教师的课程能力与教学学术水平的途径

本书从理论层面详细分析了大学教师的课程能力及教学学术水平，这是高等教育发展的必然要求，也是提高大学本科教学质量所应达到的理想状态，但教育实践与本书所设想的理想状态存在着一定距离，需要国家、社会、学校与教师不断地努力，不断提高大学教师的课程能力与教学学术水平。

第一节　大学教师课程能力与教学学术水平的实际状况

为了全面地了解我国大学教师课程能力与教学学术水平的基本状况，以便找到提高大学教师课程能力与教学学术水平的途径，笔者在全国 20 所大学中采用调查问卷和访谈法做了详细调查。

本次调查主要包括以下四个连续阶段：

第一步，相关文献的搜集和整理。主要对涉及大学教师课程能力和有关大学教师教学学术水平的中外文献进行分类和整理，初步整理出涉及这方面的理论与实践问题，据此设计出 3 份详细的调查问卷，即普通教师问卷、系主任问卷、学生问卷及教师与系主任访谈提纲。

第二步，根据一定的标准选择研究对象。选择学校的标准是学校所处地域和学校类型，笔者分别在华北、华东、华南、西南和东北选择了 20 所大学（被调查学校的具体情况见表 4 – 1）；分别从学科、年龄和学历三个标准选择被调查教师（被调查教师的基本状况见图 4 – 1 和 4 – 2）。

第三步，逐个到所选择的大学中进行调查和访谈，确定学生、教师、系主任对调查问卷和访谈提纲中所涉及的各种问题的基本看法和态度，调查目前教师课程能力和教学教学学术水平可能存在的实际问题。

第四步，根据调查问卷和访谈记录所提供的数据和资料，进行分类、总结和统计，撰写调研报告。

表 4 – 1　　　　被调查学校的基本情况

被调查学校的区域	学校名称
华北	中国传媒大学（原北京广播学院）、北京青年政治学院
华东	南京理工大学、上海交通大学、华东政法学院
华南	厦门大学、集美大学、福州大学
西南	重庆工商大学、重庆邮电学院、重庆大学
东北	吉林大学、黑龙江科技大学、大连大学、大连理工大学、大连海事大学、大连轻工业学院、东北财经大学、大连水产学院、吉林艺术学院

教师问卷分为四部分，第一部分调查教师课程能力的基本状况，第二部分调查教师在课程运作中发挥作用的实际状况，第三部分调查提高教师课程能力的途径（系主任问卷也包括这三个

方面），第四部分调查教师教学学术水平的基本状况和提高教师教学学术水平的途径。学生问卷主要调查学生对教学和课程的满意度。

本研究用描述方法和相关统计方法收集和整理数据，用T检验、方差检验、回归分析来分析数据。

调查问卷统计情况如下：

本次调查共发放2000份教师调查问卷，共回收1705份，其中43%回答了开放式问题；共发放系主任调查问卷500份，共回收370份，其中60%回答了开放式问题（本次调查问卷回收情况的具体统计见表4-2、4-3、4-4、4-5、4-6、4-7）。

表4-2 各个不同学科调查问卷回收情况统计表（普通教师问卷）

学科类别	发出问卷	回收问卷	有效问卷	有效问卷占总量的比例(%)
理学	320	270	254	14.90
工学	320	280	246	14.43
管理学	200	187	165	9.68
经济学	200	168	125	7.33
人文学科	200	169	147	8.62
艺术类	180	135	109	6.39
医学	180	155	145	8.50
法律	200	187	178	10.43
计算机	200	154	133	7.80
统计比例	2000	1705	1502	88.09

表 4－3　各个不同学科调查问卷回收情况统计表（系主任问卷）

学科类别	发出问卷	回收问卷	有效问卷	有效占总量问卷的比例（%）
理学	75	45	38	10.27
工学	75	52	46	12.43
管理学	50	37	32	8.65
经济学	50	38	31	8.38
人文学科	50	45	42	11.35
艺术类	50	35	28	7.57
医学	50	38	29	7.84
法律	50	42	36	9.73
计算机	50	38	29	7.84
统计比例	500	370	311	84.05

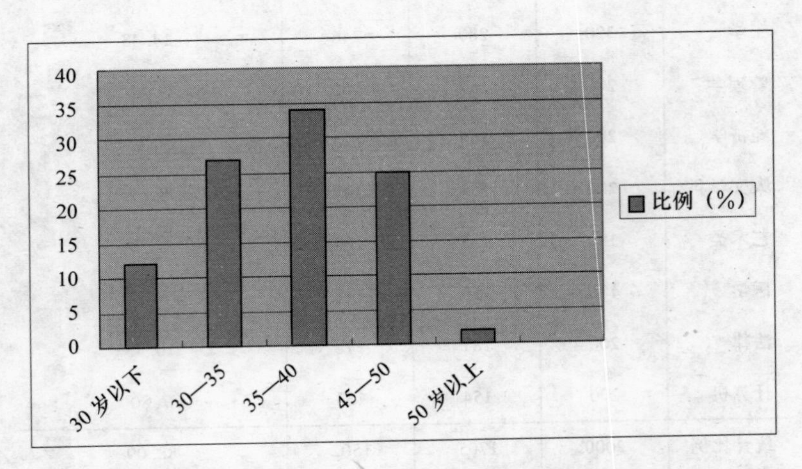

图 4－1　各个不同年龄组统计表

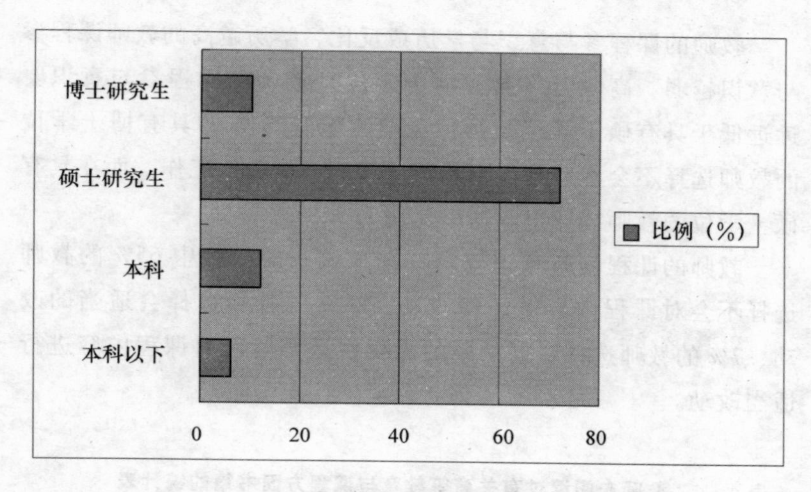

图 4－2　各个学历组别调查问卷回收情况统计表

以下是根据访谈记录和调查问卷，分别采用量的研究方法和质的研究方法，得到的大学教师课程能力与教学学术水平的基本状况。

一　大学教师课程能力的现状分析

（一）教师问卷的调查结果分析

1. 大学教师普遍缺乏课程意识

调查结果显示，被调查的教师中有 72.2% 的教师未阅读过有关高等教育理论与课程理论的书籍，其中 40—50 岁统计组和 50 岁以上统计组这一比例要远远高于其他年龄统计组（统计数据见表 4－4）。

教师缺乏课程参与意识，在调查教师是否主动参与本系课程改革的相关工作时，74% 的教师选择不会，22% 的教师选择在系领导安排情况下会参与，只有 4% 的教师选择主动参与。

教师的课程参与意识与学历成反比，学历越高的教师课程参与意识越弱。高学历（具有博士学位）教师的课程参与意识要远远低于具有硕士学位教师：在被测中有58%的具有博士学位的教师选择不会主动参与本系与课程改革相关的工作，而在具有硕士学位的教师统计组中这一比例为32%。

教师的课程创新意识较弱，在被调查的教师中65%的教师选择不会对课程内容做任何改动，28%的教师选择会适当的改动，7%的教师选择根据学生的需要在适当时候对课程内容进行适当改动。

表4-4 教师未阅读过有关高等教育与课程方面书籍的统计表

年龄组	30岁以下	30—35	40—45	45—50	50岁以上
比例	32.3%	37.5%	43.3%	56%	62%

2. 教师的课程能力水平有待提高

笔者设计的调查问卷中有5个被测题目（编制单门课程、设计课程目标、选择课程内容、课程实施之前的准备工作和选择教学方法的依据）的答案都应将学生作为重要的考虑因素，但未考虑学生因素的教师平均在25%左右，未将学生作为重要考虑因素的教师几乎超过半数以上；在影响课程编制的因素中有78%的教师选择了学科内容体系的完整，只有18%的教师选择了学生。

3. 从年龄层面上看，年轻教师掌握教育理论要好于年长教师

在30—35岁和35—40岁年龄，调查组有37%和28%的教师会主动阅读教育理论和与本学科相关的教学研究的书籍和文章，而在45—50岁和50岁以上组中这一比例分别为12%

和8%。

4. 教师的学历与课程能力不存在统计上的正相关

高学历教师在课程运作中存在典型的学科本位和个人本位倾向，他们在课程运作中更多考虑学科内容体系和自身因素，他们很少（甚至不）考虑学生和社会发展对课程的影响。在编制单门课程、设计课程目标、选择课程内容、课程实施之前的准备工作和选择教学方法的依据时，高学历教师很少考虑学生因素，这样的高学历教师高达61%，在具有硕士学位教师统计组这一比例为24%。

5. 从学科层面分析，人文学科教师的课程意识和课程能力要好于理科和工科教师

在课程运作的各个环节中理科和工科的教师更多考虑学科知识体系的完整；忠实地执行课程计划和教材内容，教师很少根据学生变化和需要而对教学内容做任何改动。15%理科教师和9%的工科教师在教学过程中因学生变化而对教学内容做适当改动，而在人文学科、经济学科和管理学科教师中这一比例为35%、40%和43%。

6. 教师渴望及时提高自身的课程能力

教师渴望及时提高自身的课程能力，但却苦于没有时间学习和参加培训，而且不同形式的培训和进修很少为教师提供这方面的培训内容。78%的被调查教师希望提高自己的课程能力，67%的教师由于工作时间的紧张而无法自学，25%的教师希望培训和进修中能为教师提供相关的培训内容。

量的研究只能使我们对大学教师的课程意识和课程能力有一个初步的把握，只有真正地走入教师的精神世界，通过他们对自己的课程意识和课程能力的描述，才能对教师的课程能力做全面了解。

本研究访谈了30位工作在教学第一线的不同学科大学教师，获取了丰富的原始资料。本研究从教师的课程意识与课程能力、教师参与课程运作的积极性和所发挥的作用、教师提高自身课程能力的途径四个方面来分析与本研究相关的内容。

为了说明问题，每一个问题笔者均选择了具有代表性的不同教师的回答（※后为一位教师回答问题的记录）。

1. 教师的课程意识

问题：你是否阅读过大学课程与教学方面的书籍，阅读之后对你是否有帮助？

※　没有，大学教师似乎不需要研究什么课程和教学方法，大学生比较成熟，可以自学，你只要将要教学内容讲深、讲透就可以了。

※　岗前培训时因为要考试读过，但培训时教师也没讲清楚，自己也不太理解，就知道这些东西学了对自己的教学工作会有一定帮助。

※　读过，在工作中这些内容对自己有些帮助，尤其是现在的学生数量越来越多，层次也不一样，读点高等教育方面的书还是有好处的。

问题：请您描述课程与教师的关系。

※　课程与教师的关系？有关系吗？有关系的话，那就是教师是讲课的人。

※　有关系，但是我说不清楚。

※　看高等教育学的书，知道教师与课程有关系，关系还比较密切，但是我弄不懂。

问题：你是否愿意自己决定任教课程的课程目标、课程内容、课程评价和课程管理等工作？

※　不愿意，没有那时间，也不应该由我来做。这是学校和

系主任的事情，我是一名普通的教师，我只要上好课就行了。为什么？我这么多年都是这样教学生的，毕业的学生也不错。

※　希望自己来决定和安排，但我不知道怎么去做。没有人告诉过我，读研究生的时候老师没教我，现在工作了也没有人告诉我该怎么做。

※　最好的办法就是给我一本教材，我自己在教学中根据学生的变化对教学内容做适当的调整，自己来决定力不从心呀。

※　这样做有好处，因为老师最了解自己，了解学科知识，在教学过程中再下点工夫，也会了解学生，这样上起课来比较灵活，但不知道我是否有这个能力。自己的老师也这样（课程由上级统一安排——笔者注）过来了，自己也这样教七八年了，也不错，省力，就这样下去也挺好。

在我所访谈的30位教师中有18位教师明确回答不希望自己来决定和安排任教课程的相应工作，而且从教师回答中我们发现，在教育实践中有很多教师仍然固守着被动的课程接受者的职业角色，缺乏课程编制者和根据教育实际状况改革课程的意识；有少量教师（8位）明确表示希望自己来决定和安排任教课程的编制和管理工作，但不知道如何做，这与教师缺乏相应的课程理论有一定关系。

2. 教师的课程能力

问题：你在课程编制中考虑哪些因素？

※　学科知识呀，本科就是打基础的时候，没有这些知识将来到了研究生阶段就不好办了。

※　课程编制中既要选择理论界没有分歧的知识，也要适当地将有分歧的理论知识在课堂中点点，让学生有些印象，其他的就等到学生读研究生时去研究，本科阶段毕竟与研究生阶段不一样。还要考虑一下老师自己，每位老师都有不同的优势，在课程

编制中要扬长避短。

※　编制课程，我一要考虑学科知识。教育再怎么改，还是要让学生学到点真东西，二要考虑学生的特点，像他们原来的基础呀、学习特点呀、将来要考研呀，还是要就业呀，也要考虑学校的教学设备呀，不然设计出多么好的课程没有实验和实习条件也无法进行。

问题：你在课程实施（教学）过程中考虑哪些因素？

※　教学过程中我考虑在规定时间内，将教学计划规定的内容讲完呀，现在课程门数越来越多，一门课的授课时间被压缩得少得不能再少了，在规定的教学时间内讲不完课是老师的失职。

※　讲清楚教学计划规定的内容，还要考虑学生能否接受。讲课不能讲完就算了，讲课毕竟是要让学生学到东西。

※　大学教师上课首先要考虑的就是学科知识，要保证学科知识的完整性，还要适当地增加正在研究的学科知识，引起学生的好奇嘛，也是为了让他们多学点；还要考虑学生，现在的学生水平差距很大，不像过去的学生理解力和自学能力都不错，现在要多讲，甚至要给他们补高中的学习内容；也要考虑我自己，哪是我的长处，那我就多发挥一下，不行的地方就避免一下嘛。

问题：你在课程管理中考虑哪些因素？

※　课程管理？教师要管理什么呀？我只要把我的课上好就可以了，要说管理就是将我的课堂管好，不出教学事故就好了。

※　我是普通教师，要我说，课程管理就是把我教的那门课的教学计划、教学方案都弄好，把课上好就行了。如果系里安排我写教材的话，我会认真去做。

※　课程管理与普通教师的关系不大，我作为教研室主任在系主任的安排下，每学期初对教研室的教学工作做简单布置就可以了。大学的课程和中小学的不一样，要给教师一定的自由。

问题：在课程评价中你考虑哪些因素？

※　教师都是被别人评价的，教师要参与评价的话，就是评学生的考卷，再有就是听听课，给别的教师打打分，我曾给其他教师打分，但这种机会很少。

※　我一是考虑怎么给学生出考试题，学生学完了要检查一下他们的学习情况，这样也能看看自己教的怎样，还有就是对自己的教学情况做点评价，看看和以前比有没有点进步。当老师的要面对学生，不能不进取呀，这是责任呀。

※　课程评价的内容应包括很多，对老师来说，像备课、上课都是可以评价的；对学生来说，像上课的情况、考试的情况都要进行评价的。评价的结果要好好利用，可以找到教学中的漏洞，这方面教育学好像有很多理论，具体是什么我就不清楚了。

从教师的视角来观察，发现教师的课程能力较低，教师不知道在课程运作中自身应具备的基本能力，有近一半的教师从原有的教育经验角度来看待教师的课程能力；在思考任教的课程时，大部分教师只考虑课程内容，而且大多只限于学科知识体系，教师非常重视陈述性知识，往往忽视策略性知识和程序性知识；选择课程内容时，部分教师考虑教师自身因素；极少量教师考虑学生因素，笔者访谈的30位教师中只有7位明确表示选择课程内容时应考虑学生的实际状况。

3. 课程运作中教师的作用

问题：你会主动参与本系的课程建设工作吗？为什么？

※　不会，与我没有关系呀，我只是老师，上好课，业余时间写点论文发表不好吗？那些事情是系主任的事，是学校领导的事情。

※　如果系主任安排我，我会参加，也会认真做的。否则我

不会参与，因为这毕竟不是我的本职工作。

※ 不会参加，第一，我不是系的领导，参加了我做什么呀，第二，即使参加了，对我会有什么帮助吗？评职称有用吗？

问题：如果你曾经参与了本系、本校的课程建设工作，对你的工作有帮助吗？

※ 有一定的帮助，但是没有太大的意义。参加过一次新专业设置工作，当时对自己的教学很有帮助，但是大学教学毕竟不同于中小学的教学，大学教师有没有本事还是看你的科研水平高不高，没有科研成果，教学方法再好能解决实际问题吗。什么是好的课程内容，对学生就业有帮助，对学生考研有帮助就是好的，其他的都是假的。

※ 有帮助的，我们系新设了电子商务专业，因为我是学经济的新教师，系主任要我参加新专业的课程设置、教材编写等工作，和老教师、系主任在一起讨论、查找资料，学会了不少东西，很多内容上课时都可以用，还受学生的欢迎。

※ 曾经参加过一次有关教学方面的系主任会议，我是列席代表，获得了些新的信息，回来后用在教学上还挺管用的，可惜只有这一次机会。

通过访谈我们发现，在课程运作中教师的作用没有得到充分发挥。其原因，一是教师对课程运作的迷茫，甚至是漠视；二是教师不知道如何参与，也不了解参与课程运作对提高自身能力有何帮助，更不了解参与课程运作对提高教学质量有何益处；三是缺乏鼓励教师参与课程运作的机制和措施。

4. 提高教师课程能力的途径

问题：你认为有必要对教师进行课程能力的培训吗？

※ 好像没有必要。大学教书好像不是很难的事情，多教几

年书就会教了，我的老师在教我们时也没有课程呀、课程目标呀这些概念的，一样把我们这些学生都培养成大学教师，我也这样教出了很多好学生。

※　应该培训，现在教育在改革、课程也在改革，新东西太多了，教师不更新自己的知识，就会比学生差了，也无法教学生了。

※　应该培训，现在的就业形势与以前不一样，学生也和以前的不一样，同样的问题以前的学生老师点一下就行，现在怎么讲他们都不明白；以前的学生很爱学习，现在的学生你不催他，他不会去多看一点书的，考试之前都很爱学习的（笑）；这些问题有时我真的很困惑的，大概就和你今天讲的课程意识和教学艺术有关系，看来我要学的东西还有很多，要培训了。

问题：如果要提高教师在课程运作中的能力，你认为应该怎么办?

※　大学教师的水平都比较高，自己看看这方面的书就行，自己在实践中再多重视一下就可以解决问题。

※　这好像应该是系主任应该考虑的问题。我觉得一是教师要自己看看书，最好再有个培训就更好。不然教学任务和科研任务这么重，自己哪有时间去研究这东西。

※　我参加大学教师岗前培训时，幻想过这个培训可以使我懂得很多做大学教师的本事，可是培训让我很失望。这次的培训，还不如我们学校组织的一些教育专家和老教师给我们做的报告管用呢。

在访谈中大量教师反映需要提高教师的课程能力，但不知道从何做起，而且教育行政部门和学校安排的各种培训中缺乏这方面的内容。

二　课程运作中系主任应具备能力的实际状况

首先我们先采用量的研究方法分析在课程运作中系主任应具备的能力的实际状况。

（一）系主任管理课程运作的能力较强

系主任在编制培养计划时一般都能综合考虑学科、社会和学生发展的需要，采用科学模式与经验模式相结合的方式来编制培养计划，这种占被调查者的85%。

系主任管理课程编制者的意识较强，能够根据教师素质与能力、本系学科发展的需要安排教师担任课程编制，尤其是新兴学科的课程编制工作，这种占被调查者的78%。但系主任管理课程编制过程的意识和能力较弱，他们认为大学教师具备较高的学术水平，而且评价这项工作的关键是课程编制结果，这种占被调查者的62%。

系主任的课程评价能力较强，能以科学态度来评价课程运作的全过程，对评价结果均能做反馈，对不合理之处能及时进行调整和改进，这种占被调查者的73%。

系主任中未接受有关高等教育理论培训的比例也很高（高达56%），这是影响系主任在课程运作中有效发挥作用的一个重要原因。

（二）系主任选用、培训和管理教师的能力有待提高

系主任选用新教师的首选因素是教师的学历，这一比例在被调查者中高达91%，其他因素依次是本系的发展需要、教师的实际能力、教师的实践背景等。

系主任对新教师的培训主要是依靠国家统一实施的大学教师岗前培训，这种占被调查者的87%，25%的系主任对新教师的培训依靠学校组织的新教师培训，只有15%的系主任会根据本

系的发展需要和新教师的实际状况对新教师进行培训。

为了保持本系的可持续发展，系主任一般都支持教师参加各种培训和学术会议，但由于目前师资力量紧缺，无法保证教师参加培训的时间，系主任认为这一矛盾是教师培训工作亟须解决的重大问题，这一比例在被调查者中高达78%。

（三）系主任面临的压力较大

由于高校内部管理权利的下移，大学课程改革和教学改革等原因，目前系主任面临着众多的压力，按着比例由高到低依次是学校的压力、教师素质的压力、资金的压力、自身素质不适应新教育形势的压力。

（四）系主任要求参加培训的愿望比较强烈

系主任对自身培训的愿望比较强烈，77%的系主任希望自己能够参加与课程、教学工作相关的培训，67%的系主任希望参加与教学管理相关的培训。由于工作原因，97%的系主任认为，参加培训的最大困难是工作难以脱身，时间无法保证；培训内容按选择比例由高到低分别为教育管理、课程管理与实践、教育评价、沟通艺术等。

对系主任进行量的研究之后，对其进行质的研究，以此来获得更多的信息，为本研究提供解决对策。

1. 系主任编制培养方案的能力

问题：编制培养方案时，您考虑哪些因素？

※　编制培养方案，一要考虑市场对人才的需求情况，二要与国际接轨（回答者为软件工程学院主管教学的副院长，软件工程为一新兴的学科）。

※　我们在编制培养方案主要考虑多层次的人才培养模式，以社会学为核心，辅以相关的学科，这样做的优势一是为了学生的就业，一是本系未来的发展需要。

※　我们是基础比较好的传统系，培养方案一般都是历史遗留下来的，不需要怎么变动（回答者为中文系的系主任）。

问题：您所在的系课程设置的依据是什么？

※　按着教育部的学科目录将课程开齐之后，从学生的就业问题出发，开设通课程（不分专业的），按培养方向的不同设置系列课程，还有一部分就是跨系选修课。

※　课程一般都是教育部规定的，系里只对主干课程做适当的调整。

※　我们系的专业和学科都是新兴的，课程的设置上一方面考虑学生的就业需要，另外就是要与国际接轨，这样有助于学科的发展。

2. 系主任的课程管理能力

问题：在课程管理中，您认为最需要科学管理的因素有哪些？

※　最需要管理的就是任课教师的安排，因为教师各自有不同的专业和特长，要选择最合适的教师来承担教学任务，这是关系到教学质量和招生的大问题。

※　需要科学管理的，一是教师，大学教师工作的自由度比较大，不加强管理就更散了，二是课程的设置和课程目标，这方面理顺了，后面的工作就好做了。

※　除了对教师、培养目标、课程设置等进行科学管理之外，还应对课程建设的全过程进行管理，这里面的学问很大，我也说不太清楚，凭经验来吧。

※　课程建设过程中，需要管理的是教师，教师是学校发展的关键，课程的设置、专业的设置也要科学管理，还有就是实验设备的科学管理，科学管理可以提高利用率和使用率。

问题：您是否经常带领本系的教师对本系的课程建设工作进

行评价？您如何处理评价结果？

※　一学期评价一次，一般都是学校要求的，本系一般不组织评价工作，大家彼此的业务水平都不错，还评价什么呀。如果评职称，或者与教师的个人利益有密切关系一定要严格进行，否则不公平。评价结果，学校要就统计一下，交到学校就可以了，系里一般不再做分析。

※　如果系里工作不紧张，就组织教师一起对本系的课程建设和教学工作进行评价，找出不足以后好改进。评价结果，由系主任在一起分析，对比较严重的问题一般做反馈，其他的就不反馈。

※　评价课程建设是我们系的一项经常性工作，一般固定学期中和学期末进行，对评价结果认真分析和研究后及时反馈，对不科学、不利于学生和教师发展的地方及时调整和改进。

3. 系主任选用、培训新教师的能力

问题：您在选用新教师时考虑哪些因素？

※　一定是优秀的博士毕业生，最好是名牌大学毕业的，另外就是科研水平要高。

※　高学历是基本要求，还要考虑学科背景，最好是多学科的，因为现在大学课程发展趋势是综合化课程越来越多，还有就是学缘结构，最好不是本校毕业生。

※　有在公司工作过的背景，并且要有培训经验的高学历的人才。

问题：您所在的系是否对新教师进行培训？采用何种培训方式？

※　我们最近一二年所进的新教师基本上具有博士学位，博士为本科生讲课不需要培训，完全可以保证质量。

※　国家统一安排的大学教师岗前培训，系里不需要再培训了，再培训是浪费，上课之前老教师对他们把好关就可以了。

※　除国家统一安排的大学教师岗前培训之外，学校还要对新教师进行培训，系里一般就不再搞培训，新教师第一年上课时，系里一般都为他们配备一个老教师做指导教师，是可以保证教学质量的。

※　系里根据新教师的实际情况，适当做些培训，但较少，时间和人力都不允许。

问题：您是否会安排本系教师参加各种培训和学术会议?

※　在系里教学工作不紧张的情况下鼓励教师参加培训或者学术会议。

※　经常参加培训和学术会议对教师的发展很有益处，系里也愿意安排教师参加培训和学术会议，但现在师资紧缺这项工作经常被打乱。

4. 系主任工作面临的压力

问题：作为系主任，您觉得在工作中是否有压力?

※　压力是有的，而且压力逐渐在加大。因为随着国家的各项改革，大学也进行了多种改革，原来的工作方法已经不适合现在的工作了。怎么在新的情况下开展工作是最大的压力。

※　大学进行改革后，学校的权力在下放，系里需要安排和组织的工作在增加，最大的压力就是自己的工作质量能否符合学校的要求。

※　我们系是高校合并以后重新组合的，有些来自中专、大专的教师，这些教师的素质无法保证本系的教学要求，而且又不可能在短时期内提高这些教师的素质，这方面我的压力很大。

5. 系主任的培训工作

问题：就课程建设需要而言，您是否需要参加培训? 培训的内容应是什么？

※　需要培训，但培训内容最好不是学科知识方面，因为目前在课程管理和教学管理工作中，我觉得自己最欠缺的是与课程管理和教学管理有关的内容。

※　应该参加培训，这样有利于更好地工作，培训的内容最好与管理有关系，另外与人沟通的知识也很需要。

※　培训是必要的，关键是要看培训内容和培训形式对自己的工作是否有帮助。

三　我国大学教师教学学术水平的现状分析

为分析和研究我国大学教师教学学术水平的基本情况及提高我国大学教师教学学术水平的途径，笔者在全国 20 所大学中采用随机听课、调查问卷和访谈的形式做了大量调查，初步弄清我国大学本科教学质量和教师教学学术水平的现状。

以下是根据调查问卷、访谈记录和听课记录总结的研究结果。

（一）采用量的研究方法获得的信息

1. 大学教师教学学术水平有待提高

（1）从教师课堂教学行为层面分析

为全面了解和把握大学教师的教学情况，笔者在不同大学中采取随机听课的方法对教师教学行为进行观察，在半年时间内笔者共听课 92 节，即获得 92 份样本。为了对教师的课堂教学行为进行科学分析，在听课之前笔者参考了其他相关文献和课堂教学的基本要求，设计了教学行为项目，并将目前课堂教学规定的 50 分钟时间按 10 分钟为一单元，将每一节课分为 5 个时间段，以便统计和分析不同的教学行为在课堂教学中所出现的频率（见表 4－5）。

表 4-5　　教师课堂教学行为频率统计情况表

编号	教学行为	5 个时间段内出现的频率	4 个时间段或以上出现的频率	编号	教学行为	5 个时间段内出现的频率	4 个时间段或以上出现的频率
1	讲授	74.2%	87.9%	10	学生被动回答	4.1%	4.5%
2	板书	38.3%	49.1%	11	学生主动提问	4.3%	3.2%
3	教师提问	2.4%	3.7%	12	教师回答学生提问	10%	9.9%
4	教师辅导学生阅读或练习	6.1%	4.3%	13	教师赞许学生	4%	3.4%
5	教师指导学生活动或练习	5.3%	3.2%	14	教师批评学生	3.3%	3.2%
6	多媒体演示教学	11.7%	12.7%	15	教师沉默	3%	2.8%
7	讨论	4.7%	4.3%	16	学生神入①	12%	14.3%
8	教师提问学生	7.2%	6.4%	17	学生窃窃私语	17%	19.2%
9	学生主动回答	3.1%	2.9%	18	教师布置作业	6%	7.3%

教师课堂教学行为频率告诉我们，目前在大学本科教学中“讲授”和“板书”为高频率发生行为。这里的高频率发生行为指课堂教学中的5个时间段内至少4个时间段里发生过的行为，而低频率发生行为指在课堂教学的5个时间段内在一个单元时间里发生或者根本没有发生过的行为。在18个行为项目中，“讲授”在5个时间段内发生频率的比例为74.2%，在4个时间段

① “学生神入”指在教师单向控制的课堂中，学生的精神进入到教师所设计的意义世界，在这个意义世界中与教师进行精神上的交流，这是与“隐性逃课”相对应的一个概念。

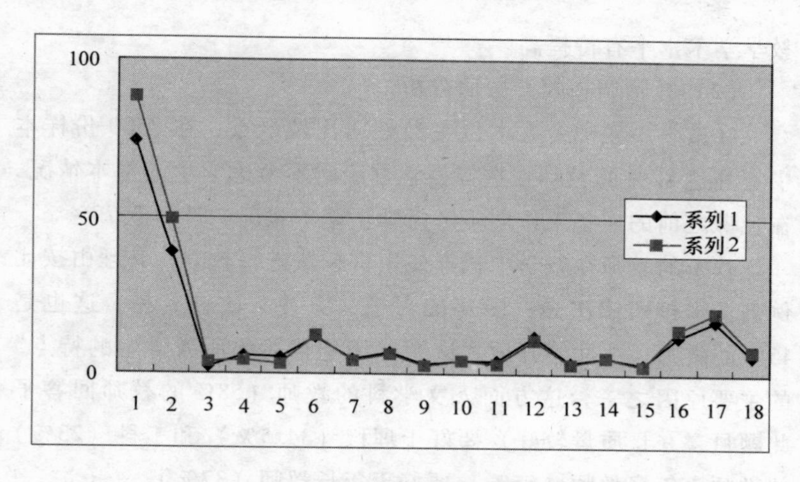

图 4－3 教师课堂教学行为频率图

注释：图中的1、4、7、10、13、16为项目编号，系列1为5个时间段出现的频率，系列2为4个时间段或以上出现的频率

或以上发生频率的比例为87.9%；板书发生频率的比例分别为38.3%和49.1%；由此可以看出，目前大学本科教学基本上是“讲授+板书”的现状。多媒体教学、学生神入、学生窃窃私语和教师回答学生的问题等教学行为在课堂教学中发生频率的比例在10%—20%之间，属于中频行为（介于高频率行为与低频率行为之间）；课堂教学中学生主动回答教师提问和学生被动回答教师提问都属于低频率发生行为之列，应引起我们的深思。教师提问、教师对学生学习或实验的指导、讨论、学生主动回答教师的问题、学生主动提问题、教师赞许或批评学生等行为发生频率的比例均在10%以下，属于低频率发生行为，这表明目前大学本科的课堂教学过于沉闷，教学行为单一，缺乏教师与学生之间的相互合作与交流，缺乏教师对学生的启发与指导，教师缺乏培养和提高学生问题意识的能力，所以我们初步判断目前大学教师

教学学术水平有待提高。

（2）教师调查问卷层面分析

在教学中教师个人本位主义倾向比较严重，在2500份样本中有高达82%的教师在选择教学方法时不考虑学生的基本情况，在上课之前的准备工作中不考虑学生基本状况的教师达79%。

92%的教师在教学中选择使用讲授法进行教学，其理由按比例高低来排列依次是：多年的习惯、方便、比较容易，这也是45%的教师无法回答开放式试题“请您描述您所教学生的特点”的主要原因之一，这方面人文学科的教师（58%的教师回答了此题目，并且质量较好）要好于理科（34.5%）和工科（23%）的教师，年轻教师（65%）要好于年长教师（37%）。

大学教师缺乏反思自身教学行为的意识，被调查者中只有12.9%的教师反思自身的教学行为，反思的主要内容大多限于教学内容的正确性，这种占被调查者的57%，而只有少量教师对是否达到教学目标进行反思，这一比例仅为10.3%。

大学教师缺乏合作交流意识，尤其缺乏与教学工作相关的合作交流。79.3%的教师表示不曾与同事进行过教学方面的交流，其主要原因按选择比例高低分别为：不习惯、没有时间和机会、没有必要。这再次表明大学教师教学学术水平有待提高。

2. 大学教师教学学术水平与学历不存在明显正相关

在调研之前，笔者曾经假设大学教师的学历与教学学术水平存在正相关，但是调研和统计结果推翻了笔者的假设。高学历（具有博士学位）教师的教学行为频率统计数据见图4-4。

在18个行为项目中，高学历教师的“讲授”在5个时间段内发生频率的比例为75.2%，在4个时间段或以上发生的行为频率的比例为89.2%，分别比平均值高出1个和1.3个百分点；板书发生频率的比例分别为36.3%和47.2%，分别比平均价值

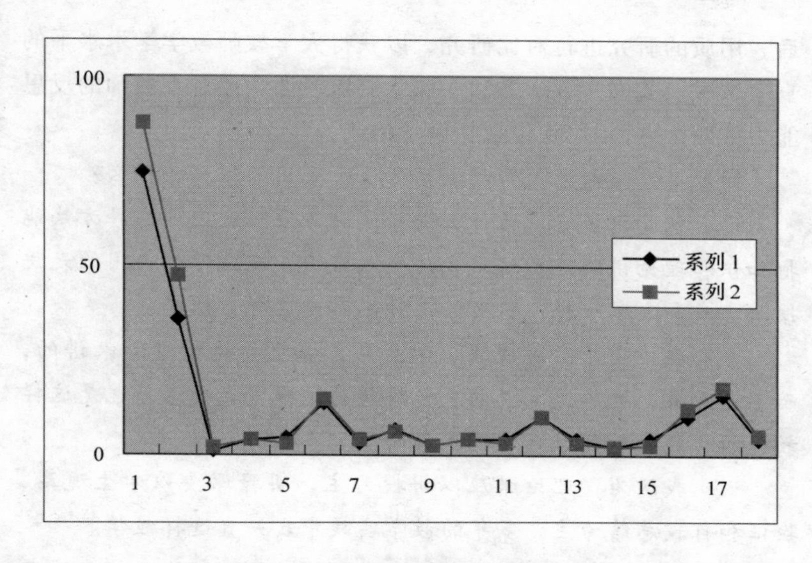

图 4－4　高学历教师教学行为频率图

注释：图中的 1、4、7、10、13、16 为项目编号，系列 1 为 5 个时间段出现的频率，系列 2 为 4 个时间段或以上出现的频率

低 2 个和 1.9 个百分点，这与我国目前计算机普率较高有关，相应地高学历教师使用现代化教育技术的频率分别高于平均值 2 个百分点；但高学历教师教学中“学生神入”的频率低于平均值 2 个和 2.1 个百分点。而且高学历教师中高达 65% 的教师无法分析自己学生的特点，其原因按选择数量高低排列依次是：没有必要、没有时间及不知道分析的方法，这与我国大学教师的培养方式有直接原因。高学历教师中 25% 的教师是从学校门到学校门的博士，5% 的教师甚至从本科到自己做教师就没有离开过同一所大学。这些因素间接导致了这些教师教学学术水平较低。

（二）采用质的研究方法获得的信息

采用量的研究方法分析大学教师教学学术水平的实际状况

后，用质的研究进行对比研究，以获得大学教师教学学术水平的真实情况。我们从教学方法、课堂交流、课堂控制和教师的反思能力等四个方面对30位教师做了访谈。

问题：您一般采用哪种教学方法？采用的依据是什么？

※ 就是讲授呀，为什么选择这种方法？就因为这种方法能把知识和理论讲清楚。这是我的个人习惯，我上课主要用的是讲授法。我和大家一样，所有的老师不都是这样上课吗？

※ 我主要是用讲授法，学生来上课主要是听老师来讲的，而不是看书，也不是来说的。传统就是这样，我的老师也是这样教我的，我的老师也是这样讲课的。

※ 我认为，理论课应以讲授为主，实验课要以学生观察、验证和自我总结为主。多年的教学实践中我一直这样教学。

※ 我没有固定的教学方法，讲授、演示、讨论呀什么的我都用，我上课一般不是我一个人在讲。我不想走我老师的老路子，他们就一直是采用讲授法的，我很反感，因为对自己的帮助很小，业余时间自己要准备很多，有时还不清楚要准备什么。

※ 我曾试过启发式教学方法，但完全采用不可以。为什么？专业课我自己可以出考试题，出题目时可以往考学生的能力方向努力，但是公共课涉及学生要过考试关，还得用灌输法呀。我刚做老师的时候也是一直采用讲授法，我觉得有点不对，就自己摸索走到现在，觉得不同的课要采用不同的教学方法。

通过对大学教师教学行为发生频率的分析和他们的自我描述，我们知道大量教师在教学中主要采用讲授法。教师们认为，课堂教学就是讲课，课堂教学与讲课是同义词，教师的教学任务就是讲，就是将理论和知识讲清楚，学生的任务就是听。教师主要采用讲授法的原因，有一半以上的教师归结为传统或习惯。教学中教师不假思索地模仿着大多数人的教学方式，沿袭着传统的教学方法，使得大学教学缺乏批判性、创造性、学术性。

问题：您在课堂教学中如何与学生进行交流？

※　我在课堂偶尔会提问学生，因为教师与学生更好的交流是心灵感应。你可从学生表情来判断，你的教学是否受学生欢迎，他们是否接受。这个东西不好说，要靠经验。

※　交流？大学教学好像不需要吧？大学生已经是成人了，自己读了多年的书，应该知道哪里是重点，哪里需要做笔记，再说教学任务这么重，老师哪有时间与学生交流呀？

※　我与学生交流最多的方法就是提问。各个方面我都问，例如，这门课我该怎么讲、应该讲什么、怎么复习、复习什么、考试怎么考、考什么等我都可以和学生沟通和交流，学生也可以提出自己的要求。学生提问最多的就是考试，我就告诉他们学习不是为了考试，是为了学知识，还告诉他们哪些内容不是为了对付考试而学习，这样学生学习时就不会有压力，但是他们很有兴趣学。

从教师的叙述可以看出，目前大学教学中教师与学生交流方式的特点：交流方式单一，主要是教师与学生之间的交流，交流主要是由教师发出的单向交流，缺乏学生与学生之间的交流。

问题：如果在您的课堂上出现学生看英语书、睡觉、看小说、玩手机等现象，您如何处理？

※　现在生源差别很大，不爱学习的学生也很多，只要他们不影响多数同学学习，我一般不管。一是没有时间管，二是也没有必要，知识将来他们自己要用的，他们不想学，将来会后悔的。

※　出现这样的情况有两个原因，一是老师的原因，也就是我自己没有讲好。另一个原因就是学生不喜欢听我讲的这门课，学生不爱学。讲得不好是我的原因，我会努力。不喜欢我讲的这

门课，我也没有办法，上课不捣乱就行了。

※　出现这种情况很正常，现在爱学习的学生少，社会上又有那么多的诱惑，这我没有办法，只要不影响我的正常教学就可以了。但如果是由于我讲课不好而造成的，我会及时地调整教学内容和进度，也会想方设法用案例来补充。

目前维持课堂教学秩序，是令大多数大学教师头疼的事情，对于维持课堂教学秩序教师似乎都力不从心，“点名”是教师的常用解决方法和技术；对于大学课堂教学中的“隐性逃课”现象，教师的态度是“只要你不捣乱，无所谓”。维持课堂秩序是教师驾驭教学过程能力的一个重要表现，但大学教师几乎无人对这方面进行深层次的分析和研究。

问题：您如何分配课堂教学时间？

※　大学教学的时间不应有过多的要求，因为大学的课程内容和教学方法都和中小学不一样，应该自由些，不应受到那么多的约束。

※　时间怎么分配？自己掌握好就可以，不同的班级和不同的学生，讲同样内容有时教学时间也不一样，所以关键是教师自己控制好时间。

※　在教学中我要把讲授的时间计算好，其他环节就比较随意，自己掌握吧。

※　在教学中分配时间，就应该把导入、讲授和总结的时间比例计算好，做什么事情都要有一个规划，何况是课堂教学呢。

由于课堂教学的复杂性，教师一般依据学生的反映来支配课堂教学时间，有比较大的自由，这充分体现了大学教师职业的特点；大部分教师的课堂教学时间由讲授所占用，区别只是讲授内容不同而已。大学教师在课堂教学中支配时间的随意性如此之大，令人担心。

问题：课后您是否对自己的课堂教学进行反思？

※　反思？有的，对教学内容进行反思，想想自己在课堂上是否出错。

※　我就上一个班的课，上完这个班的课后面就没有其他的班级了，我还想它有什么用吗？如果还有其他班级的话，我会考虑的，要对学生负责嘛。

※　课后我会反思一下自己的教学，想想自己在课堂上内容讲得怎么样，有没有错，错了下次课要纠正，没有错最好了。

※　课后我会思考自己的教学，教学内容是思考最多的，其他的板书和语言等也会思考一下的，更多的是考虑教学内容。

大学教师一般很少对自己的教学行为进行反思，在访谈的20位教师中只有8位对自己的教学行为进行反思，反思最多的是教学内容是否会出错，有极少量的教师（访谈的教师中只有3位）反思自身的教学行为。

问题：您认为大学教学是一种学术活动吗？为什么？

※　教学不具有学术性，科研活动才具有学术性。学术是创新，教学有什么可创新的，不就是教给学生一些学科知识，几乎都是有结论，没有争议，也没有创造性。

※　大学的教学应该有学术性，因为大学教学中要将学科中存在着争议的前沿知识教给学生，需要教师创造性地引导学生学习，所以应该有学术性。

※　大学教学是专业教育，专业教育不是一成不变的，专业的内涵、基础知识都在不断地变化，这也是学术探讨的一部分，因此教学应该有学术性。

问题：您认为教学学术水平应如何评价？

※　大学教师除了传授高深学问，还要进行科研活动，因此，我觉得评价教师的教学学术水平，一看教学，二看科研。

※　评价大学教师的教学学术水平，标准不就是他的科研成果吗？没有科研成果，课上得再好，好像也缺点儿什么似的，毕竟是大学教师。

※　评价大学教师的教学学术水平，一是要评价教师是否具有专业知识，这是教师搞好教学的基础，二是要评价教师是否具有教育的理论知识，这是教学学术水平高的表现。

※　评价大学教师教学学术水平的标准有学科知识、教学方法等，还有一个就是灵活应用的问题。再好的理论也要应用到实践中，不然就是纸上谈兵。

问题：您认为应如何提高大学教师教学学术水平？

※　教学是实践活动，和教学时间成正比，教学时间到了自然就会提高。

※　我从个人经验上看，主要靠自己思索和实践，有老教师带一下，进步较快。

※　提高教学水平，除了要不断提高专业知识，还要多少看些教育理论的文章和书，还有就是与同行做些交流也不错，但是大学教师都不坐班，没有什么机会交流。

※　自己看看书和经验介绍性的文章，在实践中做些尝试。

从大学教师的描述可以知道，大学教师对教学学术水平的认识比较模糊；他们也曾经尝试提高自己的教学水平，但都缺乏系统性，处于摸索阶段，需要为他们提供指导和帮助。

（三）学生问卷层面的分析

学生对教学的满意程度，指学生按照自己的内在标准对教师教学学术水平进行的评价。虽然学生的内在标准难免有偏颇之处，但教学作为师生互动过程，教师与学生在教学中共同发展和进步，因此学生对教学是否满意和满意程度，是评价教师教学学术水平不可忽视的因素。

本次调查在20所大学中发放2500份学生问卷，统计情况见表4-6、4-7。

表4-6 各个不同科类大学生问卷统计情况

科类	发出问卷	回收问卷	有效问卷	有效问卷占问卷总量的比例（%）
理工类	500	420	385	19.85
人文类	500	412	400	20.62
艺术类	500	434	375	19.33
经济类	500	430	350	18.04
计算机类	500	455	430	22.16
合计	2500	2151	1940	100

表4-7 不同年级大学生问卷统计情况

年级	发出问卷	回收问卷	有效问卷	有效问卷占问卷总量的比例（%）
一年级	500	480	395	20.36
二年级	750	678	605	31.19
三年级	750	654	600	30.93
四年级	500	413	340	17.52
合计	2500	2225	1940	100

从学生对大学教学满意度的调查得知，大学教师教学学术水平有待提高（大学生对目前大学教学满意度的调查结果见表4-8、4-9、4-10）。

表 4－8 各科类大学生对目前教学满意度比较

	满意		一般		不满意		其他	
	人数	比例	人数	比例	人数	比例	人数	比例
理工类	66	17.1	278	72.2	33	8.6	8	2.08
人文类	49	12.2	302	75.5	44	11	5	1.25
艺术类	26	6.9	284	75.7	57	15.2	8	2.1
经济类	20	5.7	253	72.3	71	20.3	6	1.7
计算机类	82	19.1	317	73.7	30	7	1	0.2
合计	243	12.5	1434	74	235	12.1	28	1.4

% 差异检验

理文	z = 2.50 *	z = 1.36	z = 1.40	z = 3.12 **
理艺	z = 6.02 **	z = 3.19 ***	z = 2.00 *	z = 2.55 *
理计	z = 6.16 ***	z = 0.13	z = 6.83 ***	z = 2.94 **
理经	z = 0.87	z = 0.59	z = 1.14	z = 3.23 **
人艺	z = 3.00 **	z = 1.37	z = 0.35	z = 0.63
人计	z = 3.46 ***	z = 1.24	z = 3.93 ***	z = 0.63
人经	z = 2.75 **	z = 0.60	z = 2.01 *	z = 0.13
艺计	z = 0.73	z = 2.83 **	z = 3.91 ***	z = 0.43
艺经	z = 5.83 ***	z = 2.08 *	z = 2.43 *	z = 0.76
计经	z = 6.08 ***	z = 0.60	z = 5.65 *	z = 0.34

注：* 为 $p < 0.05$，* * 为 $p < 0.01$，* * * 为 $p < 0.001$

从表4－8中可以看出，被调查的1940名大学生中1434名学生对目前的教学满意度为“一般”，占被调查者的74%，235名学生对教学不满意，占被调查者的12.1%。这表明，总体上学生对目前教学不甚满意，间接表明大学教师教学学术水平有待提高。因大学生对目前教学满意度较低，笔者与部分大学生做了个别访谈。学生认为，目前的教学虽然对自己的成长有帮助，但效果不大，与想象的大学教学存在着很大不同；学生觉得随着年级的增高，大学教学越来越平淡，似乎教师与学生都缺乏某种热情，缺乏不断追求、不断更新的刺激；大量教师的教学方法不正确，理论空洞与实际相差太远。

各个学科的大学生对教学满意度为“一般”的比例均超过70%，艺术类比例居榜首，高达75.7%，经百分比差异显性检验，除了理科与艺术、计算机与经济之间存在显著差异（$p<0.01$，$p<0.01$，$p<0.05$），其他各学科之间不存在显著差异，这表明大学生对教学满意度为“一般”的看法具有相当高的普遍性与代表性，也说明大学教师教学学术水平有待提高的实际状况具有普遍性和真实性。

不同学校或学科的大学生，对教学满意度为“不满意”的比例越高，则对教学满意度为“满意”的比例越低。经百分比差异显性检验，除理工学科与人文学科、理工学科与经济学科、人文学科与艺术学科之外（p都小于0.05），其他各学科之间均存在显著和极显著差异（$p<0.01$，$p<0.01$，$p<0.05$），这表明不同学科、不同学校的学生对教学评价的共性与差异，而这又从另外的视角为分析学生教学满意度的原因提供了参考。

表4－9　　各个年级大学生对大学教学满意度比较表

	满意		一般		不满意		其他	
	人数	比例	人数	比例	人数	比例	人数	比例
大一	67	16.9	288	72	36	9.1	4	1
大二	86	14.2	444	73.4	66	10.9	9	1.5
大三	59	9.8	451	75.2	79	13.2	. 11	1.8
大四	29	8.5	258	75.9	46	13.5	7	2.1
合计	241	12.4	1441	74.3	227	11.7	31	1.6

% 差异检验

	满意	一般	不满意	其他
大一：大二	$z=1.00$	$z=1.00$	$z=1.00$	
大二：大三	$z=2.80$**	$z=0.87$	$z=1.56$	
大三：大四	$z=0.70$	$z=0.29$	$z=0.37$	
大四：大一	$z=3.68$***	$z=1.12$	$z=1.78$	
大三：大一			$z=2.82$**	

注：* 为 $p<0.05$，* * 为 $p<0.01$，* * * 为 $p<0.001$。

表中“大一”为大学一年级简称，以此类推，下同。

大学生对教学满意度为“一般”的比例，随着年级的增加而增加，而且对这一比例经百分比差异检验，p 均大于 0.05，各个年级并不存在着明显的差异。这说明大学生对教学的评价越来越成熟或对教学质量要求越来越高；也说明高年级教学的确没有达到质量要求。无论何种原因造成这种情况，大学教师应不断提高自身的教学学术水平，以较高的教学学术水平来促进学生发展。

表4－10　各个不同学科各个年级大学生对大学教学满意度比较表

学校类别	年级	满意		一般		不满意		其他	
		人数	比例	人数	比例	人数	比例	人数	比例
理工类	大一	18	20.5	64	72.7	5	5.7	1	1.1
	大二	11	10.7	79	76.7	11	10.7	2	1.9
	大三	14	12.7	80	72.7	12	11	4	3.6
	大四	6	17.1	68	81	7	8.3	3	3.6
	合计	49	12.7	291	75.6	35	9.1	10	2.6
	%差异检验								
			满意		一般		不满意		
	大一：大二		z＝3.75***		z＝1.37		z＝2.27*		
	大二：大三		z＝0.80		z＝1.19		z＝0.23		
	大三：大四		z＝1.54		z＝1.64		z＝1.01		
	大四：大一		z＝3.12**		z＝1.75		z＝0.84		
人文类	年级	满意		一般		不满意		其他	
		人数	比例	人数	比例	人数	比例	人数	比例
	大一	13	16.3	60	75	6	7.5	1	1.2
	大二	14	11.1	97	77	14	11.1	1	0.8
	大三	7	6.4	85	77.3	16	14.5	2	1.8
	大四	3	3.6	54	64.5	24	28.5	3	3.6
	合计	37	9.3	296	74	60	15	7	1.7
	%差异检验								
			满意		一般		不满意		
	大一：大二		z＝1.57		z＝0.1		z＝1.21		
	大二：大三		z＝1.12		z＝0.12		z＝0.85		
	大三：大四		z＝0.59		z＝1.30		z＝1.64		
	大四：大一		z＝1.97*		z＝1.25		z＝3.77***		

续表

学校类别	年级	满意		一般		不满意		其他	
		人数	比例	人数	比例	人数	比例	人数	比例
艺术类	大一	11	11.9	75	81.5	3	3.3	3	3.3
	大二	3	3.2	78	82.1	13	13.7	1	1
	大三	4	4	77	77	18	18	1	1
	大四	7	8	66	75	11	12.5	4	4.5
	合计	25	6.7	296	78.9	45	12	9	2.4

艺术类 % 差异检验

	满意	一般	不满意
大一：大二	z = 2.75 *	z = 0.27	z = 3.08 *
大二：大三	z = 0.05	z = 1.18	z = 1.26
大三：大四	z = 1.2	z = 0.33	z = 1.45
大四：大一	z = 1.97 *	z = 1.25	z = 3.77 ***

学校类别	年级	满意		一般		不满意		其他	
		人数	比例	人数	比例	人数	比例	人数	比例
经济类	大一	8	9.3	68	79	9	10.5	1	1.2
	大二	5	5.5	69	75.8	15	16.5	2	2.2
	大三	3	3.2	70	75.3	19	20.4	1	1.1
	大四	4	5	63	78.75	9	11.25	4	5
	合计	20	5.7	270	77.1	52	14.9	8	2.3

经济类 % 差异检验

	满意	一般	不满意
大一：大二	z = 1.38 *	z = 1.12	z = 1.24
大二：大三	z = 0.54	z = 0.19	z = 0.98
大三：大四	z = 0.36	z = 0.61	z = 1.98 *
大四：大一	z = 0.36	z = 0.61	z = 1.98 *

续表

学校类别	年级	满意		一般		不满意		其他	
		人数	比例	人数	比例	人数	比例	人数	比例
	大一	7	8.3	67	79.8	9	10.7	1	0.9
	大二	6	4.6	98	75.4	21	16.2	5	3.8
	大三	5	3.7	100	74.6	29	21.7	0	0
	大四	4	4.9	65	79.2	10	12.2	3	3.7
	合计	22	5.1	330	76.7	69	16.1	9	2.1

计算机类 %差异检验

	满意	一般	不满意
大一：大二	z = 1.75**	z = 0.18	z = 1.98*
大二：大三	z = 0.05	z = 1.18	z = 1.26
大三：大四	z = 0.36	z = 0.61	z = 1.98*
大四：大一	z = 0.36	z = 0.61	z = 1.98*

注：*为 $p<0.05$，**为 $p<0.01$，***为 $p<0.001$

对不同学科、不同年级大学生对教学满意度（表4-10）进行对比分析，得出以下结论：

大学生对教学满意度为“一般”的比例相当高，在66.7%—81.4%之间，经百分比差异比较，此评价结果在各个不同学科、不同年级的学生中不存在着明显差异（p都大于0.05）；

到“大四”时，大学生对教学的满意度在下降和不满意程度显著上升，但理工科大学生对大学教学的积极评价和消极评价比例都很少，这一方面与理工学科的学科性质有关，另一方面与理工学科教师教学学术水平的特点有关系。

表 4－11　大学生对任课教师和大学课程满意度统计表

项　目	总平均		十分满意		基本满意		不满意	
	人数	比例	人数	比例	人数	比例	人数	比例
任课教师平均位数	20.71	100	5.24	25.3	10.36	50	5.13	24.7
课程平均门数	21.97	100	5.85	26.6	10.36	48	5.16	25.4
%差异检验	$z=0.14$　$p>0.05$		$z=0.1$　$p>0.05$		$z=0.08$　$p>0.05$			

此外，本次调查所获得的大学生对任课教师满意度的统计结果，再次证明大学教师教学学术水平有待提高，而且大学生对任课教师的满意度和对课程的满意度分布高度相一致（具体统计数据见表 4－11）。大学生对任课教师和课程的十分满意、基本满意和不满意的三项选择的百分比非常接近，分别进行百分比的差异检验，p 均大于 0.05，不存在显著差异，这表明大学生对大学任课教师的满意度与课程的满意度分布高度一致，二者之间具有很强的内在关联及相互影响和制约，因此再次证明大学教师提高自身教学学术水平对提高大学课程质量具有积极作用。

表 4－12　大学生对大学教学质量和任课教师满意度的相关检验

项目	满意		一般		不满意	
	人数	比例	人数	比例	人数	比例
教学满意度	239	12.3	1499	77.3	202	10.4
任课教师满意度	490	25.3	970	50	480	24.7
%差异检验 项目 1：项目 2	$z=1.62$　$p>0.05$		$z=2.50$　$p>0.05$		$z=1.78$　$p>0.05$	

第二节 提高大学教师的课程能力与教学学术水平的途径

提高大学教师的课程能力与教学学术水平是一项系统工程，需要国家、学校与教师的共同努力才能得以实现；我国不同类型大学在办学定位、办学层次和服务对象等方面都存在着差异性，提高大学教师的课程能力和教学学术水平的途径也应多样化。

提高大学教师的课程能力与教学学术水平应从两方面入手，一是国家和学校方面要从大环境着手，二是教师要不断地提高自身素质。

一 国家应完善大学教师资格制度

教师资格制度是指国家对教师实行的职业资格认定制度。[①]我国有关教师资格制度的法律规定，最早出现于1986年颁布的《中华人民共和国义务教育法》的第十二条第二款："国家建立教师资格制度，对合格教师颁发资格证书。"1993年10月国家颁布了《中华人民共和国教师法》，该法第十条规定："国家实施教师资格制度，只有具备教师资格的人员才可以在各级各类学校和教育机构中从事教育教学工作。"《教师法》首次以国家法律形式确定了以教师资格制度作为教师职业许可制度。1995年12月12日国务院颁布了《教师资格条例》，1996年1月国家教委下发了《教师资格认定的过渡办法》，2000年9月又颁布了《〈教师职业资格条例〉实施办法》，这表明我国建立了一套相对

① 陶然、赵更群主编：《中国教师百科全书》，中国国际广播出版社1994年版，第123页。

完善的教师资格制度。

实施教师资格制度对于我国教师队伍的建设和教育事业的发展具有重要的意义。首先，实行教师资格制度是国家依法治教，使教师的选用走上科学化、规范化和法制化轨道的前提；其次，实行教师资格制度有助于提高新教师的质量，可以杜绝不合格人员流入到教师队伍之中；最后，实行教师资格制度有助于形成高质量的教师后备力量，有利于我国教育事业的可持续发展。由于我国首次实行教师资格制度，情况复杂，并且缺乏相应的理论研究，在实践中出现了一些亟待解决的问题，因篇幅限制本节只针对大学教师职业资格问题做探讨。

我国相应的法律法规对大学教师职业资格的要求标准不高，一直只停留在单纯的思想政治要求和学历达标方面，而对教师教学能力的认定标准过低。《教师资格条例》和《实施办法》中都没有对教师的课程能力和教学学术水平做详细规定，这种资格认定制度降低了教师准入的标准，难以保证教师资格证书的含金量，轻易获得资格会造成教师资格的贬值，无法体现和落实法律和法规制定的本意和精神。

我国教师资格制度的相关法规还不够完善，教师的课程能力和教学学术水平的考核不尽科学。比如，法律和法规中缺乏考核教师课程能力和教学学术水平的标准，考核方法也缺乏规范性；资格证书缺乏时间性的规定；教师资格与教师培养、教师继续教育缺乏相应的衔接。如果这些问题在实践中不能得到合理解决，将会造成大量的不合格人员流入大学教师队伍。

我国大学教师资格认证是按学校所在地区进行岗前培训，由省级及省级以上教育行政部门进行认证的，这导致了培训与考试各自为政，缺乏统一标准，间接地降低了教师职业准入门槛。反观教师资格认证制度成熟的国家，申请教师资格认证人员均须参加国家统一组织的专业知识和技能考试。为此，笔者认为国家有必要像组织国家司法考试一样，组织国家教师资格考试。

我国大学教师资格认证制度忽视教育实习，导致一些毫无实际教学经验的高学历人员获得了教师资格。实践证明，教学实习是提高教师教学学术水平的必要途径。笔者绝非“经验主义”者，但教师是绝不允许用学生当“试验品”的特殊职业，世界上任何一种职业都可以将自己的产品“回炉”重新加工，但教育产品是无法重新加工的。世界上多数国家规定，获得教师资格至少要经过一年到一年半的教育实习期。我国师范生的教育实习期只有一个月到两个月，致使许多毕业生参加工作后学校还要为其再安排一位辅导教师。我们可以想象，根本没有接受过任何教育实习的研究生需要多久的磨合期才能成为合格教师，这造成的损失无法用数字来衡量。

我国教师资格制度只有类型（初级学校、中级学校和高等学校）的区别，而无实效性的规定，这明显不利于教师的继续学习和发展。科学的教师资格制度应有不同级别和有效期的规定。加拿大安大略省和美国威斯康星州规定所有教师每 5 年必须进行资格再认定，美国纽约州要求所有在 2000 年 9 月 1 日之后获得教师资格证书的教师，每 5 年必须接受 175 小时的培训，所接受的培训必须与学生学习需求相关。

为了提高大学教师的课程能力与教学学术水平，也为了提高本科教学质量，我国政府必须完善大学教师资格制度，提高大学教师的准入标准与条件，杜绝不合格人员流入大学教师队伍中。比如，在考核标准中取消大学教师资格的终身制，对于已获得教师资格的大学教师定期进行再认证，以促使他们终生学习，以更新、更好的能力来培训更优秀的学生。

此外，我国高等教育研究应为实施大学教师资格制度提供理论支持，从高等教育的基本理论、高等教育心理学、大学教师管理学、大学教师心理学、高等教育评价学等角度进行多方面的研究和探讨，建立科学、规范、具有一定操作性的教师职业考核标准及其测评体系。

二 国家和学校应努力营造良好的环境和氛围

（一）为教师参与课程运作创造一个良好环境和氛围

大学应建立有关课程运作的机构，由此机构来制订学校相应的课程发展规划和具体实施计划、审定重点建设的课程、对教师参与课程运作提出指导性意见和建议、对课程运作全过程进行监督和评价、对教师参与课程运作和课程改革所出现的失误给予及时纠正，帮助教师减少不必要的失误。学校还应设立课程建设专项基金，对列入重点建设的课程提供相应的经费，用于资助教师进行与课程运作有关的调研工作和进行课程改革，并用此基金奖励对学校课程建设作出贡献的教师。

学校应对积极进行课程改革的教师给予支持和鼓励。改革是一种创造性的、探索性的活动，既然是尝试与探索，就有成功的可能，也有产生失误甚至失败的可能，因此为提高教师参与课程改革的积极性，学校应允许和支持教师进行试验和改革，对改革所产生的教学成果，要给予奖励；对课程改革出现的失误，如果改革的方向是正确的，教师在改革前也经过了充分的论证和准备，也应给予鼓励，帮助教师总结和反思，找出产生失误的原因并及时改进。当然我们不鼓励盲目改革，每次改革事先都应做必要的多方论证和研究之后才可确定。

学校应建立科学的课程运作评价制度，形成课程建设管理上的封闭回路。以科学的评价手段对课程运作作出科学、合理的评价，对教师参与课程运作做出科学鉴定，使教师既看到自身在课程运作中所取得的成绩，也看到自身的不足，并分析产生的原因，以便对症下药，及时改进。

进行课程评价时，学校应坚持整体优化的原则。因为课程运作受到教育方针和培养目标的制约，每一门课程都要贯彻教育方针，都应为培养目标服务，为提高教学质量服务，因而课程设置、课程编制、课程内容、课程实施及构建学生合理的智能结构等，都必须从人才培养目标的整体优化出发，绝不是各门课程相互割裂的自我完善。

（二）国家和学校应营造教学与科研同等重要的氛围

目前我国大学始终无法正确处理好教学与科研的关系，其主要原因是未将教学与科研放在同等地位，这也是大学教师教学学术水平不受重视的重要原因，形成教学与科研同等重要的氛围是解决这一问题的关键。

1. 真正使教学成果奖与科研成果奖处于同等重要的地位

教学成果奖的设立，在一定程度上是对教师教学学术水平的一种激励与肯定，可以调动和促进教师的教学积极性与创造性。但目前无论国家还是学校所设立的教学成果奖励办法都存在着项目少、周期长的缺陷。

我国政府与教育行政部门对此问题已经开始重视，并做了很多相应的工作。教育部于 2001 年 8 月颁发《关于加强高等学校本科教学工作，提高教学质量的若干意见》，文件明确规定，把教学工作质量作为教师职务聘任的重要标准；2003 年 8 月教育部发布了《关于表彰第一届高等学校教学名师奖获得者的决定》，全国共有 100 名教师获得此奖；2003 年教育部又启动了高等学校教学改革与教学质量工程；这些对提高大学教师教学学术水平和本科教学质量都具有重要意义。

2. 不同学科应采取不同的评价标准

目前大学中一直未能科学地处理教学与科研的平衡关系。有学者提出，根据大学教师年龄、学科和个性差异将教师分为教学型、科研型、教学科研双优型教师；也有学者提出，我国大学可以存在不承担教学任务的专职研究人员，在职称评定中对于不同人员采用不同的评价标准。笔者认为，这种做法将降低大学的社会威望，也会产生新的评价不平等现象，并不能真正解决实际问题。大学的根本职能是培养人才，大学的科研工作是建立在人才培养基础之上，这是大学与科研机构的根本不同。教学是大学教师的天职，而且大学教学具有较高的学术性，提高教学学术水平是大学教师学术生涯的中心工作，教学研究是贯穿大学教学过程始终的重要组成部分，大学教师职称的评定与教学成果的评价应与教学紧密联系在一起，否则不利于提高大学本科教学质量，也有失大学的本性。

不同学科具有不同特点，不同学科教师的评价标准也应存在差异，评价教师教学学术水平应突出学科差异。一般而言，应用学科与基础学科相比、社会学科与自然学科相比，前者较容易取得科研成果。因此不同学科教师职称评定应采取不同的标准，体现不同学科的特点，应紧密结合教学实际，并具有科学性、客观性和可操作性。

3. 营造学术自由的氛围，促进教师的个性发展

大学教育的根本任务是培养创新性人才，而这一任务必须由教师来完成，因此学生创造性思维的培养与创造能力的提高都与教师的教学积极性、创造性密切相关，教学的积极性与创造性又是教学学术水平的灵魂。民主、和谐的氛围是教师发挥教学积极性与创造性所不可缺少的外在条件，因为创新与自由紧密联系在一起，没有自由探讨的空间，没有学术民主的气氛，没有批判的

精神和宽容的态度，很难发挥教师的聪明才智和教学积极性。

目前大学中各种有形、无形的条款约束着教师，使教师的个性受到抑制。由于教育机制、教育评价、教育管理方法、传统习惯等各种因素的影响，致使大学教师成为机械讲课的“工具”；也正是由于教师的潜能、个性没有得到充分的拓展和发挥，导致教师往往照本宣科，既无新意又无创造性，甚至有些教师的讲义几年不变。

大学教学是教师教书育人的过程，也是教师不断构建自己知识体系的过程，更是促进教师自我发展的过程，没有个性也就没有创造性，要培养学生的创造精神与创造能力，教师首先要具备。因此国家和学校要对教育评价机制进行改革，使教师的核心地位和作用得以真正地确立起来；学校要倡导学术自由，允许教师在一定的行为规范中自由发展，允许教师大胆创新。

三　改革大学教师的职前培训制度

随着时代发展，社会、学校对大学教师的素质要求越来越高。教师的来源主要是高等学校和科研院所培养的优秀博士、硕士，他们在各自的学科领域中接受了严格规范的学术训练，却没有经过任何的教师职业素质与职业能力的训练。良好的专业学术水平并不代表他们一定具备良好的课程和较高的教学学术水平。1997年教育部针对我国大学教师发展状况，颁布了《高等学校教师岗前培训暂行细则》，规定凡补充到高等学校的教师都必须要参加岗前培训，学习《高等教育学》、《高等教育心理学》、《高等学校教师职业道德》、《高等教育法规》四门课程，目的是使青年教师初步掌握高等教育的基本理论与方法，增强他们的职业意识和依法执教的自觉性。但由于各种原因，致使大学教师岗前培训产生很多误区，既没有真正解决实际问题，也没有实现国家的最初愿望。

针对实际状况，国家应当建立完善的大学教师职前培训体系，使青年教师早日成熟，杜绝不合格教师走向大学讲台。

由于目前我国大学教师主要来自于高校毕业的研究生，笔者认为，可以在研究生教育阶段对有意从事大学教师职业的研究生进行教师职业技能和职业素质的培训。学校可开设有关高等教育学和高等学校教学的选修课程，使他们熟悉有关的理论知识与实践知识，能够有效地应对今后的工作。目前我国有些省份已开始进行这方面的尝试，浙江省省属高校可以在研究生毕业前半年到浙江大学选拔优秀的研究生作为本校师资，浙江大学则提前为这些毕业生进行系统岗前培训。浙江省的这种举措将对我国大学教师岗前培训起到示范作用。

研究生在受教育阶段，大都已接受严格的科研培训，所以在教师培训时，必须使他们及时地获得实践性知识，并在老教师的指导下进行长期的实践训练。这里所说的实践训练，不仅包括在教学中观摩老教师的教学，还包括老教师对新教师在教学内容的选择和组织、课堂管理技巧、师生沟通等方面的指导，从而促使新教师在教学实践中通过不断地反思提高自身的教学学术水平。

提高教师之师的素质。培养高质量的人才离不开高素质的教师，而作为教师之师应具备更高的素质。

我国目前各大学中高等教育科学研究机构数量逐年增加，但具有培养高等教育专业人才和培训大学教师的高等教育研究机构较少，因此在短时间内将大学教师岗前培训任务全部由高等教育机构来完成，还存在着一定困难，可以采取逐步过渡的方式来解决这一问题，即先由具有培训能力的高等教育科学研究机构的专家和研究人员对大学教师之师进行统一培训，提高他们的素质，进而提高培训的效果与质量；也可以由高等教育科学研究机构与师范大学合作来完成大学教师的岗前培训工作。

四 改革大学教师的继续教育制度

广义的教师继续教育泛指对在职教师的再教育，包括合格培训和进一步提高教师能力的培训；狭义的教师继续教育特指对已经取得执教资格的教师进行旨在更新知识结构、拓宽知识面、加深知识水平、提高专业技能的再教育，是合格培训的自然延伸。继续教育的目的是使教师更好地完成今后教育教学工作；从人力资源管理的角度来说，不断地对教师进行有效培训有助于增强学校的凝聚力，有助于提高教师对学校的认同度。

国外课程改革和教学改革的实践证明，教学改革的成功必须建立在教师培训基础上，教师培训是整个改革计划中的一个关键的环节。20 世纪 50、60 年代美国课程改革的主要倡导者布鲁纳（J. S. Brune）在分析课程改革失败原因时，指出教师培训不到位是这次改革失败的最重要原因。

现代社会知识更新的速度在飞速加快，教育者必须不停地学习新的学科知识与教育教学理论，采用最有效的方法将最有价值的知识传授给学生，从而为社会培养合格人才。我国政府已多次倡导要提高大学教学质量，为此也做了巨大努力，但效果一直不明显，这由教育体制、教育观念、物质条件等多种原因造成，与教师素质也存在一定关系。提高教师素质，必须对教师进行行之有效的培训。

1985 年我国建立了全国高校教师师资培训体系，为提高大学教师质量做了大量工作，1999—2001 年共培训教师 282067 人，其中国内访问学者 6537 人，高级研讨班 9383 人，同等学力硕士学位进修班 22733 人，助教进修班和课程班 13046 人，单科进修班和短期讲习班 29615 人，以各种培训方式共进行了 12 万人次的培训。这些数据表明我国大学教师继续教育有了一定发展，但也说明在这方面还存在很大不足：培训内容的起点低，国内访问学者、高级研讨班的人员占培训总人数的比例不超过11%；培训形式上偏重于周期较长的学历补偿教育，学历教育人数占培训总人数的30%；培训内容偏重于学科知识和学科理论的深化和拓展，这对提高大学教师素质虽然是必要的，但从大学的基本职能来看，这是必要但不充分的。为了提高大学教师素质，达到提高大学本科教学质量的目的，应在培训中加强培养教师的课程能力与教学学术水平。近年来欧美一些国家已经对大学教师进行此方面的培训，称之为 Faculty development，简称为FD。这种培训包括课程编制的理论（如培养方案的制订、评价方案的制订、教学计划和教材的编写等）和课程实施等内容。我国大学教师继续教育在此方面还有所欠缺，应努力加强。

（一）改革继续教育的课程内容与培训方式

理论研究者认为，教师的知识体系可以分为两类，一类是“所倡导的理论”（Proposed theory），这是教师容易意识到的知识，比较容易受到外界新信息影响而发生变化，但并不能对教学行为产生直接影响；另一类是“所采用的理论”（Theories-in-use），这是教师不容易意识到的知识，而且不容易受新信息影响而发生变化，更多受到文化和习惯的影响，并直接对教学行为产生重要影响。这两类知识既存在着差异，又相互联系，共同对教学行为产生影响（见图4-5）。

区分这两类知识对教师继续教育具有重要指导意义。传统的教师继续教育将传授知识作为课程重点。这种培训内容暗含了一种假设，即教师一旦接受了教育理论，就自然会将理论运用到教学实践中，并自然导致教师教学行为发生改变，然而实践证明这种做法收效甚微。实际上教师对某种教育理论的了解并不能自动地对教学实

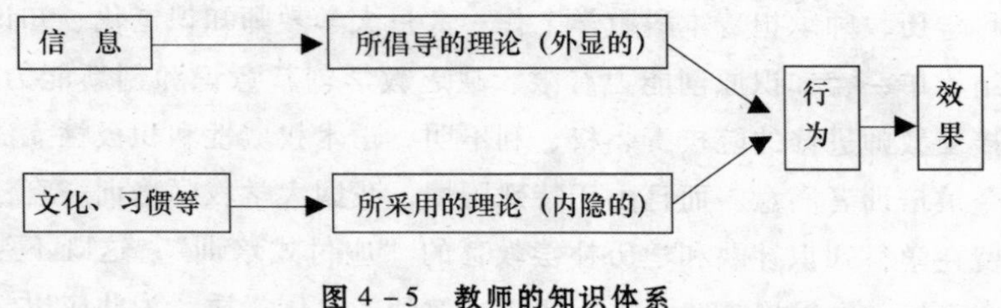

图4－5　教师的知识体系

践产生影响，“所倡导的理论”并不能自动地转化为“所采用的理论”。许多教学改革之所以失败，其中主要原因就是忽略了这两种知识的区别，误以为向教师传授了新的教育思想和教育理论就可以自然地导致教师教学行为的更新，却没有想到在教育实践中教师还是沿用旧的思想观念指导教学，采用原有教学方法进行教学。因此教师继续教育中必须要设法沟通教师知识体系中的两类知识——“所倡导的理论”和“所采用的理论”，因此要改变传统的以知识讲授为中心的培训模式，应采用教师参与的培训方式，在参与过程中来提高教师的课程能力与教学学术水平。

教师继续教育培训不但要注重学科前沿知识的传授，还应让教师接受新的教育管理理论，并使教师学会将这些新理论科学合理地运用到教学实践中。因此继续教育要改革传统的讲授法，大量地采用案例教学方法等富有启发性的教学方法，对新理论的运用方式与方法进行剖析，使被培训教师从观念层面和操作层面上都有所感受。

（二）建立高层次的大学教师培训机构

目前我国大学教师整体素质不高，学历偏低是不争的事实，到2001年年底具有博士学位的教师只占教师总人数的7.2%，教育部直属院校中只有18%的教师具有博士学位，而在地方院校中具有博士学位的教师还不到3.8%，甚至不少学校中仍有专科学历教师承担着本科教学工作；大量大学教师知识老化、知识结构单一，知识原创能力有限、缺乏教学创新意识和创新能力；接受教师进修的院校责、权、利不明，学术权威性和积极性无法令被培训者满意。而且由于特殊国情，我国大学教师培训一直停留在学科知识补缺和学历补偿教育的“应付式培训”，这既不符合高等教育发展规律，也无法提高教师的整体素质。为此应以学科水平和整体水平较高的大学为依托，建立大学教师培训机构。培训机构采用施训院校、被培训教师所在大学和教师个人根据需要自主选择培训项目和培训内容的市场运作方式，采用“菜单式”的培训方法，充分利用这些院校的学术权威和优质的科研、教学资源有针对性地进行高质量的大学教师培训工作，帮助教师更新和完善知识，了解本学科的最新前沿研究动态，提高教师的教育教学创新能力。这可有效地克服现有培训体系中施训院校缺乏权威性、培训内容缺乏针对性和前瞻性、培训质量和效益不尽如人意等弊端，达到迅速提高我国大学教师整体素质的目的。

（三）加强校本教师培训

校本教师培训是在国家有关的教育方针、教育法律、法规与政策的指导下，依据学校自身的性质、特点、可利用和可开发的资源，由学校自主、自愿、独立地或与企业、校外社会团体、个人合作开展的，旨在满足本校教师自身发展需要的教师培训形式，这种培训形式有利于把科研工作、教学工作、培训工作紧密联系起来，是一个持续的、动态的过程。校本教师培训作为国家和政府组织的教师继续教育形式的必要而又有益的补充，在教师的非学历教育中具有独特作用，具有重要价值。

1. 有利于突出学校特色，提高培训的针对性，提高教育资源的使用效益

因为校本培训紧密联系本校的学科发展、课程运作和教师的

实际状况，因此可清晰地分析受训教师的特点，有效地实现学科、课程、教学与教师的最佳结合，促使培训、使用有效地结合，有利于避免无效培训。

2. 有利于提高教师参与培训的积极性与主动性

在校本培训中教师既是受训对象，也是培训活动的组织者，参与各项活动的策划、组织，这既能充分反映教师自身的愿望与需求，也体现了他们的主体地位，有利于提高他们参与的积极性。

校本培训有其独特的实施程序，需要一定的保障条件。校本培训的实施程序是以分析学科、课程和教师基本情况为基点，以学校可利用的资源为条件的有目的、有计划、有措施、有落实、有反馈的螺旋上升的连续过程（其流程图见图4－6）。

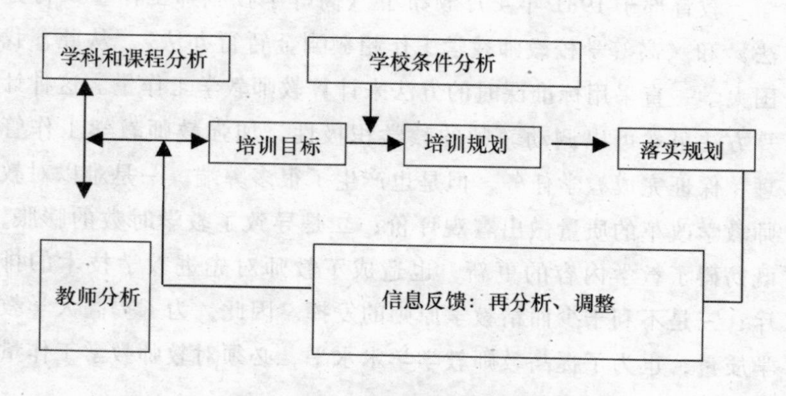

图4－6　校本教师培训流程图

为发挥校本教师培训应有的作用，学校领导要充分认识提高教师素质是学校发展的保证。学校既有使用教师的权利，也有培训教师的义务，主动参与教师培训是学校义不容辞的责任；因此应建立健全教师培训机构，完善相关制度，学校可成立专门的教师培训机构，具体负责学科和课程分析、教师分析、学校条件分析等工作，制订培训规划，与相关部门配合，组织培训活动，落实培训规划，收集反馈信息，制订有关教师培训的规章制度，确保校本培训正规化、长期化和经常化。而且要充分利用现代信息技术，收集学科发展信息和教育教学信息，建立信息库，教师可以直接从中提取和学习相关的知识和信息，丰富培训内容。

人力资源管理人员定期对本校教师的工作绩效和工作方式进行分析评价，与未得到帮助和未及时得到培训的教师、教学中遇到困难的教师、与职业能力发展遇到“瓶颈”的教师及时沟通，为其提供适当的继续教育机会，使教师素质得到不断提高。

五 改革大学教师教学工作量的计算方法

教育部于1981年4月颁布了《高等学校教师工作量试行办法》和《高等学校教师教学工作超额酬金暂行办法》。从此，我国大学一直采用标准课时的方法来计算教师教学工作量。这种计算方法虽然可以调动教师的教学积极性，加强教师教学工作管理，保证完成教学任务，但是也产生了很多弊端。一是难以对教师教学改革的质量做出客观评价；二是导致了教学时数的膨胀，既妨碍了教学内容的更新，也造成了教师对先进教学技术的排斥；三是不利于少而精教学原则的发挥。因此，为了提高大学教学质量，也为了提高教师教学学术水平，必须对教师教学工作量的计算方法进行改革。

厦门大学在四个学院（化工学院、人文学院、艺术学院和管理学院）对教师教学工作量计算方法进行改革试点，取得了一定成果，有利地提高了教学效率，也提高了教学质量。其具体做法是，以教师承担的课程门数为主来计算工作量，而课程的时数（尤其是课堂教学的授课时数）为计算工作量的辅助条件，其优势在于促使教师将主要精力放在如何提高单位时间的教学效率上。改革后教师必须考虑如何采用科学的教学方法和教学手段来保证教学效益，从而促进教师教学学术水平的提高。这种计算方法存的最大难题是各门课程的权重不同，解决办法是按各门不同的课程进行加权处理之后再计算教学总量，也可以根据不同的学科给予不同的付分（厦门大学教师教学工作量的具体计算方法见附件6）。

六　加强相关理论研究

“没有革命的理论便没有革命的实践”，马克思主义的这一基本原理也同样适用于提高大学教师的课程能力和教学学术水平问题。

我国大学课程活动与教学活动缺乏理论指导并非始于今天，这是历史遗留的问题。我国高等教育从20世纪50年代开始全面学习苏联的经验，在课程与教学领域中很少进行真正意义的理论研究。理论上采用苏联教育学体系，致使在教育学领域中缺乏课程的话语权，也淡化了课程研究，在实践中大学教师只执行上级下达的三个文件（教学计划、教学大纲、教科书），教师没有必要也不可能进行系统的课程理论研究和教学实践研究，课程运作从上到下都是凭经验行事，都未将课程理论与教学理论放在应有的位置上，这个问题在计划经济体制下矛盾并不明显，也未引起理论研究者和教育工作者的重视，但随着大学办学自主权的不断扩大和人们教育思想观念的转变，这个矛盾日益明显。

课程与教学理论研究发展缓慢，既有客观原因（如教育体制、教育观念等原因），也有自身原因。无论我国还是国外，大学的课程与教学理论与中小学相比都比较薄弱，这主要是由于大学课程理论与教学理论比中小学课程理论与教学理论起步晚；构成大学课程与教学理论研究的基础学科，如大学生心理学、学习理论及学科教育学等都不如儿童心理学、学习理论和中小学学科教育学发展得成熟，这在我国高等教育理论研究中尤为突出。教育实践急需理论来指导，但教育理论不可能在短时间内产生重大进展，这样大量引进外国理论与经验就不可避免，国外的许多理论与经验值得我们学习和借鉴，但要正确处理两个问题。一是如何选择的问题，应选择科学的、有利于我国理论研究和实践发展的科学理论与成功经验，而不是学术垃圾；二是本土化的问题，认真分析外国课程与教学理论，结合中国国情加以改造，使之更适合我国教育理论和教育实践的发展。当然从教育长远发展来看，建立中国自己的大学课程与教学理论更有利于提高大学教师的课程能力与教学学术水平。

七　完善大学基层教学组织

大学基层教学组织是贯彻执行学校的课程与教学任务、教学管理和教学改革的最基本单位，也是贯彻执行学校任务和教育目标的最基本细胞，直接影响大学教学质量。长期以来我国大学的基层教学组织主要以按课程或专业方向设置的教研室形式存在。教研室承担着学校主要的教学任务（包括培养计划、教学计划的制订和修订，具体课程的设置和教学内容的安排，任课教师的管理等），保证了学校教学工作顺利有序开展；教研室定期开展教学研究活动，如组织教师学习教育教学理论、讨论和编写教学计划、集体备课、组织青年教师观摩教学、对试题和考试结果进行研究和分析、总结和交流教学经验、组织学术交流等，对提高教学效果和保证教学质量发挥了积极作用。

随着我国高校扩大招生规模和专业结构的调整，人才培养模式的多样化及教学改革的逐步深化，传统的基层教学组织面临着严峻的挑战，最主要原因是不利于培养复合型的教师。现代科学技术的发展越来越呈现出综合化的趋势，学科之间相互交叉、相互渗透日益加强，经济和社会的发展也越来越需要掌握较广泛的基础知识和具有多种专业能力的复合型人才，相应地对教师的素质也提出更高的要求，而传统的教研室，缺少学科综合的学术环境，不利于教师扩展思维和进行学术交流，也不利于人才培养。

随着教学改革的不断深入，学科调整已经不再局限于原有学科的自我完善，更不再是一门课程的消失和一门新课程的诞生，而是几门相关课程和学科的重新组合，这既包括教学内容的更新，也包括教学内容的整体优化，传统的教研室已经无法承担这样的重任，不利于课程和学科的发展，也不利于新兴交叉学科的形成，最终使学科僵化和落后，缺乏创新潜力。

为适应当前教育改革的发展，应对基层教学组织进行改革，改革的目标应有利于教师提高自身教学学术水平，鼓励教师不再将自己的教学活动仅仅局限在自己所在的基层教学单位及所在的院系，从政策上鼓励和支持教师在学术上进行跨系、跨校的交流与合作，推动学术创新与学术交流。基层教学组织设置的原则应有利于提高人才的培养质量，有利于调动教师参与教学研究的积极性与合作性，有利于教师进行跨学科的教学和研究工作。基于这样的原则，应打破按一门课程设置的教研室的束缚，按学科基础成立课程群教研室，全面负责该学科的学科建设、课程建设、教学和科研工作，课程群的负责人既是学科带头人，也是教学负责人，统一规划和领导教学、科研、学科建设、课程建设和实验室建设，对人力资源、物质资源和资金进行合理配置，形成教学科研的一体化。这种以学科为基础，以课程群为中心，教学科研相结合的基层教学组织有利于整合和优化教学内容，增大教学信息量，对提高教师素质将起到积极的促进作用。

八 加强大学教师队伍建设

加强教师队伍建设，一是要考虑教师队伍的资源配置问题，大学在考虑教师资源配置时比较注重教师队伍的职称结构、学历结构、年龄结构、梯队结构等，但教师工作的关键因素——教师课程能力却被忽视。配备教师时，除应考虑教师结构的合理性，还应考虑教师课程能力组合与课程运作保持协调。二是要加强教师培养，传统教师培养与教师继续教育往往多侧重于学科理论的深化和拓展及学历层次的提高，从大学的基本职能来看，这是必要但不充分的。因此在教师培养和继续教育中还应注重培养和提高教师的课程能力和教学学术水平。

教师课程能力与教学学术水平的提高必须要依靠诸多的制度、措施和激励机制等外部条件做保障，但最终起决定作用的是教师自身内因的作用。

九 教师自我完善是提高自身课程能力和教学学术水平的关键

培养高素质的人才是时代发展的需要，大学教师的课程能力与教学学术水平是人才培养的第一要素，因而教师的自我完善是社会发展的客观要求。

（一）转变教育观念

目前课程研究者提出了一个新的课程理念：教师是最关键的课程资源，即教师的能力和水平决定着课程编制的质量，决定着课程实施的效果，决定着课程发挥作用的程度，而教师的教育观念是决定教师的能力与水平发挥的决定因素。

教师的教育观念，指教师在教育实践中形成的关于教育现象和教育问题的主体性认识。由于教育现象和教育问题的复杂性和多变性，所以教育观念的内涵非常丰富，一般包括教师的教学效能感、学生观、教育价值观、教育活动观等内容。教师的任何教育行为都不可能离开教育观念，不管我们是否意识到，它都存在并渗透在教师的教学行为中。为了适应教育改革和课程改革，教师应不断地转变自己的教育观念。课程内容和教学方法改革的最大阻力就是教师教育观念的转变。多年的习惯，使许多教师习惯于传统的教学内容和教学方法。

1. 课程研究意识

在计划经济时代，人才培养仅仅是按照教育主管部门已经编排好的教学大纲和教学计划进行的教学工作。改革开放后大学办学自主权逐渐增加，可以根据科技进步以及社会、学校、学生的发展需要，自主制订和调整人才培养目标、自主选择课程内容和组织课程。因此教师必须转变教育观念，从单纯的执行上级的指令性、文件性的教学计划，转变到认真从社会发展对人才需求的变化来思考课程运作的全过程和各个环节。这就需要教师既要研究学科理论，也要研究学科和教育的发展趋势、研究学生的心理和自己的教学行为，这样才能适应教育改革和课程改革的需要。

2. 合作意识

大学教师工作的特点是单兵作战，教师之间缺乏合作。随着学科综合化的不断深入，大学课程体系综合化的趋势越来越明显，综合化课程的数量不断增加，因此需要教师强化合作意识，积极地与同行进行交流与合作，为提高教学质量不断努力。

3. 平等意识

传统教育中，教师作为教学内容的制定者、教学过程的控制者、教学行为的组织者、学生成绩的评定者，在教学中具有绝对权威，教育改革就是要打破这种不平等的师生关系，强调教师是学生学习的引导者和促进者，强调教学中教师与学生的积极互动，共同发展。因此教师要强化平等意识，尊重每一个学生，尊重每一个学生的差异，与他们平等地对话，这样才能创造良好的学习氛围。

4. 教学效益意识

教师普遍担心学生学不完、学不会，一贯采用满堂灌的教学方法，认为教师讲到了、讲全了，学生就可以学会了，没有考虑教学效益。教师应该培养学生学会学习的能力，培养和提高学生的创新能力，要改变传授完整知识的教学方法，在有限教学时间内，给学生留有一定的思维空间，让学生自己思考，并有意设置一些学习的障碍，让学生自己去跨越。将学生的被动学习变为主动学习，以利于提高学生的学习效果。

（二）加强教育理论学习

教师学习教育理论，应结合具体的教育教学工作，有选择地学习教育教学理论。它包括两种形式：

1. 已学理论的再学习

随着教师资格制度的出现与完善，大学教师或多或少地学习了一些教育理论。这种理论学习在很大程度上是教育概念与教育理论的初步理解和机械记忆，抽象性比较强，与具体教育实践联系较少，难以在教育实践中产生迁移。为了运用教育理论更好地指导自己的教学实践，教师有必要对教育理论进行再次学习。

2. 新理论的学习

教育理论和其他理论一样总是在不断地发展，不断地产生新的理论，并日益凸显出新的指导作用，这在客观上就要求教师要与时俱进，不断地学习新的理论，加强理论修养，以获得新的教育策略和教育手段，形成新的教育理念。

教师进行理论学习的目的是将公共性的教育理论和教育知识

转化为教师的个人性知识，从而提高自身素质，因此教师学习教育理论的终极价值，是将教育理论与教育知识内化为教师个人知识，并要外化为个人的教学行为和教学能力。将公共性的教育理论知识转化为个人知识具有重要意义，因为只有将共同性教育理论的个人化，教师才能快速地吸收人类已经物化的教育理论和教育知识，也为教师进一步建构个人知识奠定了基础；只有将共同性的教育理论转化为教师的个人性知识，教育理论才能转化为直接影响教育实践的力量。

教师通过教育理论和教育知识的学习，可以使自身树立起正确的、具有普遍意义的教育观念。科学的教育观念具有进步性、价值性、方向性的特点，因此可以引导教师对现实的、历史的教育活动进行全面的分析，能够作出理智的判断和选择，可以在思维中真实地反映出教育的本质和规律，能够在多元的教育理论状态下对教育理论作出选择，并有效地运用到教育教学实践中解决实际问题，从而提高自身素质。

通过教育理论与教育知识的学习，教师可以形成自己独特的教育信念。教师独特的教育信念形成之后具有稳定性，并可从整体上影响教育目标、教学对象、信息和环境等。形成独特的教育信念之后，教师在复杂的教育教学情境中，能够审慎思考，不会轻易地、简单地处理教育教学问题。

（三）提高自身的创新能力

创新能力是人类在进行创造性活动中所表现的能力。创新能力是人类普遍存在的自然属性，后天的教育与开发可使创新能力不断提高。要使人的创新能力得以开发，最基本的要求是要具有一定量的知识，因为知识是人类形成各种能力的基础，创新能力是知识内化与运用创造性思维进行创造性实践的结果。知识与创新能力之间并非简单的线性关系，而是阶梯型的非线性关系。创新必须以一定的知识作为基础平台，由于知识量增加和知识结构的改善，人类的创新能力随之提高。但也会出现相反的情况，由于知识量的增加，头脑中的“条条框框”增加，甚至会形成一些“思维禁区”，从而束缚了其创新能力的发挥。大学教师的创新能力表现为善思、有识、兴趣广泛、敏锐的思维、敢于质疑、具有批判精神，对新的科研成果和教学成果有敏锐的感知力和勇于实践的热情，敢于突破现有的教学常规，创造性地实现教育教学目标。教师的创新能力是实施学术性教学的前提，也是提高自身教学学术水平的前提，还是培养学生的创新精神与创新能力的前提，因此大学教师要不断地提高自身的创新能力。教师要不断地学习和吸取新的学科知识和教育教学理论，不断地改善自身的知识结构，这是提高教师创新能力的基本要求；教师在教学中要针对学生和学科知识的特点创造性地进行教学，不墨守成规，要善于应用创造性思维，使自己的教学从“经验型”、“辛苦型”向“学术型”、“创造型”转变。

（四）积极参与教育科学研究，促进教学与科研的结合

要提高自身的课程能力与教学学术水平，在教学实践中教师要善于发现问题、提出问题，并采用一定的方法对问题进行研究，从中发现规律性的东西，以改进自己的教学工作，同时还要善于总结自己的经验，不断地创新，使自身的课程能力与教学学术水平不断地提高。

第一，教师要认真钻研业务，潜心研究学科前沿知识，及时获得学科前沿的动态信息，使自己的学科理论知识得到不断的提高与升华，这是教师提高自身教学学术水平的基础；

第二，教师要不断地更新教学内容，随时将本学科及相关学科的前沿知识和最新研究成果补充到教学中，使学生经常接触到科学发展的脉搏，培养学生对科学探索的兴趣；

第三，教师要对学生进行研究方法的训练，在教学中教师要根据培养目标有计划地对学生进行这方面的训练，有助于使他们早日进入科研领域，并可培养他们的创新精神和创新能力。

（五）提高教师反思教学的能力

反思教学的能力是教师教学学术水平的核心，如何提高教师反思教学的能力是世界教师研究领域中日益受到重视的课题，也是当前教师培训工作的关键问题。要提高教师的反思教学能力，首先要使教师明确反思的内容。

1. 反思教学计划的设计

包括教学目标是否符合人才培养目标、是否结合学生的发展水平、经验和需要来确定；目标是否具体、明确和可行；教学内容的选择是否有助于促进学生各方面能力的和谐发展、是否有助于学生创新能力的培养；是否围绕教学目标和教学内容来准备必要的教学设备；每一教学环节的设计是否科学、合理；教学环节的目标是否明确，每一教学环节是否有效实施。

2. 反思教学计划的实施过程

如反思教学活动的组织形式是否因时、因地、因内容、因材料而科学、灵活地选用；组织教学内容时是否考虑到学生的学习特点和基础，是否注意本学科与其他学科的有机联系和相互渗透；是否注意激发学生的学习兴趣；是否注意因材施教；学生发生变化时教师是否能够及时调整自己的教学计划；是否根据教学活动的变化而及时地调整自己的角色，从而成为学生学习的支持者或合作者。

3. 反思教学方案的实施效果

包括教师反思之后学生的发展状况；学生的发展状况与活动目标的符合程度；反思教学活动出现哪些非预期效果与产生原因；教师通过课程实施获得了哪些提高，等等。

以经验性学习理论为基础，教学反思可以分为四个环节，即具体检验—观察分析—抽象的概括—积极的验证。

具体检验阶段：教师在教学实践中意识到自身教学行为存在不足，并明确产生的情境与原因。一旦教师意识到自身的教学存在问题，就会感到一种不适，并试图要改变这种情况，于是进入了反思环节。能够意识到自身教学中存在着不足，既可以使自己具有学习和前进的目标，也会对自己的自信心构成威胁。让教师意识到自身不足并不是很容易的事情，尤其是青年教师，因此老教师和同事作为其反思的促进者，应创设轻松、信任、合作的气氛，帮助教师及时发现自己在教学中存在的问题。

观察与分析阶段：在意识到自身教学行为存在着不足之后，教师会开始广泛地收集并分析有关的经验，尤其是与自身有关的经验，以批判的眼光反观自己的行为、信念、价值观、目的、态度和情感等。获得这方面的信息有多种的方法，如自述与回忆、别人的观察及录音、录像、档案等。获得相关的信息后，教师对它们进行分析，分析自己产生教学行为的思想是什么，与自己所倡导的理论是否一致，自身教学行为与预期结果是否一致，从而使教师寻找到产生问题的根源。这个任务可由教师自己来完成，但合作的方式更有利于教师的自我完善。

重新概括阶段：在观察分析的基础上教师反思旧思想，并积极寻找新思想与新策略来解决所面临的问题。由于是针对自身在教学活动中的特定问题，因此教师寻找新知识具有方向性，属于聚焦式和自我定向，这就不同于传统教师培训中的知识传授，对提高教师教学学术水平具有一定的帮助。但这一阶段教师耗费的时间与其能力成正比，有时耗用的时间要高于参加教师培训的时间，这是理论研究亟须解决的问题。

积极的验证阶段：经过前面三个环节之后，教师要对自己所形成的新观点进行行动和假设，以检验其正确性，这既可能是实际尝试，也可能是角色扮演。在检验的过程中，教师会遇到新的具体的检验，从而回到第一阶段，开始新的螺旋上升式的循环。

为了提高自己的教学学术水平，教师应采用科学的方法对自身教学行为不断地进行反思。教师进行反思的方法主要有四种：

反思日记：一天的教学工作结束后，教师写下自己的教学经历，并可与其他教师共同分析。

详细描述：教师相互观摩彼此的教学，详细地描述教学者的教学实践过程，教师们对此进行讨论和分析。

实际讨论：来自不同学校的教师聚集在一起，首先提出课堂中发生的问题，然后共同讨论解决的方法，最后得到的方案可为所有教师共享。

行动研究：行动研究是教师（研究者）为解决自身在教学实践（行动）中存在的问题而进行的研究，强调研究者对自身的教学实践所进行的批判性思考。行动研究所关注的不是各学科分支中的“纯理论研究者所认定的理论”问题，而是教师们在教学实践中遇到的亟待解决的问题，以诊治具体教学情境中存在的问题为主要内容，以改进教学实践中的问题为根本目的。

十　提高系主任在课程领域中的能力与水平

系主任作为领导本系课程运作的管理者和领导者，其能力高低决定着本系课程运作的质量。

一　教育行政部门和学校应为系主任领导和管理课程运作提供必要的客观条件

（一）应为系主任提供咨询服务

理论研究者在研究课程改革和课程运作时，纷纷强调教师必须要充实学科知识和教育理论，要积极调整职业角色；在实际工作中，国家、学校和系都为教师准备了相应的培训，虽然存在很多需要完善的地方，但毕竟考虑到了教师发展的实际需要。但对系主任的相关培训却是寥寥无几，这样的事实无疑肯定了系主任不学而能，或者是先天而能。其实系主任和普通教师一样无法依赖旧的知识与理论来适应教育改革和课程改革。如果系主任长期得不到应有的关注，就会形成无人相助却要承担较大责任的特殊群体。因此国家、教育行政部门和学校应为系主任的发展提供他们所需要的咨询服务，帮助他们发展，使他们可以扮演好课程运作和课程改革中的领导和管理角色。

（二）应加强系主任的培训

随着高等教育改革和课程改革的不断深入，传统的“学术性行政管理”方式已经不适应大学的管理工作，尤其不适应课程运作管理的发展要求，取而代之的是科学化管理，因此系主任应有意识、有计划地不断提高自己的能力，以适应课程建设的不断发展，主要解决办法就是加强系主任培训。

为了使培训工作真正有效，准确地了解不同学科系主任的工作特点和要求至关重要，为此培训内容和培训方式应适应系主任的工作要求和工作特点。

1. 系主任培训的方式应坚持短、精、有效的原则

由于系主任的工作量大、任务重，长期的脱产学习对他们的工作影响很大，短小精悍的培训可以灵活掌握，容易组织，而且应精选培训内容，使培训内容具有针对性，系主任可以根据工作需要和自身的不足有选择地参加。

2. 系主任的培训内容应注重实践性

培训内容不仅要为系主任提供新知识、新观念和新思想，更应为系主任提供交流经验和相互学习、解决疑难的机会；应采用

模拟训练的方法，揭示系主任在课程运作中的工作实质，分析实际工作中存在的问题和困难，探讨解决问题的最佳途径。

3. 系主任的培训应与系主任的任期阶段相适应

系主任任职的不同阶段具有不同的工作特点、能力要求，需要不同的知识结构和管理经验，因而培训形式和培训内容应有所不同。

新上任系主任的培训，可以采用短期培训（一至两天）形式，对系主任承担课程运作工作的本质和特点、系主任的权利、义务和职责予以介绍，以帮助他们尽快进入角色；

对上任已久的系主任，有必要对他们提供有关课程运作的深层次理论，如课程编制、课程管理、课程实施、课程评价等内容，使他们具备更多管理课程运作的理论知识，不断提高自己的能力；

二 系主任的自我完善与提高

与教师提高自身素质一样，提高系主任领导与管理课程的能力，最关键的因素还在于其自身的完善与努力。

（一）系主任应转变教育观念

观念是隐藏在人们头脑中的、对某种事物的基本假定和信仰，对人们的行动产生着最直接、最根本的推动作用。因此，观念更新往往是教育改革的关键因素，是首先需要考虑的环节。

1. 课程观

传统教育观念认为，课程是由国家教育行政部门预先设计，学校和教师在教育行政部门的领导下，进行统一的课程实施，学校和教师对课程内容进行改革的权利很小，甚至不具有这种权利，此时的课程是静态的、稳定的、封闭的；现代教育观念认为，课程是在课程领导者和课程管理者的引导下，教师与学生之间的积极互动，是在课程实施过程中教师根据实际情况对原有课程计划和课程内容进行不断修正的过程，因此课程是动态的、发展的和开放的。

2. 组织观

传统教育管理模式中，系为学校最低的管理组织，在学校领导下，通过对教师的教学活动和科研活动、学生的学习活动进行监控，来实现教育主管部门统一管理的理念。大学的系既不同于学校的行政部门，也不同于公司的营业性组织，是一个学习共同体，是一种学习型组织。学习共同体具有共同的行为规范和处事方法，师生在拥有共同价值观的环境中共同学习和工作，因此系主任应努力建构和谐的学习共同体。教师和学生都是课程运作的主体，这种民主和谐的学习共同体将有助于提高教师参与课程运作的积极性，有助于教师和学生的成长与进步，进而提高本系课程运作的质量。

3. 教师观

传统课程理念和课程实践中，教师作为既定课程的忠实实施者，既没有权利，也没有能力参与课程运作与课程改革。这种理念既不利于学校、系的发展，也不利于教师自身的发展，因此系主任应相信教师是文化的创造者，他们的创造力是课程运作不可缺少的动力，他们的智慧是课程体系的重要组成部分和构成要素，系主任应为教师参与课程运作和课程改革给予支持和帮助。

（二）系主任应在教育实践中提高自身能力

观念的更新固然重要，但它对事物发展只发挥潜在的推动作用，只有落实到具体实践中才能发挥其应有作用，因此系主任提高自身能力的关键还应是在教育实践中不断地探索和行动。

系主任应不断地充实领导和管理课程所需要的专业知识，不断地强化课程领导和课程管理的职业技能。系主任要管理和领导好本系的课程运作，首先必须在一定学科领域中具有很深造诣，这是系主任完成课程领导与课程管理的前提与基础，同时也必须具备一定的与课程相关的专业知识。这些知识无论是在教师培养中，还是在系主任培训中都未得到应有的重视，但是作为本系的课程领导与管理的“掌门人”，系主任无论行政工作与科研工作多么繁忙，仍应规划好时间，发扬主动求知的精神，学习并掌握与课程运作、课程领导相关的理论知识。

1. 规划本系的发展规划

由于历史和传统的原因，我国大学的课程在很长时期内都是由国家制定相关的课程目标，组织学科专家编制部分课程，统一性是其最大的特征。目前我国大学的课程权利逐渐下放，学校在教育行政部门的指导下，有权利组织本校人员进行课程决策、课程规划和课程编制等工作，课程运作和课程改革体现了统一性、灵活性和多样性的有机整合。因此系主任应根据学校的办学理念、办学特色和本系实际情况，引导教师积极参与课程运作，为本系、本校的课程建设献计献策，共同规划本系的发展远景，这可增加教师的合作与交流能力，也可增加本系的凝聚力。

2. 环境的创设

由于大学教师工作方式的自由度较大，大学教师之间、系领导与教师之间很少有真正意义上的对话，信息的流通性相对较弱，这间接造成了课程管理的封闭和僵化。系主任应努力创造民主开放的组织气氛，努力挖掘教师的智慧和发挥教师的作用。

国外学者研究表明，教育行政领导应创造自我实现的氛围，这种氛围足以刺激成员或组织将能力发挥到正当的方向，有效地达到组织及成员的目的。因此，系主任应创设民主的、开放的人际环境，创设各种条件和气氛引导教师与教师之间、教师与系领导之间的沟通、交流与合作，促进信息的有效交流，保证管理体系的灵活性、开放性和流通性，使课程运作在主体参与下获得发展动力，有效地提高本系课程运作的质量，从而有效地提高本校的办学质量。

3. 提高教师素质的能力

传统的教育管理理论认为，信息和智慧大都集中在高级管理层面，管理工作与教师无关，对于课程运作中出现的问题管理者解决之后就可以了，这属于科层制式的领导类型。为了提高课程运作的质量，系主任应从科层领导者转化为转变型领导者，[①] 通过领导者与被领导者的共同努力，提高双方的工作质量和职业能力。因此系主任应为提高教师素质而努力创造各种条件和机会，鼓励教师参加校内外的学术会议与学术交流，组织本系的资深教师指导新教师，采用“系本研讨式培训”（校本培训的扩展）的方式有针对性地提高教师的学科知识与职业技能，为课程运作和课程改革提供保证。

4. 创造新的系文化

“所有的人类实践都是文化性实践，都是在一定的文化背景中进行的。”[②] 课程运作与课程管理也不例外，要进行课程改革，就必须更新本系文化，“那些试图把新的课程发展机制潜入到旧有的‘学校文化’中去的做法，是很难取得预期效果的”。[③] 因此系主任应努力创造新的系文化，强调创新，注重合作与交流，

---

① 罗伯特·G. 欧文斯著，窦卫霖等译：《教育组织行为学》，华东师范大学出版社 2001 年版，第 320 页。科层领导指在教育管理中领导者自行独立解决实际问题，既不能在经验中吸取教训，也不能发挥被领导者的潜在动力；转变型领导注重发挥被领导者的潜在动力，满足其高层次的寻求，完全吸引他们参与教育管理，其结果使双方相互促进、相互提高。

② 石中英：《知识转型与教育改革》，教育科学出版社 2001 年版，第 7 页。

③ 靳玉乐：《校本课程实施：经验、问题与对策》，《教育研究》2001 年第 9 期。

教师应积极主动参与课程运作，在参与过程中自主自律。在这种系文化的背景下，本系的课程运作才能顺利实施，并可为提高教师的课程能力和提高本系、本校的课程运作能力提供经验和发展动力。

结　语

在大学的发展过程中，教师是课程领域和教学领域中最关键的因素。本书从课程与教学视角中的大学教师入手，意在再次证明，教师是大学生存的关键因素，教师素质对大学的发展起到不可估量的作用。

无论何种形式的课程改革和教学改革，作为课程领域和教学领域中的组织者和实施者，大学教师都始终处于改革的前沿，扮演着决定改革成败的关键性角色。使用适当的方法使教师全方位地理解课程改革和教学改革的意义和作用，是课程改革和教学改革必须首先重视的一个基础性工作，也是提高教师素质的前提。通过对大学教师课程能力与教学学术水平的调查得知，我国大学教师在此方面还存在着一定不足，因此国家、社会、学校与教师应共同努力，采用多种方法使教师在思想观念、教育理论素养、职业技能等方面具备相应的能力，使教师整体素质有显著的提高，这也是提高我国大学本科教学质量之关键。

本书运用理论与实践相结合的研究方法，从课程与教学的视角对大学教师的课程能力与教学学术水平进行探索，但是由于各方面条件的限制，有些问题在本书中并没有得到充分地研究。

1. 影响教师课程能力的环境因素有待探索。虽然本书论述了影响教师课程能力的内容因素，但因篇幅限制，并未对影响教师课程能力的环境因素进行探索，而这方面的研究有助于大学教师课程能力的理论研究的进一步发展。

2. 大学教师教学学术水平的理论研究有待本土化。大学教师教学学术水平的理论研究在我国刚刚起步，研究者也为数不多，研究角度与内容多围绕着美国学者欧内斯特·波伊尔（Ernest Boyer）提出“教学学术水平”的概念做演绎式的研究（本书相关部分也采用了这样的研究思路），这为我国相关的理论研究做了前期准备。但波伊尔的研究对象是美国高等教育的实际情况，中美高等教育存在着较大差异，因此应尽快使大学教师教学学术水平的理论研究本土化，为我国高等教育发展服务。

3. 目前我国大学教师的课程能力与教学学术水平有待提高，应建立行之有效的大学教师培训体系，这是提高教师的课程能力与教学学术水平的一个重要的条件。但我国大学教师培训体系并没有为教育实践提供应有的帮助和支持，培训质量有待提高，因此建立可为教育实践提供更多理论指导和实践支持的大学教师培训制度，是一个非常有价值的研究课题。

4. 不同院校、不同学科教师教学学术水平的要求与特点有待探索。不同院校的办学定位、人才的培养目标、学生素质都存在着差异，以统一的教学模式来培养具有差异性的学生，有悖因材施教的教育原则，也不利于体现不同院校的办学特色。由于多学科知识的欠缺，本书对此未能进行深入的探索，这是笔者的一大遗憾。

5. 科学理论来于自实践，更需要科学研究方法的支持与帮助。从教育科学发展的历史来看，采用不同的科学研究方法（尤其是具有方法论意义的研究方法），会产生不同的教育理论和不同的教育实践效果，因此大学教师课程能力与教学学术水平的研究方法也是有待教育理论继续研究的一个有价值的课题。

参考文献

著作类

[1] 毕恩才、王克强：《课程问题论》，沈阳：辽宁教育出版社1992年版。

[2] 闵卓：《面向21世纪的高校知识分子工作》，南京：东南大学出版社1998年版。

[3] 王生钛：《理解与教育——走向哲学解释学的教育哲学导论》，北京：教育科学出版社1997年版。

[4] 郝德永：《课程研制方法论》，北京：教育科学出版社2000年版。

[5] 王伟廉：《课程研究领域的探索》，成都：四川教育出版社1998年版。

[6] 廖哲勋、田慧生：《课程新论》，北京：教育科学出版社2003年版。

[7] 熊明安：《中国高等教育史》，重庆：重庆出版社1988年版。

[8] 王策三：《教学论稿》，北京：人民教育出版社1985年版。

[9] 李秉德：《教学论》，北京：人民教育出版社1991

年版。

[10] 中国大百科编辑委员会:《中国大百科全书·教育》,北京:中国大百科全书出版社1985年版。

[11] 陈侠:《课程论》,北京:人民教育出版社1990年版。

[12] [加] N. 戈培尔、[英] J. 波特著,万喜生译:《教师的角色转换》,长沙:湖南教育出版社1991年版。

[13] 臧乐源:《教师学》,天津:天津人民出版社1987年版。

[14] 张圻福:《大学课程论》,南京:江苏教育出版社1992年版。

[15] 王伟廉:《高等教育学》,福州:福建教育出版社2001年版。

[16] 单丁:《课程流派的研究》,济南:山东教育出版社1988年版。

[17] 教育部国际合作与交流司编:《国外教育调研报告》,北京:首都师范大学出版社2001年版。

[18] 李彦奎:《高等学校教师论》,天津:天津人民教育出版社1989年版。

[19] 熊川武:《反思性教学》,上海:华东师范大学出版社1999年版。

[20] [捷] 夸美纽斯著,傅任敢译:《大教学论》,北京:教育科学出版社1999年版。

[21] 吴刚:《知识演化与社会控制——中国教育知识史的比较社会学分析》,北京:教育科学出版社2002年版。

[22] 王致和:《高等学校教育评估》,北京:北京师范大学出版社1995年版。

[23] 黄刚主编:《高等学校教学质量管理系统》,桂林:广

西师范大学出版社 1996 年版。

［24］钱伯毅主编：《大学教学论》，合肥：中国科学技术大学出版社 1991 年版。

［25］于美才：《大学教学论》，上海：上海社会科学院出版社 1989 年版。

［26］教育部人事司组编：《高等教育心理学》，北京：高等教育出版社 1998 年版。

［27］于美方：《大学教学方法》，南京：东南大学出版社 1994 年版。

［28］卢曲元：《高等学校教学原理与方法》，长沙：湖南教育出版社 1990 年版。

［29］李其龙：《德国教学论流派》，西安：陕西人民教育出版社 1993 年版。

［30］杨春鼎主编：《教育方法论》，北京：人民教育出版社 2000 年版。

［31］［日］佐藤正夫著，钟启泉译：《教学论原理》，北京：教育人民出版社 1996 年版。

［32］李定仁、徐继存主编：《教学论研究二十年》，北京：教育人民出版社 2001 年版。

［33］［日］佐藤正夫著，钟启泉译：《教学原理》，北京：教育科学出版社 2001 年版。

［34］廖哲勋、田慧生主编：《课程新论》，北京：教育科学出版社 2003 年版。

［35］刘花元、刘智运、娄延常：《大学教学管理引论》，武昌：武汉大学出版社 1989 年版。

［36］国际复兴银行、世界银行：《中国高等教育改革》，北京：中国财政经济出版社 1998 年版。

[37] 吴杰:《教学论》，长春：吉林教育出版社 1986 年版。

[38] 陶爱珠主编:《世界一流大学研究》，上海：上海交通大学出版社 1993 年版。

[39] 刘述礼、黄延复:《梅贻琦教育论著选》，北京：人民教育出版社 1993 年版。

[40] 教育部中外大学校长论坛小组:《中外大学校长论坛文集》，北京：北京高等教育出版社 2002 年版。

[41] 潘懋元主编:《高等教育学》，北京：人民教育出版社，福州：福建教育出版社 1984 年版。

[42] 王温风:《高校师资管理与培训》，北京：北京广播学院出版社 1999 年版。

[43] 拉尔夫·泰勒著，施良方译:《课程教学的基本原理》，北京：人民教育出版社 1994 年版。

[44] 上海市教师学研究会编:《现代教师学概论》，上海：上海教育出版社 1999 年版。

[45] 约翰·洛克著，傅任敢译:《教育漫话》，北京：人民教育出版社 1985 年版。

[46] 丹庄斯、劳顿等著，张渭城、环惜吾、黄明皖等译:《课程研究的理论与实践》，北京：人民教育出版社 1985 年版。

[47] 杨德广:《高等教育学概论》，上海：华东师范大学出版社 2002 年版。

[48] 潘懋元主编:《多学科观点的高等教育研究》，上海：上海教育出版社 2001 年版。

[49] 王廷芳主编:《美国高等教育史》，福州：福建教育出版社 1995 年版。

[50] 黄福涛主编:《外国高等教育史》，上海：上海教育出版社 2003 年版。

[51] 卡尔·波普尔著，舒炜光、卓如飞、周柏乔、曾聪明等译：《客观知识——一个进化论的研究》，上海：上海译文出版社 2001 年版。

[52] 袁相碗主编：《目标 模式 机制——高校师资管理优化问题探析》，南京：南京大学出版社 1990 年版。

[53] 林钟敏主编：《思维能力与教学》，厦门：厦门大学出版社 1993 年版。

[54] 黄福涛：《欧洲高等教育近代化——法、英、德近代高等教育制度的形成》，厦门：厦门大学出版社 1998 年版。

[55] 施良方：《课程理论——课程的基础、原理与问题》，北京：教育科学出版社 1996 年版。

[56] 唐德海：《大学课程管理的理论与方法研究》，北京：中国科学技术出版社 2002 年版。

[57] 张诗亚、王伟廉：《教育科学学初探——教育科学的反思》，成都：四川教育出版社 1990 年版。

[58] [美] 德里克·博克著，徐小洲、陈军译：《走出象牙塔——现代大学的社会责任》，杭州：浙江教育出版社 2001 年版。

[59] 章贻俊主编：《高等教育改革与教学理论研究》，武汉：湖北教育出版社 1989 年版。

[60] [美] 伯顿·克拉克著，王承绪、徐辉、殷企平、蒋恒译：《高等教育系统——学术组织的跨国研究》，杭州：杭州大学出版社 1994 年版。

[61] 马凤岐：《教育：在自由与限制之间》，北京：中国工人出版社 2001 年版。

[62] [西班牙] 奥尔特加·加塞特著，徐小洲、陈军译：《大学的使命》，杭州：浙江教育出版社 2001 年版。

[63] 裴娣娜：《教育研究方法导论》，合肥：安徽教育出版社 1995 年版。

[64] 厦门大学高等教育科学研究所编：《两岸大学教育学术研讨会论文集》，厦门：厦门大学出版社 1998 年版。

[65] [美] 伯顿·克拉克著，王承绪、徐辉等译：《高等教育新论——多学科的研究》，杭州：浙江教育出版社 1988 年版。

[66] [美] 约翰·S. 布鲁贝克著，王承绪、张维平等译：《高等教育哲学》，杭州：浙江教育出版社 1987 年版。

[67] 范捷平：《德国教育思想概论》，上海：上海译文出版社 2003 年版。

[68] 教育部高等教育司组编：《教学质量：高等学校的生命线》，合肥：安徽人民出版社 2002 年版。

[69] 杜作润，高烽煜：《大学论》，成都：四川教育出版社 2003 年版。

[70] 曹延亭：《教育统计学基础》，沈阳：辽宁人民出版社 1984 版。

[71] 王致和主编：《高等学校教育评估》，北京：北京师范大学出版社 1995 年版。

[72] 吴永军：《课程社会学》，南京：南京师范大学出版社 1999 年版。

[73] 王天一、夏之莲、朱美育：《外国教育史》，北京：北京师范大学出版社 1993 年版。

[74] 吕达：《课程史论》，北京：人民教育出版社 1999 年版。

[75] [美] 伯顿·克拉克主编，王承绪译：《研究生教育的科学研究基础》，杭州：浙江教育出版社 2001 年版。

[76] 郝德永：《课程研制方法论》，北京：教育科学出版社

2000 年版。

[77] 丛立新：《课程论问题》，北京：教育科学出版社 2000 年版。

[78] 麦克洛斯基等著，许宝强等编译：《社会科学的措辞》，北京：生活·读书·新知三联书店 2000 年版。

[79] 华勒斯坦等著，刘健芝等编译：《科学·知识·权力》，北京：生活·读书·新知三联书店 2000 年版。

[80] 杨汉清、韩骅：《比较高等教育概论》，北京：人民教育出版社 1997 年版。

[81] 国立台湾师范大学教育研究所编：《高等教育》，台北：伟文图书出版社有限公司。

[82] 周浩波：《教育哲学》，北京：人民教育出版社 2000 年版。

[83] 吴文侃主编：《比较教学论》，北京：人民教育出版社 1999 年版。

[84] [美] 亚伯拉罕·弗克斯纳著，徐辉、陈晓菲译：《现代大学论——美英德大学研究》，杭州：浙江教育出版社 2001 年版。

[85] 申荷永、高岚：《理解心理学》，广州：暨南大学出版社 2001 年版。

[86] 陈伯璋：《潜在课程研究》，台北：五南图书出版有限公司 1997 年版。

[87] 张宝泉：《美苏英德法高等学校管理比较》，长春：东北师范大学出版社 1998 年版。

[88] [英] 托尼·布什著，强海燕、杜瑞清译：《当代西方教育管理模式》，南京：南京师范大学出版社 1998 年版。

[89] 陈侠：《课程论》，北京：人民教育出版社 1989 年版。

[90] 陈玉琨:《教育评价学》, 北京: 人民教育出版社 1999 年版。

[91] 潘懋元:《高等教育学讲座》, 北京: 人民教育出版社 1993 年版。

[92] 王伟廉:《课程研究领域的探索》, 成都: 四川教育出版社 1988 年版。

[93] 潘懋元、王伟廉编:《课程学校文理基础学科课程与教学改革研究》, 厦门: 厦门大学出版社 1996 年版。

[94] 刘剑虹:《大学的主体力量》, 西安: 陕西师范大学出版社 1999 年版。

[95] 潘懋元主编:《新编高等教育学》, 北京: 北京师范大学出版社 1996 年版。

[96] 李希主编:《高等学校教学论》, 兰州: 兰州大学出版社 1991 年版。

[97] 潘懋元主编:《高等学校教学原理与方法》, 北京: 人民教育出版社 1995 年版。

[98] 王伟廉, 邬大光等著:《高等学校教学改革的理论研究》, 昆明: 云南教育出版社。

[99] 陈列、陆有德、袁君毅:《大学教学概论》, 杭州: 浙江大学出版社 1987 年版。

[100] 王伟廉主编:《高等教育学》, 福州: 福建教育出版社 2001 年版。

[101] 眭依凡:《大学校长的教育理念与治校》, 北京: 人民教育出版社 2001 年版。

[102] 张家宜:《高等教育行政全面品质管理理论与实务》, 台北: 高等教育文化事业公司 2002 年版。

[103] 张楚廷:《课程与教学哲学》, 北京: 人民教育出版

社 2003 年版。

［104］［加］许美德著，许洁英译：《中国大学 1895—1995 一个文化冲突的世纪》，北京：教育科学出版社 2000 年版。

［105］潘懋元主编：《高等教育论文集》，厦门：厦门大学出版社 1994 年版。

［106］潘懋元主编：《高等教育学》，福州：福建教育出版社 1995 年版。

［107］田本娜：《外国教学思想史》，北京：人民教育出版社 1994 年版。

［108］潘懋元、张燮：《教育视导学》，重庆：重庆出版社 1991 年版。

［109］［荷兰］弗兰斯·F. 范富格特主编，王承绪等译：《国际高等教育政策比较研究》，杭州：浙江教育出版社 2001 年版。

［110］［美］克拉克·克尔著，王承绪等译：《高等教育不能回避历史》，杭州：浙江教育出版社 2001 年版。

［111］［美］罗伯特·M. 赫钦斯著，汪利兵译：《美国高等教育》，杭州：浙江教育出版社 2001 年版。

［112］［英］约翰·亨利·纽曼著，徐辉、顾建新、何曙荣译：《大学的理想》，杭州：浙江教育出版社 2001 年版。

［113］潘懋元主编：《中国高等教育百年》，广州：广东高等教育出版社 2003 年版。

［114］［加］大卫·杰弗·史密斯著，郭洋生译：《全球化与后现代教育学》，北京：教育科学出版社 2000 年版。

［115］［英］B. 霍尔姆斯，M. 麦克莱恩著，张文军译：《比较课程论》，北京：教育科学出版社 2001 年版。

［116］［加］马克斯·范梅南著，李树英译：《教学机智——

教育智慧的意蕴》，北京：教育科学出版社 2001 年版。

[117] [美] 威廉·F. 派纳、威廉·M. 雷诺兹：《理解课程》(上)、(下)，北京：教育科学出版社 2001 年版。

[118] [日] 佐藤学著，钟启泉译：《课程与教师》，北京：教育科学出版社 2003 年版。

[119] [美] 罗伯特·G. 欧文斯著，窦卫霖等译：《教育组织行为学》，上海：华东师范大学出版社 2001 年版。

[120] [德] 迈克尔·W. 阿普尔著，黄忠敬译：《意识形态与课程》，上海：华东师范大学出版社 2001 年版。

[121] [德] 沃尔夫冈·布列钦卡著，胡劲松译：《教育科学的基本概念——分析、批判和建议》，上海：华东师范大学出版社 2001 年版。

[122] [法] 玛丽·杜里－柏拉，阿涅斯·冯·让丹著，汪凌译：《学校社会学》，上海：华东师范大学出版社 2001 年版。

[123] [美] F. 戴维著，李彦译：《课堂管理技巧》，上海：华东师范大学出版社 2001 年版。

[124] [巴西] 保罗·弗莱雷著，顾建新等译：《被压迫者教育学》，上海：华东师范大学出版社 2001 年版。

[125] [英] 麦克·扬著，谢维和等译：《未来的课程》，上海：华东师范大学出版社 2001 年版。

[126] 斯蒂芬·J. 鲍尔·著，侯定凯译：《教育改革——批判和后结构主义的视角》，上海：华东师范大学出版社 2001 年版。

[127] [英] 菲利普·泰勒等著，王伟廉、高佩译：《课程研究导论》，春秋出版社 1989 年版。

[128] [英] 丹尼斯劳顿等著，张渭城等译：《课程研究的理论与实践》，北京：人民教育出版社 1985 年版。

[129] 江山野主编:《简明国际教育百科全书——课程卷》,北京:教育科学出版社1991年版。

[130] [美] 拉尔夫·泰勒著,施良方译:《课程与教学的基本原理》,北京:人民教育出版社1994年版。

[131] 吴杰:《教学论》,长春:吉林教育出版社1986年版。

[132] 王伟廉主编:《中国高等教育研究50年——高等学校课程与教学卷》,北京:教育科学出版社1999年版。

[133] [美] 小威廉姆·E. 多尔著,王红宇译:《后现代课程观》,北京:教育科学出版社2000年版。

[134] [英] 露丝·比尔德著,陈友松等译:《高等学校教学法》,北京:春秋出版社1989年版。

[135] [美] 威尔伯特·J. 麦基奇著,李环等译:《高等院校教学指南》,北京:职工教育出版社1989年版。

[136] [日] 大田尧著,王智新译:《教育研究的课题与方法》,北京:春秋出版社1989年版。

[137] [英] 戴维·布莱克莱吉等著,王波等译:《当代教育社会学流派——对教育的社会学解释》,北京:春秋出版社1989年版。

[138] [美] 唐纳德·肯尼迪著,阎凤桥等译:《学术责任》,北京:新华出版社2002年版。

[139] 瞿葆奎主编:《课程与教材》,北京:人民教育出版社1993年版。

[140] 国家教育发展研究中心编:《发达国家教育改革的动向和趋势》,北京:人民教育出版社2004年版。

[141] 董远骞:《中国教学论史》,北京:人民教育出版社1998年版。

［142］张华、石伟平、马庆发著：《课程流派研究》，济南：山东教育出版社2000年版。

［143］王治河主编：《全球化与后现代性》，桂林：广西师范大学出版社2003年版。

［144］赵敦华：《西方哲学简史》，北京：北京大学出版社2001年版。

［145］赵敦华：《现代西方哲学新编》，北京：北京大学出版社2001年版。

［146］孙培青主编：《中国教育史》，上海：华东师范大学出版社2000年版。

［147］荣恒山主编：《大学教师与教育》，北京：职工教育出版社1989年版。

［148］文秉模、汪应峰主编：《大学教师伦理学》，合肥：中国科学技术出版社1991年版。

［149］黄永生：《教师形象的塑造》，海口：海南出版社1993年版。

［150］王正平：《高校教师伦理学》，上海：上海交通大学出版社1991年版。

［151］孔杰：《教师的教育才能》，海口：海南出版社1993年版。

［152］赵秉钺主编：《高等学校师资管理导论》，北京：科学出版社1992年版。

［153］曾绍元主编：《中国高等学校教师队伍建设和发展》，北京：航空工业出版社1996年版。

［154］陈玉琨、沈玉顺等：《课程改革与课程评价》，北京：教育科学出版社2001年版。

［155］廖哲勋、田慧生：《课程新论》，北京：教育科学出

版社 2003 年版。

[156] 黄全、王本陆主编:《现代教学论学程》,北京:教育科学出版社 1998 年版。

论文类

[1] 王伟廉:《高校课程管理:中国高校教学改革亟待开发的研究领域》,《江苏高教》2001 年第 2 期。

[2] 姜添辉:《教师是专业或是观念简单性的忠诚执行者?文化再制理论的检证》,《教育研究集刊》第四十九辑第四期(台湾)

[3] 俞信、于倩:《大学教师的教学学术水平》,《中国高等教育》2003 年第 13—14 期。

[4] 代建军:《课程运作中的教师权利》,《教育理论与实践》2001 年第 6 期。

[5] 吕国光:《如何提高校长的课程能力》,《教学管理》2002 年第 8 期。

[6] 郭晓明:《课程管理研究引论》,《怀化师专学报》1994 年第 4 期。

[7] 傅建明:《校本课程开发:校长的职责与素质》,《教育发展研究》2002 年第 1 期。

[8] 王俭:《课程改革需有教师素质保障》,《中小学管理》1997 年第 11 期。

[9] 李定仁、段兆兵:《试论课程领导与课程发展》,《中小学学校管理》2004 年第 6 期。

[10] 周文和:《"不能"还是"不为"——对中小学教师参与课程研究的思考》,《教育科学研究》2004 年第 1 期。

[11] 沈翰:《课程实施影响因素之分析》,《株洲师范高等专科学校学报》2004 年第 1 期。

[12] 王本陆:《学校制度建设的伦理基础与基础教育课程改革》,《教育研究》2004 年第 6 期。

[13] 方忠、王志彬:《论高校教学科研双优型青年教师的培养》,《江苏高教》2004 年第 4 期。

[14] 蒋伟:《高校教师队伍素质建设现状及改革对策分析》,《高等教育研究》2004 年第 3 期。

[15] 高利明、池田辉政、鸟居朋子、沈晶晶:《高校教师课程设计能力之研究》,《北京大学教育评论》2004 年第 3 期。

[16] 沈美媛:《试论大学教学过程的特点》,《苏州大学学报》(哲学社会科学版)1996 年第 3 期。

[17] 王天敏:《范例教学理论的创造性运用——模拟法庭教学法》,《信阳师范学院学报》(哲学社会科学版)1999 年第 3 期。

[18] 刘莉莉:《大学科研与教学关系的再审视》,《辽宁教育学院学报》2000 年第 2 期。

[19] 杨凤玲:《澳门教师继续教育路向的探讨》,《教育导刊》2000 年第 1 期。

[20] 刘应君:《高校校园文化建设与创新性人才培养》,《煤炭高等教育》2001 年第 3 期。

[21] [美] R. 斯腾伯格等著,高民等译:《专家型教师的原型观》,《华东师范大学学报》1997 年第 1 期。

[22] 姚云:《比较现代教学论三大流派教学思想的启示》,《江西教育科研》1997 年第 1 期。

[23] 陈久青、高桂林:《论创建高水平大学与培育高水平大学教师素质》,《中国高校师资研究》2004 年第 1 期。

[24] 赵希文、孙颖、赵文斌:《优秀教学体系的研究与创建》,《中国大学教学》2003 年第 8 期。

[25] 朱新涛:《学科壁垒、学术堡垒与高等学校学科建设》,《江苏高教》2003 年第 2 期。

[26] 周满生:《从国际视角看世界高等教育发展趋势》,《瞭望新闻周刊》2001 年第 8 期。

[27] 石中英、尚志远:《后现代知识状况与基础教育课程改革》,《教育探索》1999 年第 2 期。

[28] 范仲远:《论高校教师培训氛围建构》,《黑龙江高教研究》2002 年第 5 期。

[29] 于洪卿:《影响教师创造性课程实施的文化分析》,《集美大学学报》2001 年第 3 期。

[30] 周艳、马勇:《教师重构课程的社会学分析》,《高等教育研究》2003 年第 1 期。

[31] 周耀威:《英国国家课程析评》,《宁波大学学报》(教育科学版) 1999 年第 5 期。

[32] 罗润生、杨云苏:《教师知识种类和结构研究综述》,《井冈山师范学院学报》(哲学社会科学) 2001 年第 4 期。

[33] 杨玉东、孙名符、冯振杰:《论教师在数学课程改革中的角色和作用》,《甘肃教育学院学报》(自然科学版) 2001 年第 1 期。

[34] 许建领:《论后现代主义对大学教学改革的影响》,《高教探索》2001 年第 2 期。

[35] 郁振华:《克服客观主义——波兰尼的个体知识论》,《自然辩证法通讯》2002 年第 1 期。

[36] 郁振华:《波兰尼的默会认识论》,《自然辩证法研究》2001 年第 8 期。

[37] 钟启泉:《“学校知识”与课程标准》,《教育研究》2000年第11期。

[38] 祝爱武:《波普尔的客观知识论与教育科学研究》,《平顶山师专学报》(社会科学版)1996年第3期。

[39] 任友君:《日本教师的课程开发能力》,《外国教育资料》2000年第5期。

[40] 舒志定:《我国教师培训工作的四大特点》,《教育改革与发展》2000年第5期。

[41] [美] 杰瑞·G. 加夫、安尼·S. 佩鲁伊特-洛根、理查德·A. 威伯等:《大学和学院一道合作培养未来的大学教师——来自美国的2000年研究报告》,《师资培训研究》2000年第4期。

[42] 劳柳:《教学:美国研究性大学的经验——以纽约大学为例》,《师资培训研究》2000年第3期。

[43] 章小辉:《公安大学教师教学行为特征评价研究》,《公安教育》2003年第6期。

[44] 眭依凡:《大学系主任研究》,《上海高教研究》1990年第1期。

[45] 谢翌、马云鹏:《关于课程实施几个问题的思考》,《全球教育展望》2004年第4期。

[46] 王伟廉:《试论高校教学对科研的促进作用》,《高等教育研究》2001年第1期。

[47] 马延伟、马云鹏:《课程改革实施中校长角色的转变——对当前课程改革的一点思考》,《课程·教材·教法》2003年第1期。

[48] 眭依凡:《论培养“教授”》,《上海高教研究》1996年第4期。

[49] 姚贵平:《专业教师“校本”培训模式初探》,《职教通讯》2002 年第 1 期。

[50] 周济:《重视质量 重视教学 重视教师——在“第一届高等学校教学名师奖”表彰大会上的讲话》,《中国大学教学》2003 年第 9 期。

[51] 张孝文:《提高教学质量的一项重要举措》,《中国大学教学》2003 年第 9 期。

[52] 潘懋元:《基础课程教学也能出名师》,《中国大学教学》2003 年第 9 期。

[53] 张尧学:《规范管理 深化改革 切实提高新建本科院校的教育质量》,《中国大学教学》2003 年第 9 期。

[54] 孙正聿:《站在大学的讲台上》,《中国大学教学》2003 年第 9 期。

[55] 文和平:《三尺讲台传真知 教学改革献真情——记马知恩教授的教学人生》,《中国大学教学》2003 年第 9 期。

[56] 李健:《名师的标准 执教的范式》,《中国大学教学》2003 年第 9 期。

[57] 楼程富、颜洽茂、李俊伟等:《加快改革 坚持创新 不断提升本科人才培养质量》,《中国大学教学》2003 年第 9 期。

[58] 卢德馨:《关于提高教学质量的思考》,《中国大学教学》2003 年第 10 期。

[59] 刘加霞、申继亮:《国外教学反思内涵研究述评》,《比较教育研究》2003 年第 10 期。

[60] 王少非:《案例法的历史及其对教学案例的启示》,《教育发展研究》2000 年第 1 期。

[61] 姜茂发、王芳:《新型教学基层组织与教学运行机智

的设想》,《中国高等教育》2003 年第 3—4 期。

[62] 林菁:《提高教师反思性教学能力探微》,《教育评论》2003 年第 4 期。

[63] 胡凤英:《充分依靠教师搞好课程建设》,《江苏高教》1988 年第 4 期。

[64] 李翔:《大学与大学教师》,《昆明理工大学学报》(社会科学版)2001 年第 1 期。

[65] 谢竹艳:《美国高校教学工作量研究》,《全球教育展望》2003 年第 10 期。

[66] 李臣之:《课程实施:意义与本质》,《课程·教材·教法》2001 年第 9 期。

[67] 程咏艳:《试论教师在课程实施中的作用》,《新疆教育学院学报》2000 年第 1 期。

[68] 单桂锋:《提高教师素质是推进课程改革的关键》,《中国冶金教育》1999 年第 6 期。

[69] 吴惠青、刘迎春:《论教师课程能力》,《高等师范教育研究》2003 年第 2 期。

[70] [美] 朱利·Q. 鲍,约翰·W. 克累斯威尔:《中国高校系主任的职责》,《上海高教研究》1994 年第 3 期。

[71] 郝德永:《〈课程与教师〉认为:教师是课程的主人,有义务建构“自己的课程”》,《中国教育报》2003 年 11 月 20 日第 8 版。

[72] 姜勇、郑三元:《理解与对话——从哲学解释学出发看教师与课程的关系》,《全球教育展望》2001 年第 7 期。

[73] 邓治文:《高等学校课程编制原则探新》,《长沙电力学院学报》(社会科学版)2002 年第 3 期。

[74] 蒋士会:《课程变革中的教师——四种后现代课程变

革理论评要》,《广西师范大学学报》(哲学社会科学版)2000年第2期。

[75] 谈振辉:《教学质量是学校教学工作的生命线》,《中国大学教学》2003年第2期。

[76] 冯克勤:《精品课,何为“精品”?》,《中国大学教学》2003年第7期。

[77] 黄建如:《加入WTO后中国高校课程国际化问题》,《卓越与效能——21世纪两岸高等教育发展前景学术研讨会》。

[78] 操太圣、卢乃桂:《抗拒与合作:课程改革情景下的教师改变》,《课程·教材·教法》2003年第1期。

[79] 吴刚平:《教学改革需要强化课程意识》,《教育发展研究》2002年第7—8期。

[80] 王晓升:《科学知识和叙事知识及其关系——利奥塔对后现代知识状况的分析及其启示》,《电子科技大学学报》(社会科学版)2001年第1期。

[81] 姚小林、方英群:《论信息社会的知识转向——利奥塔后现代知识理论评介》,《广东商学院学报》2002年第3期。

[82] 王玉琼:《后现代知识观对当今课程研究的启示》,《集美大学学报》2001年第3期。

[83] 石中英:《当代知识的状况与教师角色的转换》,《高等师范教育研究》1998年第6期。

[84] 罗晓路:《教学心理视野中的教师研究》,《心理科学》1997年第6期。

[85] 张豫:《刍议知识经济时代教师角色的转变》,《娄底师专学报》2000年第3期。

[86] 杨炳荣:《从“默会知识理论”看学校体育》,《中国学校体育》2002年第2期。

［87］吴国林：《现代科学技术与后现代知识》，《华南理工大学学报》（社会科学版）2001 年第 3 期。

［88］郁振华：《理解历史——默会知识论视野中的历史学》，《历史教学问题》2001 年第 4 期。

［89］肖光岭：《隐性知识、隐性认识和科学研究》，《自然辩证法研究》1999 年第 8 期。

［90］蒋茵：《教师的缄默知识与课堂教学》，《教育探索》2003 年第 9 期。

［91］王建军：《教师参与课程发展：理念、效果与局限》，《课程·教材·教法》2000 年第 5 期。

［92］赵健：《默会知识、内隐学习与学习的组织》，《全球教育展望》2003 年第 9 期。

［93］王伟廉：《高等学校本科课程编制模式探讨》，《高等教育研究》2002 年第 9 期。

［94］张立昌：《教师个人知识：涵义、特征及其自我更新的构想》，《教育理论与实践》2002 年第 10 期。

［95］吴晓蓉、刘要悟：《论教师与课程评价》，《教育科学》2000 年第 1 期。

［96］钟启泉：《教育与研究的关系：高等教育功能的教育学考察》，《上海高教研究》1998 年第 6 期。

［97］王伟廉：《学术领域的特点对大学本科课程编制的影响》，《高等教育研究》2002 年第 4 期。

［98］杨晓江：《大学课程为谁而设?》，《上海大学学报》（哲学社会版）1996 年第 6 期。

［99］赵修义、郁振华：《默会知识：知识经济时代的一个哲学话题》，《文汇报》2000 年 8 月 12 日。

［100］陈向明：《实践性知识：教师专业发展的知识基础》，

《北京大学教育评论》2003 年第 1 期。

[101] 聂荣鑫：《后现代知识观中的课程改革》，《全球教育展望》2003 年第 6 期。

[102] 王子舟、张洲英：《客观知识的基本性质》，《中国图书馆学报》（双月刊）2002 年第 5 期。

[103] 周伟：《试论理想大学教师的境界与修养》，《政法论丛》2003 年第 10 期。

[104] 赵庆年：《教师应掌握教学设计的基本知识的和技能》，《中国高教研究》2001 年第 1 期。

[105] 孟玮雯：《教师在课程开发中的作用》，《职教论坛》1999 年第 4 期。

[106] 唐纳利、克莱丁宁著，丁钢译：《叙事探究》，《全球教育展望》2003 年第 4 期。

[107] 郁振华：《默会知识论视野中的科学主义和人本主义之争——论波兰尼对斯诺问题的回应》，《复旦学报》（社会科学版）2002 年第 4 期。

[108] 张楚廷：《课程的“五 I”构想》，《课程·教材·教法》2003 年第 11 期。

[109] 杨玉相：《教师的课程意识；课程改革值得关注的问题》，《广西教育学院学报》2001 年第 4 期。

[110] 黄甫全：《略论教师的课程研制角色》，《教育理论与实践》1995 年第 3 期。

[111] 贺祖斌：《普通高校教学成果的界定、内涵及特征》，《广西高教研究》1999 年第 1 期。

[112] 王志成：《高等学校管理中几个问题的组织行为学分析》，《扬州大学学报》（高教研究版）2001 年第 1 期。

[113] 黄茹：《建立院级课程管理系统的探索》，《广州师院

学报》（社会科学版）1998 年第 3 期。

［114］王双兰：《课程改革中教师权利何处寻》，《教书育人》2003 年第 2 期。

［115］陈志远：《课程的价值与评价》，《湖南大学学报》（社会科学版）1994 年第 1 期。

［116］王楠：《关于教师的叙事研究》，《全球教育展望》2003 年第 4 期。

［117］于淑云：《高校课程设计系统工程》，《教书育人》。

［118］舒志定：《大学教师学术观念的哲学思考》，《大连理工大学学报》（社会科学版）2001 年第 2 期。

［119］欧内斯特·波伊尔：《学术水平反思——教授工作的重点领域》，载国家教育发展研究中心编：《发达国家教育改革的动向和趋势》（五），人民教育出版社 1994 年版。

［120］王伟廉：《试论宏观高等教育思想对高校课程的影响》，《中国地质大学学报》（社会科学版）2001 年第 3 期。

［121］王伟廉：《高等学校课程管理若干问题的探讨》，《北京大学教育评论》2003 年第 4 期。

［122］王伟廉：《关于我国高校课程理论建设现状的反思》，《河北师范大学学报》（教育科学版）1999 年第 1 期。

［123］王伟廉：《关于高校教学运作机制的改革问题》，《临沂师范学院学报》2001 年第 6 期。

［124］王伟廉：《关于高等学校教学运作机制的构建问题》，《南京航空航天大学学报》2000 年第 2 期。

［125］王伟廉：《高校应当确立“教学改革为本”的思想》，《高等教育研究》1994 年第 4 期。

［126］王伟廉：《关于高等学校课程评价的若干问题》，《复旦教育论坛》2004 年第 2 期。

［127］王伟廉：《高校课程综合化的途径与方法》，《高等教育研究》1990 年第 1 期。

［128］王伟廉：《教育研究中的“中介”问题探讨——兼谈课程编制的中介作用》，《广西大学学报》（哲社版）1996 年第 6 期。

［129］王伟廉：《中青年学者谈高等教育改革的热点和难点》，《高等教育研究》1997 年第 4 期。

［130］王伟廉：《21 世纪初中国高等教育质量问题解析》，《中国高等教育评估》2001 年第 3 期。

外文类

［131］ Arthur K. Ellis，John J. Cogan，Kenneth R. Howey：The Foundations of Education，1981 by Prentice-Hall，Inc.

［132］T. E. Dedl：Reframing Reform，Educational Leadership，Vol. 47，No. 8. 1990.

［133］ E. Hoyle：Mrcropolitics of Educational Organizations，1982.

［134］P. Marris：Loss and Change，1974.

［135］Blasi A. J.：The Tensions Between Teaching and Scholarship，Chronicle of Higher Education，June 1992.

［136］Barnett · R.：Linking Teaching and Research：A Critical Inquiry Journal of Higher Education，1991.

［137］John Hattie and H. W. Marsh：The Relationship Between Research and Teaching：A.

［138］Meta-Analysis：Review of Education Research，Winter 1996 Vol. 66 No. 4.

[139] Keith Trigwell, Scholarship of Teaching: A Model, Higher Education Research & Development, 2000, 19 (2).

[140] Ramsden: Learnig to teach in higher education, London: Routlege, 1992.

[141] Stiggings, R. J. Etal: The Case for Commitment to Teacher Grouth.

[142] Ю. Маркова: Мифы, илеалы и рельность образовательного процесса. СПБГЭТУ ЛЭТИ 2000.

[143] Под редакцей Николая Петрова: Регоны Россия в1999г. Москва. Гендьф. 2001.

[144] Н. Аринин, В. Марченко: Уроки и проблемы станов- ления россикого федерализма. Интелтех. Москва. 1999.

[145] Студент МГУ: Вектор перемен. Вестник высшийшколы. 2000г№. 3.

[146] И. Выродов: Мысли о реформах росс йского образования Вестник высшейшколы1999г.

[147] А. Торокин: ВЫсшее обравание системный подход Высшее образованиев России1999г№. 4.

[148] Учительная газета: 2001—2004г.

[149] Независимаягазета: 2001—2004г.

附录 1

《提高大学教师教育与教学技能研究》调查问卷（普通教师问卷）

尊敬的老师：

此次调查是为了了解大学教师教育与教学技能的基本状况，以达到提高大学教师的教育与教学技能的理论研究之目的。问卷不记名、不反馈答卷人所在学校，请按着您的真实情况填写。对于您的支持与合作表示衷心的感谢！

厦门大学高等教育研究所博士研究生张艳辉

答卷说明：请直接在题号上面打√，除是非题外每一题均可多选，答案为多选的请按重要性由高到低来排列。

年龄　　学历　　专业　　所在院（系）　　所教科目

1. 你是否读过有关高校教学与课程方面的书籍：

A. 是　　B. 否

2. 如果您选择是，请写出书名与作者________________

3. 您是否会主动参加本系与课程改革有关的工作：

A. 不会　　B. 如果系主任安排会参与

C. 会主动参与　　D. 其他

4. 您是否会对课程内容进行改动：

A. 不会　　B. 做适当的改动

C. 根据学生的需要对课程内容做适当的改动

5. 在编制单门课程时您首先考虑的因素:

A. 培养目标 B. 学科内容 C. 学生的需要

D. 培养方案 E. 选择课程的内容 F. 其他

6. 您设计课程目标的依据是:

A. 学科性质 B. 培养方案与教学计划

C. 学生的需要与兴趣 D. 学科的具体内容与逻辑结构

E. 可评价性与可操作性

7. 您选择课程内容的依据:

A. 内容与培养方案的协调性 B. 知识的新颖性

C. 知识的完整性 D. 学生的发展需要

E. 知识的迁移 F. 学生的学习动机

G. 学科内容的有效性 H. 学科内容的可学性

J. 学科之间的联系 K. 学科内容的实效性

L. 学科内容的博览与深学之间的平衡性

8. 在课程实施之前您做的工作是:

A. 了解自己所教的课程在整个教学计划中的地位与作用

B. 拟订单门课程的教学目标

C. 根据教学目标选择适当的教学方法

D. 拟订评价方案

E. 根据教学的需要准备所需要的教学设备和仪器

F. 了解自己的学生的基本情况

7. 您组织课程内容的依据是:

A. 培养目标 B. 课程内容 C. 教学对象

D. 学科结构 E. 知识的迁移

F. 有利于学生的学习 G. 凭经验

8. 您选择教学方法的依据是:

A. 课程目标　B. 教学目标　C. 教学内容

D. 教学环节　E. 自己的素质与个性

F. 学生的个别差异　G. 时间　H. 物质条件

9. 您选择教学方法的依据是：

A. 教学内容　B. 教学对象　C. 教学时间

D. 教学条件　E. 自身的素质与个性

10. 在教学中您常用的教学方法是：

A. 讲授法　B. 讨论法　C. 实验法　D. 调查法

E. 发现法　F. 问题教学法　G. 案例法

H. 模拟法；您采用这种教学方法的原因是________

11. 您对课程进行评价的依据是：

A. 教师的教育观、教学观、课程观　B. 评价标准

C. 课程目标　D. 课程的实施环境

E. 课程的实施过程　F. 学生能力的提高

12. 在教学过程中您与学生进行交流的方式是：

A. 课堂提问　B. 个别谈话　C. 观察　D. 访谈

13. 您是否参加了全国统一的大学教师岗前培训：

A. 是　B. 否

14. 如果选择是，培训对教学工作的作用：

A. 很大　B. 有一定的作用，但是作用不大

C. 没有任何的作用

15. 选择 A 的原因是________

16. 选择 B 的原因是________

17. 如果选择 C，您认为岗前培训需要改进的是：

A. 培训的内容　B. 培训的方式　C. 培训的时间

D. 培训的授课教师　E. 培训的管理方式

F. 培训的教材　G. 其他________

18. 在工作中您曾经参加的培训：

A. 进修　B. 短期培训　C. 学术会议

D. 高级访问学者　E. 其他________

19. 您参加的培训对教学工作的作用：

A. 很大　B. 有作用，但是作用不大

C. 没有任何的作用

20. 就您本人而言，您认为您的课程能力是否需要提高：

A. 需要　B. 不需要

21. 如果选择了A，那么您认为应采用何种办法来提高自身的课程能力：

A. 自学　B. 参加培训　C. 老教师的指导

D. 其他________

22. 您认为，目前提高大学教师课程能力存在的困难是：

A. 工作任务重没有时间参加培训　B. 没有时间自学

C. 没有这种培训　D. 其他________

23. 您认为提高教师教学水平的有效途径是：

A. 政府与学校的政策导向

B. 学校和系有计划地组织各种教学活动

C. 学校和系加强教学监控　D. 教师自我提高

E. 教师与名师、专家交流　F. 老教师的帮助

21. 您是否对自身的教学进行反思：

A. 是　B. 否

22. 如果选择A，反思的主要内容是：

A. 教学内容　B. 教学行为　C. 学生接受程度

D. 其他________

23. 您是否经常与同事就教学问题进行交流：

A. 是　B. 否

24. 选择 A 的原因是＿＿＿＿＿＿＿＿＿＿

25. 选择 B 的原因是＿＿＿＿＿＿＿＿＿＿

26. 请您谈谈您所讲授的学科的知识的特点。

27. 请您谈谈您所授课的学生特点。

28. 请您谈谈您所讲授学科的教学特点。

再次感谢您的参与！

附 录 2

《提高大学教师教育与教学技能研究》调查问卷（系主任问卷）

尊敬的系主任：您好！

此次调查是为了了解大学教师的教育与教学技能的基本状况，以达到提高大学教师的教育与教学技能的理论研究目的。问卷不记名、不反馈答卷人所在学校，请按着您的真实情况填写。对于您的支持与合作表示衷心的感谢！

厦门大学高等教育研究所博士研究生张艳辉

答卷说明：请直接在题号上面打√，除是非题外每一题均可多选，多选请按重要性由高到低的顺序排列。

所在学校＿＿＿＿＿＿ 所在院（系）＿＿＿＿＿＿

1. 贵单位由哪些人员来编写专业培养方案和教学计划：

A. 教学指导委员会（或学术委员会）

B. 系主任（院长） C. 教师

2. 这些人员是否经过教育理论方面的培训：

A. 是 B. 否

3. 由何种机构和人员对他们进行培训：

A. 教育行政部门组织专家培训 B. 本校教学指导委员会

C. 本系教学指导委员会 D. 其他＿＿＿（请填写）

4. 在编制专业培养计划时考虑的因素：

A. 人才培养模式　　B. 市场对人才的需求

C. 学科发展的需要　　D. 学生发展的需要

5. 贵单位如何保证专业培养方案和教学计划的合理性：

A. 由学校组织专家组进行审查

B. 由系里组织教学指导委员会进行审查

C. 与教师协商　　D. 其他__________（请填写）

6. 您认为课程管理的内容包括：

A. 对课程管理者进行管理

B. 对课程编制过程进行管理

7. 对课程编制者进行管理的主要内容是______________

8. 对课程编制过程进行管理的主要内容是______________

9. 您认为是否应对课程建设进行经常性的科学评价：

A. 是　　B. 否

10. 如果贵单位对课程建设进行经常性的科学评价，您如何处理评价结果：

A. 将评价结果及时反馈，并对不合理之处进行及时的调整

B. 存在严重问题和不足之处反馈

C. 系领导心中有数就可以了　　D. 其他________

11. 贵单位在招聘新教师时考虑的因素：

A. 学历　　B. 学校发展需要　　C. 学科发展的需要

D. 理论功底　　E. 学科背景　　F. 实际能力工作

G. 学缘结构　　H. 人为因素　　K. 人品　　L. 实践背景

12. 贵单位如何对新教师进行培训：

A. 参加统一的大学教师岗前培训　　B. 学校组织的培训

C. 根据实际状况本系组织培训

D. 目前新教师的学历都具有很高的学历，不需要进行培训

13. 作为系主任，您在工作（尤其是课程建设与教学工作）中是否面临着压力：A. 是　　B. 否

14. 面临的主要压力是＿＿＿＿＿＿＿＿

15. 作为系主任，您认为自己是否需要参加培训：

A. 是　　B. 否

16. 如果选择A，那您需要的培训内容是＿＿＿＿＿＿＿

17. 贵单位是否支持教师参加各种培训、学术交流活动：

A. 是　　B. 否

18. 贵单位对在职教师进行培训的形式：

A. 进修　　B. 短期培训　　C. 学术会议

D. 高级访问学者　　E. 其他＿＿＿＿＿＿＿（请填写）

19. 请描述教师能够胜任教学工作的基本条件和素质：

A. 学科理论扎实　　B. 教学能力强　　C. 科研能力强

D. 外语水平过硬　　F. 计算机水平过关

G. 善于与学生沟通　　H. 其他＿＿＿＿＿＿＿（请填写）

20. 您认为提高教师教学水平的有效途径是：

A. 政府与学校的政策导向

B. 学校和系里有计划地开展各种教学活动

C. 加强教学质量监控　　D. 教师自身的努力

21. 请您谈谈本系教师的教学水平及提高的可行性。

再次感谢您的参与！

附 录 3

大学生对大学教学和大学课程满意度调查问卷

尊敬的各位同学：你们好！此次调查是了解大学生对教学和课程的满意度的基本状况，以达到提高大学教学质量的理论研究目的。问卷不记名、不反馈答卷人所在学校，请按着您的真实情况填写。对于你们的支持与合作表示衷心的感谢！

厦门大学高等教育科学研究所博士研究生张艳辉

1. 你对目前大学教学的总体评价是：

A. 非常满意　　B. 一般　　C. 不满意　　D. 其他

2. 在大学学习中曾经有________位教师为你上过课，

其中你非常满意的教师有________位；

基本满意的教师有________位；

不满意的教师有________位。

3. 在大学学习中你曾经上过________门课程，

其中你非常满意的课程有________门；

基本满意的课程有________门；

不满意的课程有________门。

附 录 4

厦门大学教师教学工作量计算办法及聘任考核标准

为了配合学校的教学改革，学校决定实行新的教学工作量计算办法及聘任考核标准。

新的教学工作量计算办法及聘任考核标准将以“教分”为单位来计算教师教学工作量。

一 教分的计算办法

1. 教分的含义

在现有课程学分数的基础上，根据课程的权重，给每门课程规定出一个分值单位，称它为“教分”，用它来计算教师的教学工作量。教分所指的教学工作包括课程讲授、辅导、作业和考卷批改、答疑、教学实习等相关的教学环节。

2. 教分的时数要求：

一个教分的授课时数为12—18学时。各院（系）可根据本单位的教学情况自行确定具体的时数要求，但必须在规定的时数范围内。

3. 教分可以和原有课程的学分对应。

比如原来一门 2 学分课程的工作量，可以对应 2 个教分的工作量。不同的是，2 学分的课程教学时数为 36，而 2 个教分的教学时数可以在 24—36 之间。研究生的课程教分和原有的课程的学分是否对应，各院系可以根据具体情况做适当调整。

4. 课程学生数要求。每门课程的人数不少于 10 人。

5. 本科生、研究生的论文指导，独立进行的社会实践，以及实验、实习、指导学生参加全国大赛等其他教学工作的教学工作量的计算，可以根据原有的标准或有关规定进行。学校没有具体规定的，由各单位教学委员会根据本单位实际情况进行折算，折算的办法报教务处批准。

实施以教分计算工作量以后，不再使用原有教学工作量计算办法中的课程效益系数计算办法。

二　聘任标准

每位教师每学年满教学工作量的最低要求为 14 个教分。教师的总工作量可以与学校规定的科研工作量、行政工作量减免工作量、产业开发工作量以其他工作量的满工作量标准相互折算。晋升教授、副教授和讲师专业职务的教师，必须达到 70% 以上的教学工作量（即达到 10 个教分的教学工作量）。除独立研究外，无论主要从事科研还是主要从事教学工作的程度的教师，除承担有国家级科研项目且科研任务繁重者外，一般每学年都必须承担二门以上的课程教学工作。独立研究所的研究人员也应承担一门以上的课程教学任务。

三　考核要求

对教师所承担的每门课程都要求进行测评。课程测评结果分为优、合格、基本合格、不合格四等。课程测评结果为优和合格的，该课程教分按1.2加权计入教学工作量；测评结果为合格的，计算全额教学工作量；测评结果基本合格的，以该课程教分的60%计入教学工作量；测评不合格的，该课程不能计入。

后　记

本书为我的博士学位论文修改稿，多年的研究心血终于可以变成文字正式出版，感慨万千。

因对课程研究的朦朦胧胧的偏好，我选择了将其作为自己的研究方向，走入这一研究领域中才真正体会到其中的奥妙与艰辛，也更加佩服导师王伟廉教授对此所进行十几年默默研究的执著，为了中国课程研究领域的明天，为了自己心中理想持之以恒的执著精神是我在导师身上所学到的最宝贵的财富。

非常感谢带我在教育研究道路上不断探索的三位恩师：东北师范大学刘强教授、汕头大学（原厦门大学）王伟廉教授、华东师范大学丁钢教授。导师们对教育研究事业的热爱深深地感染了我，教育了我，让我在教育研究之路不断地探索。

中国著名高等教育学家潘懋元先生带我走入高等教育研究的大门，潘先生讲授的《高等教育学原理》，是我第一次系统学习高等教育研究的知识。受益匪浅，也使我真正感悟到做学问的甘与苦，但苦也快乐着，痛也快乐着！这种苦与痛，这种快乐无以言表，是做其他任何事情都无法体会到的感觉。

在求学和研究的路上，我得到了家人、同学、朋友，同事的支持、关心和爱护，真诚地说声，“谢谢！”

感谢中国社会科学出版社曹宏举副总编、张林主任、郭鹏编辑为本书出版所做的一切。

感谢所有在我生命里留有痕迹的人，祝愿你们一生幸福平安！

感谢所有为我填写问卷的不知名的系主任、教师、大学生，感谢接受我访谈的系主任和教师！

感谢所有引用文献和参考文献的作者们，你们的研究使我受益匪浅。

张艳辉

2008年3月于上海陋室